WILDES FISCHEN

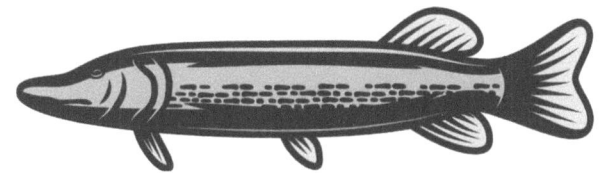

Der Pinzgauer Fliegenfischer
Gottlieb Eder angelt sich von
Aal bis Zander durch die Welt

ASIATISCHE WEISHEIT

Wenn du Spaß haben willst, dann heirate.
Wenn du reich werden willst, dann arbeite.
Wenn du alt werden willst, dann gehe fischen.

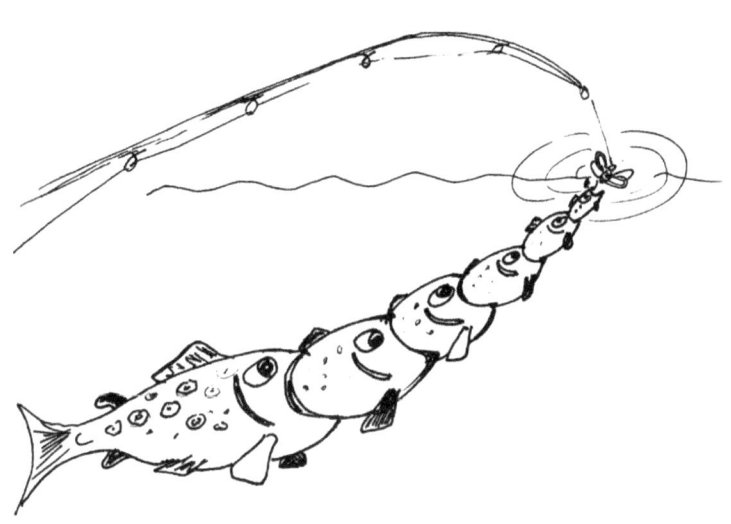

Für meine Familie

Bibliografische Information der Deutschen Nationalbibliothek:
Die Deutsche Nationalbibliothek verzeichnet diese Publikation in der Deutschen Nationalbibliografie;
detaillierte bibliografische Daten sind im Internet über http://dnb.d-nb.de abrufbar.

1. Auflage	November 2018
© 2018	edition riedenburg
Verlagsanschrift	Anton-Hochmuth-Straße 8, 5020 Salzburg, Österreich
Internet	www.editionriedenburg.at
E-Mail	verlag@editionriedenburg.at
Autor	Gottlieb Eder, Uttendorf
Lektorat	Sabrina Schütz M.A., Pentling; Mag. Sigrun Eder, Salzburg
Bildnachweis	Cover: © Vector Tradition – Fotolia.com
	Zeichnungen: © Gottlieb Eder
Satz und Layout	edition riedenburg
Herstellung	Books on Demand GmbH, Norderstedt

ISBN 978-3-903085-81-7

Inhalt

HERINGE

Prägung

Mich haben die „Motten" erwischt – oder die Schwindsucht, wie die Leute im Dorf erzählen. Als Nachkriegskind fehlt es mir nicht an ausgewogener Ernährung, da meine Eltern eine Landwirtschaft führen. Vielmehr haben die eingeatmeten Speicheltropfen des im elterlichen Haus lebenden Untermieters mein Abwehrsystem geknackt. Als unentdeckte Bazillenschleuder – nachträglich wurde eine offene Lungentuberkulose entdeckt – hustet und spuckt er täglich in der Wohnung und vom Balkon. Der Mann hat meine Zuneigung. Während meine Eltern ihrer Arbeit nachgehen, finde ich vergnüglichen Unterschlupf bei ihm.

Meine kindliche Abwehrkraft ist zu schwach, trotz des Misthaufens als Spielplatz. Die Lymphknoten versagen und die Erreger wandern über die Blutbahn in den Bereich des linken Sprunggelenkes. Ungehindert nisten sich die Feinde in der Randzone des Knochenmarkes ein. Sie vermehren sich wie eine Seuche. Schleichend entwickelt sich eine dramatische Situation für mein künftiges Leben. Ein Nachbarhaus wird zum Schauplatz des Dramas. Eine gleichmäßig ansteigende Mauer trennt das tiefer liegende Gebäude von der parallel verlaufenden, holprigen Dorfstraße.

Auf dem Heimweg vom Greissler um das Eck kann ich der Versuchung nicht widerstehen. Die zunehmende Tiefe reizt mich zu Mutproben. Ein Sprung – und ein leichtes Verknöcheln unterbricht jäh den Bewegungsdrang. Stetig nehmen die Schmerzen zu, obwohl das Gelenk unverletzt bleibt. Das geschwollene Bein lässt sich auch mit den Topfenwickeln nicht beruhigen. Mit der Schwellung wachsen auch die Sorgen meiner Eltern.

Die Pflichtversicherung der Landwirte steckt kurz nach Ende des Zweiten Weltkrieges noch im Winterschlaf. Auch meine Altvorderen haben keinen gesetzlichen Schutz. Die Kostenfrage vereitelt den Arztbesuch. Mein Leiden und Klagen treibt schließlich meine Mutter mit mir im Schlepptau zum Dorfarzt. Der Transport erfolgt im zweckmäßigen Kinderwagen. Der Doktor ist ein ausgezeichneter Diagnostiker. Mehr als verdächtig sind dem Arzt die Symptome, und er stellt eine Überweisung in das Landeskrankenhaus in Salzburg zur Abklärung aus.

Die mit Dampf betriebene Lok bringt uns nach Zell am See. Nach dem mühevollen Umsteigen lenken mich die am Fenster vorbeihuschenden landschaftlichen Eindrücke auf meiner ersten Weltreise gehörig ab. Die Zeit vergeht wie im Flug, und am Hauptbahnhof bin ich von den Tauben ganz begeistert, zumal ich noch nie zuvor welche zu Gesicht bekommen habe.

Das Wirtschaftsgeld meiner Eltern ist karg bemessen. Die Verwendung eines Taxis oder öffentlichen Verkehrsmittels ist wahrer Luxus und gilt als Verschwendung des kargen Einkommens. Wie ein junger Koala hänge ich stattdessen am Rücken meiner Mutter. Ohne Jammern schleppt sie mich in die weitläufige Klinik.

Untersucht und gequält mit einer für meine Begriffe ungewöhnlich langen Nadel zur Entnahme von Knochenmarksproben erleide ich meinen ersten Kontakt mit den in weiße Kittel gehüllten, unbekannten Menschen. Der Befund ist für meine Eltern niederschmetternd. Ich selbst kann die Lage und die Tragweite nicht begreifen. Die Erwachsenen wiederum hüten sich davor, mir reinen Wein einzuschenken und eine Zukunft mit fehlendem Unterschenkel in Aussicht zu stellen. Es fehlt nur mehr das Einverständnis meiner Erziehungsberechtigten. Dann wird mein krankes Gewebe vom gesunden Rest des Körpers getrennt.

Mit dem Herzen einer Löwin kämpft meine Mutter um die Erhaltung meines Beines. Auch der Hausarzt ist erschüttert. Er erweist sich als wahrer

Freund der Familie. Ein Hoffnungsschimmer tut sich auf, als er uns an einen Fachmann für Tuberkulose vermittelt. Allein am Privathonorar dieser Kapazität könnte der Rettungsversuch scheitern.

Husten und Spucken schleudert die unsichtbaren Feinde in die Raumluft. Die zähen Bazillen überleben viele Stunden lang und lauern auf geschwächte Opfer. Spezielle Fresszellen in den Lungenbläschen kümmern sich schließlich um die eingeatmeten Bakterienstämme. Die Eindringlinge werden in der Zelle quasi in Schutzhaft genommen, aber das Beseitigen der Fremdkörper gelingt ihnen nicht. Um die Feinde herum baut das eigene Immunsystem einen dichten Wall aus Abwehrzellen auf.

Der Kampf am lokalen Entzündungsherd fordert auf beiden Seiten Verluste. Die Bakterien reagieren auf die Bedrohung mit einer Veränderung ihrer Strategie: Die Vermehrung durch Teilung wird vermindert. Sie schrauben somit den Energiebedarf in Richtung Null und lauern in einer Art Schlafstellung auf die nächste Ausbruchsmöglichkeit. Die körpereigene Schutztruppe kreist die Zentren der Brandherde ein. Winzige Knötchen, die Tuberkel, sind die am Röntgenbild ersichtlichen Schlachtfelder. Die Herde sind versiegelt, und man fühlt sich frei von Schmerzen. Gelingt es dem Körper nicht, die Invasion der Gegner zu bekämpfen, dann zeigen Fieber, Müdigkeit und Appetitlosigkeit die Heftigkeit des Abwehrkampfes an. Die Erreger im Auswurf lassen sich leicht in Kulturen auf Nährbasis züchten. Feuchtigkeit und Wärme fördern die Vermehrungsraten. Eine Bestätigung für die Diagnose der Tuberkulose sind leider die wuchernden Häufchen in der Petrischale.

Die dramatische Situation und die Eigendynamik der Krankheit beschäftigen meine Eltern. Ein beinloser Nachfolger ist keine hilfreiche Arbeitskraft am Hof. Das prächtigste Rindvieh im Stall wird daher dem bestbietenden Tierhändler verkauft. Mit dem Erlös können das Honorar des Fachmannes und die weiteren Behandlungskosten zum Großteil gedeckt werden. Mit Geschrei wehre ich mich vor jeder Behandlungsfahrt in die Landeshauptstadt Salzburg. Allein süße Versprechungen locken mich aus dem schützenden Haus. Die Pein mit der bedrohlichen Nadel, die vielen Stiche und die vielen Menschen sind zu viel für meine Auffassungsgabe. Über drei Tage lang währt in der Regel der Albtraum. Die Gipshülle schwebt nach einmonatiger Tragzeit im fingerbreiten Abstand von der rasch abbauenden Muskulatur. Der Zwischenraum erleichtert das Einführen langer Stiele bewährter Kochlöffel, um den Juckreiz absterbender Hautschuppen zu bekämpfen.

Nach vier Wochen ist die Kalkmumie um das Bein mehr als sanierungsbedürftig. Sie wird ein Jahr lang monatlich erneuert. Danach darf ich den Luxus eines Bades genießen. Dehnungs- und Strecktherapien gleichen teilweise den Wachstumsunterschied aus. Der Zwiespalt zwischen Beschützerrolle und nützlicher Arzthilfe bricht meiner Mutter schier das Herz. Die Ablenkungsversuche des Personals verändern sich bei jedem Klinikaufenthalt aufs Neue.

So nebenbei wird ein Luftkurort in der Steiermark empfohlen, der sich auf die Behandlung von Tuberkulosepatienten spezialisiert hat. Der Tagessatz erschlägt wie ein Hammer abrupt jede Spekulation. Meine Familie plant, organisiert und baut mir stattdessen ein Umfeld auf, das dem Service eines Kuraufenthaltes ebenbürtig ist. Außerdem fällt das Leid mit dem Heimweh flach und beschleunigt den Prozess der Heilung.

Die Verlegung des Ruheraumes in eine Stube des Erdgeschoßes ist der Anfang. Kreative Geräte zum Hochlagern des betroffenen Beines baut mir mein Vater in der eigenen Werkstatt. Eine nicht versiegende Flut von Mal- und Bilderbüchern verkürzt mir die eintönigen Tage des noch fernsehlosen Jahrzehntes. Der Erwerb der Lesefähigkeit steht als Zeitvertreib hoch im Kurs. Die Fortschritte, durch Lob der Erwachsenen verstärkt, beflügeln meinen Eifer. Neben dem Bett türmen sich schachtelweise schlaue Spiele. Der Hinweis, dass Meerschweinchen die Bakterien als nagende Bodyguards aufnehmen und bei Infektion ihre Beine strecken, bringt mir einen Kleintierpark als Spielgefährten. Zwerghasen erweitern allmählich den Streichelzoo. Mit jedem Wurf wächst das Freilaufgehege. Dass die Kopfzahl der erwachsenen Hasen nur wenig schwankt, nehme ich ohne Misstrauen zur Kenntnis. Vorzüglich schmeckt mir das gebratene „Hühnerfleisch". Die Kleintierschau – auch Wellensittiche fliegen von Katzen verfolgt durch den Raum – lockt meine jugendlichen Besucher an. Die Werbung weckt Bedürfnisse, und in relativ kurzer Zeit ist das halbe Dorf mit Jungtieren aus meiner Zucht versorgt. Blühende Tauschgeschäfte werden im Liegen per Handschlag abgeschlossen. Die vielen bunten Tabletten schlucke ich brav wie Zuckerl. Die verstärkte Kalkbildung soll die gemeinen Bakterien durch Einbetonieren unschädlich machen. Andere Medikamente wiederum fördern unablässig den Appetit. Einer Raupe gleich stopfe ich mir wohlsortiert auserlesene Speisen in den Mund. Die Besorgung der Naturalien, Schleckereien und exotischen Früchte hält meine Familie und die Verwandtschaft auf Trab.

Das zur Sonne orientierte Haus mit leicht verschobener Nord-Süd-Achse und dezenten Putzfaschen an der Fassade grenzt unmittelbar an die mit Schlaglöchern übersäte Dorfstraße. Das Stallgebäude auf der Nordseite ist mit dem Wohntrakt verwachsen. Der direkte Zugang zu den Tieren wird besonders bei Schlechtwetter und im Winter geschätzt. Die kurzen Wege für die Ausbreitung des scharfen Geruches, den Besuch der Schmeißfliegen und den Quartierwechsel der Haus- bzw. Stallmäuse sind von Vorteil. Vor der Haustüre wachsen Schatten spendende Obstbäume, die im Wechsel der Jahreszeiten Augen und Gaumen erfreuen. Gegenüber dem Gartentor mit automatischer Schließfunktion dank dem am Seil hängenden schweren Stein befindet sich der Eingang zur Waschküche. Eine gemauerte Feuerstelle mit einem wuchtigen Kupferkessel am schwenkbaren Hebelarm sind die dominierenden Elemente des Raumes. Durch den beizenden Rauch und die unvermeidlichen Rußteilchen ist die angrenzende Selche rabenschwarz. Die „Wasser" - jeder Hof besitzt eine eigene Viehtränke - liegt an der Außenwand der Waschhütte. Unmittelbar dahinter gurgelt der unverbaute Dorfbach vorbei. Ungestört vom Verkehr genießen die Rindviecher den begrenzten Auslauf zum Brunnentrog. Das Klappern der Hufeisen, das Rumpeln der bocksteifen Wagenräder und die Befehle der Rossknechte sind die Geräuschkulisse der traktorlosen Dorfmobilität. Das Wegenetz ist unser ungefährlicher Spielplatz.

Wie ein Urlauber liege ich in der Nähe des ungezähmten Baches im Liegestuhl. Ein wahrer Energieplatz und aus taktischen Gründen der Überwachung heraus zusätzlich günstig ausgewählt. Rohes Gemüse aus dem von Nacktschnecken noch freien Garten ist reichhaltig an Ergosterin. Wie ein Mastschwein werde ich als Zwangsvegetarier mit dem Grünzeug gefüttert. Meine häuslichen Krankenpfleger setzen mich immensen Belichtungseinheiten aus, damit sich in meiner Haut Vitamin D über Vorstufen bildet. Von der Ankurbelung des Kalzium- und Phosphatstoffwechsels erhoffen sich die Fachleute eine Gesundung des Knochenbaues. Der untaugliche Liegegips schränkt meinen Bewegungsdrang ein. Damit ich nicht trotz des Gipsbeins abenteuerlustig das Umfeld erforsche und über die steile Böschung stürze, bin ich mit einer lockeren Fessel wie ein Kettenhund an die Liege gebunden. Rufe genügen, um bei Druck auf den Darm oder beim Wunsch nach Verpflegungsnachschub meine Oma aus Garten, Haus oder Hof in Eile anzulocken. Sie kümmert sich um nie versiegende Köstlichkeiten.

Jeder gaukelnde „Krautscheißer", so bezeichnet meine Großmutter die Schmetterlinge der Kohlweißlingfamilie, lenkt mich von der öden Langeweile ab. Die Beobachtung der sich ständig verändernden Wolkenformationen ist mir ein beliebter Zeitvertreib. Um dem Trübsinn ein Schnippchen zu schlagen, baut mir mein Herr Papa aus dem Holz der Haselnuss eine meterlange Fischerstange. Stundenlang hängt die Schnur mit einem echten Haken über der Böschungskante in das Wasser des Dorfbaches. Ich spüre den Druck der Strömung und genieße die Abwechslung als wohl jüngster Schwarzfischer im Dorf.

Unvergessen hat sich das Erlebnis und die Aufregung um meinen ersten Fisch in mein Gedächtnis gegraben. Glasklar rinnt das Wasser, aber ich fische ohne Blickkontakt quasi im Trüben. Dennoch begreife ich das Rucken und Zupfen am Ende der handgemachten Stange. Überrascht von dem sonderbaren Verhalten reiße ich ahnungslos im Schrecken die Schnur mit Schwung aus dem Bach. Pfeilschnell fliegt tatsächlich ein kleiner Fisch an meinem Liegeplatz vorbei. Beinahe wäre er im Geäst der Stauden gelandet. Das feinschuppige Tier ist bewundernswert. Wie die Zeichnung eines Zebras wechselt sich die helle Bauchseite mit dem dunklen Strich am Rücken. Nach Zwiebeln dünkt mir der Geruch des ersten Fanges. In meinem Gefühlsüberschwang übersehe ich das Fehlen des Kopfes. Der Schlitz am Bauch fällt mir überhaupt nicht auf. Mein Triumphgeheul lockt überraschend schnell meinen Vater herbei, der zufällig um die Waschküche biegt. Meine Freude ist überschäumend. Sein listig verteiltes Lob spornt zur Ausdauer an. Immer wieder erwische ich diese Spezies der heimischen Bachbewohner.

Erst viel später erfahre ich, dass mein Vater – gut getarnt im Bachbett – sich bis zu meiner treibenden Schnur geschlichen und den Haken mit einem ausgenommenen Hering aus dem Glas beködert hat. Diese erfolgreiche Lustfischerei ist eine keimende Saat. Sie prägt meine künftige Liebe zum Wasser und seinen artenreichen Geschöpfen.

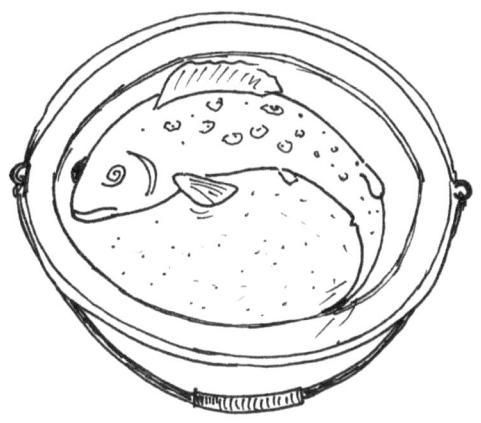

BACHFORELLE

Im tiefen Keller

Viel Bewegung an frischer Luft, sportliche Betätigung und kulinarische Verwöhnung lassen allmählich den Schock der Knochentuberkulose in frühester Kindheit verblassen. Ich genieße jugendliche Narrenfreiheit. Wie Ungeziefer hält man einseitige Arbeitsaufträge von mir fern. Die Vielseitigkeit meiner Freizeitgestaltung soll den Entwicklungsrückstand des betroffenen Beines ausgleichen. Schwimmen wie ein Fisch, Klettern wie ein Affe und abenteuerliche Mutproben stärken die Muskulatur.

Mein Vater bringt mir das Handfischen nach Forellen bei. Während des Krieges hatte er Gelegenheit, seine Technik zu verfeinern. Ich betrachte den an das Grundstück angrenzenden Dorfbach als mein Revier. Der Eingriff in das fremde Fischereirecht bekümmert mich nicht. Magisch lockt das Wasser, und die vielen Schatten im seichten Übergang zum nächsten Gumpen kurbeln den Jagdinstinkt an. Das Gefälle bis zur Einmündung in die Salzach wird von kleinen, terrassenartig angelegten Naturstufen überbrückt. Keine künstliche Verbauung hindert die Fische an ihrem Wandertrieb.

Im Bereich der zahlreichen, die Dorfseiten verbindenden Brücken leben gar einige Generationen von Salmoniden. Der Blick in das Wasser verrät den Stand der Fische ohne optische Täuschung. Ein kopfgroßer Stein, aus der unbefestigten Böschung entwendet, verwandelt sich zur Waffe. Mit zunehmender Fallbeschleunigung bricht er den größten Getupften das Kreuz. Noch sind die mit Klassenkameraden gemeinsamen Schulwege meine Lebensräume, die das Aushecken von Streichen fördern. Das Tragen von Schuhwerk ist verpönt. Eine dicke Hornhaut stumpft die Fußsohlen gegen Schmerzen ab. Ob Grasstoppeln auf dem Feld, scharfkantige Kiesel auf den Wegen oder Spiel im freien Gelände, ist einerlei. Baren Fußes stehe ich wieder mit der von unterschiedlichen Flecken gebeizten kurzen Lederhose im sauerstoffreichen Forellenbach.

Die Rotgetupften spüren die Schwingungen, sie merken die Veränderung des Lichts. Pfeilschnell flüchten sie in Deckung. Unterspülte Steine, halb verwachsen mit dem Gelände und oft durch das Wurzelwerk der Grauerlen gesichert, bieten Unterstand. Wir jungen Spunde sind frei von der Zeiteinteilung. Bei Bedarf richten wir uns nach dem Schlag des Uhrwerks am gotisch-schlanken Kirchturm. Behutsam schiebe ich nebeneinander beide Hände mit den Handrücken zu Boden flach unter den Stein. Die sanfte Berührung des Bauches löst keine Fluchtreaktion aus. Der Fisch fühlt sich im Unterschlupf sicher vor Feinden, außerdem ist der Bodenkontakt in seinem Lebensraum alltäglich. Forellengrapschen ist ein sportliches Vergnügen mit dem Reiz des Strafbaren. Die Verwertung in der Bratpfanne heiligt den Zweck. Mit Anspannung, Geduld und viel Gefühl taste ich den vermuteten Unterschlupf ab. Vom Schwanz Richtung Strömung zieht sich die Handarbeit. Der Tastsinn des Menschen ist sensibel genug, um den Kontakt mit den feinen Bauchschuppen zu spüren.

Blitzschnell krümmen sich die tastenden Finger um den Leib des Fisches. Der schlüpfrigen Haut wird ein fester Haltegriff entgegengesetzt. Es klingt wie bestes Fischerlatein, aber im fischreichen Dorfbach habe ich einmal auf diese Weise eine Dublette erbeutet.

Der Dorf- und Hufschmied ist unser Nachbar. Gerne gehe ich in seine Werkstatt mit dem festgestampften Boden aus Lehm. Das lodernde Feuer in der Esse, der urige Blasebalg und die Formbarkeit des glühenden Eisen faszinieren mich. Der Gestank beim Anpassen der Hufeisen auf die groben Beine der Pinzgauer Kaltblutrasse sowie ihre kraftvolle Unruhe nötigen zur Betrachtung aus gesichertem Abstand. Sein Geschäft läuft prächtig. Zur üblichen Arbeit gesellt sich die erste Welle von technischen Maschinen für die Vereinfachung der Heuarbeit. Immer wieder fällt die Gerätschaft aus. Der Betriebslärm in der Schmiede und das für den Antrieb ratternde Wasserrad übertönen das Geräusch des fließenden Wassers. Ein kleiner Steg führt direkt von der Werkstatt als bequeme Abkürzung über den Bach. Es sind nur zwei parallele Pfosten mit einem Handlauf als schützendem Geländer. Der Seniorchef liebt es, regelmäßig seine filterlosen Zigaretten auf der wackeligen Brücke zu qualmen. Oft hat er mich lange beobachtet und dann meine Wasserpirsch mit gewaltig dröhnender Stimme schlagartig unterbrochen. Wie ein Blitz trifft mich seine Schelte mitten im Beutegriff. Es macht ihm Vergnügen, mich zu ertappen und heftig zu erschrecken. „Du Rotzbub, jetzt habe ich dich wieder erwischt. Na warte, morgen werde ich es deinem Lehrer sagen!", schmettert er mir von seiner erhabenen Stellung aus im besten Dialekt entgegen. Das angeborene Gewissen, die Wirkung des Religionsunterrichts und das Unrechtempfinden zwingen mich, die Beute wieder schwimmen zu lassen. Schmerzlich ist der Verlust. Der Zwiespalt der Gefühle treibt mich auf nachdenklichen Umwegen nach Hause. Der Meister über das Feuer und die Eisenbearbeitung ist für mich keine ernste Bedrohung. Allein der mögliche Verrat über meine ungesetzliche Freizeitgestaltung an die Respektsperson quält mich tagelang.

Der Hausmeister der Volksschule erholt sich beim Fischen vom Kinderlärm. Nebenbei bessert er damit sein Gehalt auf. In jener Zeit wechselten zwei Semmeln und ein Stollwerk für einen Schilling den Besitzer. Mit überlangen Steckruten zieht er erfolgreich Forellen und Äschen aus der Salzach und ihren Bacheinläufen. Laut Zeitzeugen kassierten er und andere Aufsichtsfischer drei Schilling für ein Kilogramm Lebendgewicht vom Bewirtschafter. Die ausdauerndsten oder gierigsten Männer schafften pro Saison einen Gesamtfang von bis zu zweihundert Kilogramm. Vor mehr als einem halben Jahrhundert juckten Besatzmaßnahmen keinen Stammtisch. Noch über dem Befischungsdruck lagen die Vermehrungsraten. Die aus dem Hinterhalt erfolgende Beobachtung des Schulwartes führt zur klaren Erkenntnis: Je länger die Fischerstange, desto reicher der Fang.

Ein Freund mit vermögenden Eltern wird aus taktischen Gründen vom Fußballnarren zum angehenden Rutenbesitzer umgedreht. Die Vorteile eines langen Arbeitsgerätes, der erträumte Fischreichtum und die Größe der Flossenträger steigen in der Phantasie in berauschende Höhen. Der Gruppendruck und die Schmeicheleien führen schließlich tatsächlich zum

Erfolg. Plötzlich steht der Spielgefährte mit breiter Brust und einem Pracht-
gerät vor meiner Haustüre. Meine Bewunderung ist echt. Elegant gleitet die
transparente Schnur durch die noblen Keramikringe. Die Einstellungsmög-
lichkeiten der Bremskraft am Rollenkopf verstärken den Glauben an die
Wunderwaffe. Der Griffteil der Stange liegt durch den porigen Kork angenehm in der Hand. Die groben Hülsen aus Metall verbinden die Teile der
Steckrute zum tödlichen und überlangen Fanginstrument ohne Wackeln.

Als bestmöglicher Start für die Überprüfung der Tauglichkeit dünkt
uns die Dämmerung. Mit Begeisterung sammeln wir die fettesten Regenwürmer und üben uns im Warten. Ohne Hemmungen versenkt mein
Freund den Wurm im Kolk hinter der Waschküche. Wehrhafte Stauden sind
unsere Tarnung. Er hat aber keine Ahnung von der Pirsch und den Verhal-
tensweisen der flinken Forellen im Dorfwasser. Sein unvorsichtiges Geha-
be verjagt die scheuen Bachbewohner in ihre Unterstände. Immer wieder
lässt er seinen abgesoffenen Wurm über den Sand- und Kiesabschnitt im
Auslauf trudeln. Die Beherrschung des klappbaren Bügels am Rollenkopf
befindet sich erst im Anfangsstadium. Perücken und kunstvolles Wirrwarr
um fusselige Knoten unterbrechen unentwegt die ersten Versuche. Jedes
Moped verscheucht uns in angemessener Eile in die Waschküche.

Das Warten auf den ersten Biss erfüllt mich als Schmiere stehender
Posten und Zuschauer mit wachsender Ungeduld. Seine beweglichen Beine
bei der Behandlung des runden Leders sind ein unglaublicher Gegensatz
zur Unbeholfenheit seiner Hände. Seine erfolglose Wurmbaderei reizt mich
ungemein. Ich schwöre unteilbaren Schadenersatz. Die Haftung für die Unversehrtheit des Angelzeuges nehme ich gerne auf meine Kappe. Widerwil-
lig, gelockt von meinen Versprechungen und zermürbt von der Pleite seiner
Fehlversuche, überlässt er mir seine Angel.

Eine Heuschrecke wechselt nach dem Fang unfreiwillig den Platz vom
Halm eines Rispengrases auf den scharfen Haken. Das mit den Zähnen fixierte Klemmblei streckt die Schnur. Punktgenau wird das zappelnde Heupferd mit Hilfe der langen Stange am Anfang eines Unterstandes versenkt.
Pfeilschnell stößt ein Schatten aus dem Versteck, wendet und schwimmt
dem abtreibenden Lebendköder wie ein Torpedo nach. Diese angepassten
Bachforellen fallen mit ihrem bunten Schuppenkleid auf. Die roten Flecken stechen förmlich ins Auge. Der grüne Hüpfer torkelt über die Steine
zum nächsten Gumpen und taucht im Wirbel des schäumenden Wassers
unter. Die Verfolgerin huscht dem Happen nach. Sie verschwindet ebenso

im sauerstoffreichen Blasenberg der Walze. Blitzschnell vergreift sie sich zu meiner unbeschreiblichen Freude an der üblichen Sommerkost.

Das Gewicht am Ende der Schnur bedeutet Beute. Mit einem Schwenk landet die Getupfte auf der Böschung und wird von meinem Körper am Zurückgleiten in das Wasser gehindert. Der rechtmäßige Besitzer des Angelzeuges ist sprachlos. Ehe er seinen Mund wieder schließen kann, habe ich der Forelle den Widerhaken aus dem Maul gedreht. Die vielfachen Übungen an den stinkenden Heringen machen sich bezahlt. Die zappelnde Beute fest umklammert, laufe ich den kurzen Weg zum Brunntrog und der Fisch erfrischt sich am Quellwasser. Aus dem Vorrat an Zaunholz und engmaschigem Hasengitter basteln wir noch im Einvernehmen die Abdeckung. Gut gemeint, erhält der gestresste Fisch zahlreiche Regenwürmer zur Beruhigung. Reihenweise sinken sie unbeachtet zu Boden und winden sich durch den Algenteppich.

Alsbald erlahmen ihre Bewegungen. Sie ertrinken lautlos, dafür nehmen unsere Streitgespräche um den Besitz an Heftigkeit zu. Mein Freund besteht auf die Forelle, denn der Fisch wurde mit seinem Angelgerät erwischt. Ich bin hingegen der Meinung, dass die Getupfte nur mir gehört. Schließlich habe ich als geübter Schwarzfischer die Standforelle aus dem Unterschlupf gelockt und zum Anbiss verführt. Außerdem zähle ich den Bachabschnitt entlang der Grundgrenze zu meinem hauseigenen Privatgewässer. Mit Sachverstand lässt sich der Streit um die Beute nicht mehr beilegen. Das schwimmende Opfer verfrachte ich mit entschlossener Wut im Bauch in einen mit reichlich Wasser gefüllten Eimer. Reine Notwehr ist die Flucht mit dem Fischkübel in das Wohnhaus. Die Freundschaft bekommt einen gewaltigen Riss. Mein Feind zerlegt heulend seine Steckrute und verlässt im Laufschritt den Tatort.

Der Aufruhr steht mir in das Gesicht geschrieben. Diese Wildheit bleibt natürlich meiner Mutter nicht verborgen. Ihre Versuche zur Beschwichtigung klingen wie Alarmglocken in meinem vom Beutetrieb besetzten Kopf. Ich entgehe ihnen, indem ich mich mit dem Fisch im Behälter in den Kartoffelkeller zurückziehe. Die klappbare Türe verschließt den Rückweg, und im schummrigen Licht bewache ich auf einer mittleren Treppenhöhe sitzend meinen Rekordfisch. Die Finsternis im Verlies schärft die akustische Wahrnehmung. Auch der vor Nagetieren gesichert an der Decke hängende Speck kann mir die Situation nicht schmackhaft machen. Winzige Lichtstreifen dringen von der Außenwelt in den Lebensmittelkeller und erhellen sich an den Wölbungen der Vorratsgläser. Der Geruch von verfaulenden Kartoffeln wird allmählich erträglicher. Trotz der Finsternis und Ungemütlichkeit im Kellerloch denke ich keine Sekunde ans Einlenken. Mein Vater mischt sich nicht ein, er enthält sich jeder Bemerkung. Er hat mir schließlich das Fischen mit den Händen beigebracht und mit den Glasheringen die Freude an der Fischerei vermittelt. Honig um den Mund schmiert mir hingegen meine Mutter. Sie möchte mich überreden, einzulenken. Der Kübel wird nur noch fester umklammert. Die Großmutter ist besorgt. Sie denkt an den möglichen Verlust der Laufkundschaft. Der Frischmilchverkauf ab Hof ist ein willkommener Zusatzverdienst. Er bringt mehr Groschen in die Sparbüchse als die Milchlieferung an die Molkerei. Viele Nachbarn und auch die Eltern meines momentanen Feindes schätzen den Fettgehalt der Bauernmilch. Sie holen sich täglich einen Liter mit einem Schuss Zuschlag.

Die beharrlichen Worte der Erwachsenen lassen meinen Trotz allmählich abklingen. Aber erst nach dem feierlichen Versprechen, dass auch ich bei nächster Gelegenheit eine komplette Angelausrüstung erhalte, komme ich aus dem Keller. Vor dem Haus treibt sich bereits mein Freund mit seinem Vater herum. Mit einem hämischen Grinsen nimmt er die Kellerforelle samt Kübel aus den Händen meiner Großmutter in Empfang. Getarnt hinter dem Vorhang, habe ich durch das Küchenfenster alles beobachtet. Ich fühle mich als Bauernopfer. Mein seelischer Schmerz ist unbeschreiblich. Erst nach Wochen begrabe ich das Kriegsbeil.

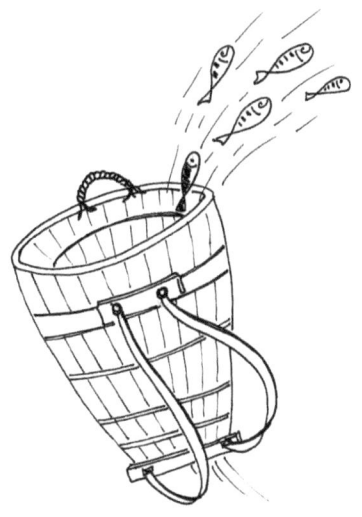

PFRILLEN

Wasserbau

Kaiser Franz I. von Österreich befand sich mit seiner Gemahlin im Juli 1832 auf der Rückreise von Tirol. Der Weg führte ihn über den Pass Thurn. Auf der Höhe bei Stuhlfelden ließ er anhalten, um sich einen Überblick über die verzweigte Wasserlandschaft des oberen Pinzgaus zu verschaffen. Die weitläufigen Sumpfflächen im Talboden sowie die in krummen Zügen fließenden Salzacharme müssen den Kaiser tief beunruhigt haben. Sein Befehl zur Trockenlegung der vernetzten Streulachen und der Plan zur Begradigung des Flusses veränderten nachhaltig den Charakter der zwischen dem Tauernmassiv und den Schieferalpen eingezwängten Landschaft.

Die Dynamik des fließenden Wassers, die zerstörerische Kraft angeschwollener Wildbäche und die regelmäßigen katastrophalen Überschwemmungen waren wesentliche Ursachen für die Regulierungsmaßnahmen. Mächtige Felsbrocken im Flussbett wurden als Strömungshindernisse beseitigt. Von einem Hangfuß zum anderen ließ das geringe Gefälle die junge Salzach pendeln. Die Mäander wurden angeschnitten, die Streckenlänge stark verkürzt. Erheblich beschleunigt, nimmt das fließende Element Schwung auf. Theoretisch, so die Denkweise der Wasserbauer, erhöhen ein enges Korsett und eine schnurgerade Strecke erheblich die Schubkraft des Wassers. Eine fatale Praxis, denn die Hochwassergefahr verschiebt sich ins Flachland.

Die sumpfigen Rosswiesen verschwanden bis auf wenige Bereiche. Die Nutzung der landwirtschaftlichen Flächen im Umfeld der gezähmten Salzach ermöglichte einen Aufschwung der Viehwirtschaft und gleichzeitig auch eine Besiedlung außerhalb der üblichen Schuttkegel. Aber die Salzach hat ihr Gesicht unglaublich verändert. Fische haben keine Stimme. Die Lebensbedingungen für viele Arten haben sich erheblich verändert. Auf einer Informationstafel des Lehrweges ist das Ausmaß der Veränderung der Fischarten vermerkt. Früher gab es im entsprechenden Abschnitt Bachforelle, Koppe, Äsche, Elritze, Bartgrundel, Hecht, Huchen, Rotauge, Perlfisch, Hasel, Schleie, Brachse und Halbbrachse. Heute schwimmen nur mehr Bachforelle und Äsche in der bereits wieder aufgeweiteten Salzach. Ergänzt wird der Bestand durch die eingebürgerten Amerikaner wie Regenbogenforelle und Bachsaibling. Unser Wohlstand lässt viele Arten verschwinden. Stirbt eine Art aus, dann reißt es andere mit.

Der Zeitsprung, mehr als ein halbes Jahrhundert zurück, eröffnet einen beschaulichen Blick auf meine Köderfischlaufbahn. Mein jugendlicher Respekt ist gegenüber fremdem Eigentum dürftig entwickelt. Nach meinem damaligen Weltbild gehören Erde, Luft und Wasser allen Menschen auf Erden. Es kümmert mich als Lausbub nicht im Geringsten, dass Fischereirechte nicht an Grundbesitz geknüpft sind. Einen Steinwurf weit vom Nachbarzaun entfernt, in Fließrichtung betrachtet, sprudelt zwischen einigen groben Steinen eine kräftige Quelle an das Tageslicht. Hervorragende Wasserqualität schüttet sie an die Oberfläche. Nach jedem Schluck verursacht die Frische ein Prickeln im Kopf. Einleitungen aus den sauren Wiesen lassen alsbald das Bächlein anschwellen – schlechthin der Lebensraum für die noch in Schwärmen vorkommenden Pfrillen oder Elritzen. Träge pendeln Wasserpest und Laichkraut in der sanften Strömung. In Mulden des Bachbettes, wo Grundwasser blubbernd austritt, treffen sich die Futterfische nicht nur zur Laichzeit in unglaublichen Mengen.

Auch die Pfrillen sind mit dem fantastischen System des Seitenlinienorganes ausgestattet. Wie eine Naht zieht sich an der Flanke entlang ein Band aus Spezialschuppen. Der Abstand zu Hindernissen sowie die Entfernung zum Schwarmpartner werden registriert. Die sensible Wahrnehmung von Druckunterschieden erleichtert das Aufspüren der Beute oder löst über einen Reflex die Flucht bei Bedrohung aus. Im Flossengleichklang passt sich das Einzelwesen dem Schwarmverhalten an. Die Gruppe vermittelt Sicherheit. Ein erfolgreiches Überlebensprinzip bieten die vielen Augenpaare. Außerdem fällt es einem Angreifer schwer, sich für ein Tier zu entscheiden. Ständig wechseln die Happen und die Fluchtrichtung vor dem Maul. Verwirrung bleibt und lässt einen Anfänger oft scheitern. Erwischt es dennoch ein Tier, dann verbreitet sich ein in der Schleimhaut verborgener Botenstoff rasch mit der Strömung. Die Sinnesorgane melden Alarm. In Panik flüchten die Schwarmfische.

Mit dem leichten, aber geräumigen Laubkorb sperre ich an einer Engstelle das Bächlein ab. Die luftige Bauweise mit dem Flechtmaterial gewährt einen unverdächtigen Durchfluss, ohne Stauwirkung. Listig umgehe ich den Schwarm im Hochzeitsrausch und treibe die begehrten Köderfische durch langsames Waten in die Falle. Das aufgewirbelte Bodensubstrat schreckt sie flussabwärts. Sie flitzen der Wolke voraus direkt in die praktische Reuse.

Wenige Tiere schaffen es, unter die Wölbung des Korbes zu flüchten. Ein geringer Teil wirft sich im Gefängnis noch herum, ehe ich den Korbwulst blitzschnell vom Boden reiße. Sie schaffen mit dem zurückschwappendem Wasser noch den Sprung in die Freiheit. Einer mächtigen Gießkanne ähnlich rinnt das Wasser aus dem Flechtwerk. Am Boden zappelt der Fang. Flugs schüttle ich die Fische behutsam in eine Zwei-Liter-Milchflasche aus verbeultem Aluminium, greife mir die verirrten Opfer aus dem Gras und ziehe mich wieder auf den Grundbesitz der Eltern zurück.

Der Rauminhalt der großen Milchkanne bietet viel Platz für sauerstoffreiches Quellwasser. Es gewährt den Schwarmfischen nach dem Umleeren ein langes Überleben. Ohne Hemmungen transportiere ich auf dem Gepäckträger des Waffenrades die unauffällige Milchkanne samt Inhalt. Durch das Schütteln mischt sich auf dem Heimweg die Luft mit dem Oberflächenwasser in der Kanne. Alle Fische überleben die Lieferung. Sie dürfen sich vorübergehend in der Viehtränke erholen. Ausdauernd verfolge ich die kleinsten Schwarmvertreter. Sie wechseln neuerlich ihre Umgebung aus dem eckigen Trog in ein rundes Einweckglas. Zur Beobachtung stehen sie unter dem Kruzifix im Herrgottswinkel. Täglicher Wasserwechsel hält die Elritzen – sie müssen hervorragende Hungerleider sein – lange am Leben. Der Glasbehälter ist ohne Umwälzpumpe ein schlechter Vorläufer der später üblichen Aquarien. Auch ich verstehe noch nicht die Lebensgemeinschaften und die Nahrungsnetze im nassen Lebensraum. Ungefressen vergammelt das gut gemeinte Futter aus Maden und Würmern am Kiesboden des Gefängnisses. Für den Besatz mit Sauerstoff erzeugenden Wasserpflanzen fehlt mir der Verstand. Trotz meiner Pflege fische ich immer wieder Leichen aus dem Behälter.

Die prächtigsten Köderfische liefere ich nach Ende der Ordinationszeit meiner besten Kundschaft, und zwar dem Dorfarzt. Als Ausgleich zu seiner Arbeit genießt er das Weidwerk auf Forellen und Äschen. Außerdem leitet er als Chef das mit rund dreißig Betten bestückte Dorfspital. Schwerkranke finden kaum nächtliche Erholung, denn das Gebäude liegt unmittelbar an der Hauptstraße. Mir bringt die Zustellung der Lebendköder einen satten Betrag inklusive Trinkgeld und dem Herrn Doktor kapitale Fische aus den umliegenden Gewässern.

Immer wieder habe ich die Ehre, ihn als „Lagelträger" zu begleiten. Ich kenne auch die besten Fangplätze von der Einmündung der Stubache in die Salzach, die überhängenden Uferabbrüche im Paradies oder die wenigen Mäander mit dem tiefen Wasser an der Außenkurve. Rein zufällig bin ich oft am Abend an den Streckenabschnitten unterwegs. Ich begleite den Mann spontan wie ein Sherpa. Mit meinen Köderfischen fängt er reichlich Beute, die stets weit über das vorgeschriebene „Brittelmaß" hinausreicht. Mit gebührlichem Abstand bewundere ich seine Methode. Ohne Skrupel verliert der Köderfisch seinen Kopf, und der glitzernde Körper hängt rasch aufgezogen am Bleikopf samt scharfem Haken. Die Verführung gleitet tief am Boden, von ruhigen Händen geführt, von der Strömung naturnah bewegt, an vermuteten Standplätzen vorbei.

Eine erhebliche Schwäche haben die großen Fleischfresser für die tot oder lebend durch das Wasser gezupfte Pfrille. Möchte der Dorfarzt nur große Äschen mit der faszinierenden Fahne als Rückenflosse erbeuten, dann hakt er die Köder bei lebendigem Leibe mit feinerem Zeug nur an der Oberlippe ein. Die Notatmung des Opfers bleibt erhalten und das Schwimmverhalten ähnelt einem verletzten Fischlein. Die stürmischen Angriffe auf den Leckerbissen sind die besten Beweise für die Gewitztheit, auf diese Art und Weise zu fischen. Ich träume mit offenen Augen von meiner künftigen Entwicklung zum Meisterfischer mit Vollmacht für alle Gewässer. Wie bei den Schamanen üblich, soll die Kraft der Gedanken die Wirklichkeit beeinflussen. Urplötzlich reißt mich der scharfe Klang meines

Spitznamens aus der Fantasiereise. Mein Lehrmeister braucht dringend das längliche Fischgefängnis, um die Kapitale nach der Drillphase lebend zu versorgen. Mein Verweilen im Tagtraum versuche ich durch Eile auszugleichen. Der kürzeste Weg zum fischenden Arzt führt zwischen den Stämmen der eng stehenden Grauerlen hindurch.

Den Blick auf den Landeplatz der dicken Bachforelle geheftet, breche ich ungestüm durch das Unterholz. An einem abgebrochenen Ast verfängt sich der Traggurt und reißt den altersschwachen Karabiner aus der Halterung. Das Behältnis mit den Köderfischen kippt so unglücklich auf die Stirnseite, dass sich durch die Erschütterung auch der zu locker angepasste Deckel löst. Ein Schwall mit glitzernden Elritzen ergießt sich über den vegetationsreichen Boden der Au. Die Brut schwimmt mit der Flut zwischen die zahlreichen Wurmfarne. In Todesangst zappeln sie an Land. Unbeschreiblich ist mir die Peinlichkeit.

Die Rettung möglichst vieler Fische kostet erheblich Zeit. Während ich am Flussufer den vorübergehend geretteten Trockenfischen neues Wasser für die Kiemen zuführe, hat mein Doktor seinen Fang verloren. Für die Schelte habe ich Verständnis. Trotzdem ist mein Stolz tief gekränkt. Mit allen Kräften wehre ich mich künftig gegen jeden Anflug einer Krankheit. Der Arztbesuch dünkt mir gefährlich wie das Fegefeuer. Nur nicht in seine Augen blicken, das ist mein einziges Bestreben. Ab sofort stimme ich die Besuche am Fischwasser vorbeugend mit den Ordinationszeiten des Doktors ab.

Die Hirnwäsche der damaligen, landwirtschaftlichen Kammerfunktionäre trägt schlechte Früchte. Höchster Nutzen des Maschineneinsatzes ist das Ziel. Prächtige Solitärbäume und frech in das Feld wachsende Hecken duldet man nur an der Grundgrenze. Wiese, Feld oder Acker sind reine Produktionsflächen. Es ist kein Platz für Biotope. Rückzugsgebiete für die Tierwelt finden keine Wertschätzung. Wasserläufe zerstückeln nur die Flächen. Ausräumen und Zuschütten sind das Gebot der Stunde.

So schütten die modernen Landwirte die nassen Gräben zu. Die Geschäftsführer der Lagerhäuser reiben sich die Hände. Der Verkauf der Drainagenrohre belebt das Geschäft. Die Intensivierung und Mechanisierung der Landwirtschaft sowie der schnöde Produktpreis drängen zur Quantität. Maschinengerecht sollen die Flächen für die Bewirtschaftung zusammengelegt werden. Schmale und in die Länge gestreckte Felder sind das Ziel für die optimale Nutzung durch die mit Schuldenbelastung erworbenen, schweren Traktoren. Krumme Bächlein und artenreiche Entwässerungs-gräben sind Feinde des Fortschritts. Das lautlose Sterben der kleinen Fließ-gewässer und Tümpel ist in jener Zeit Mode.

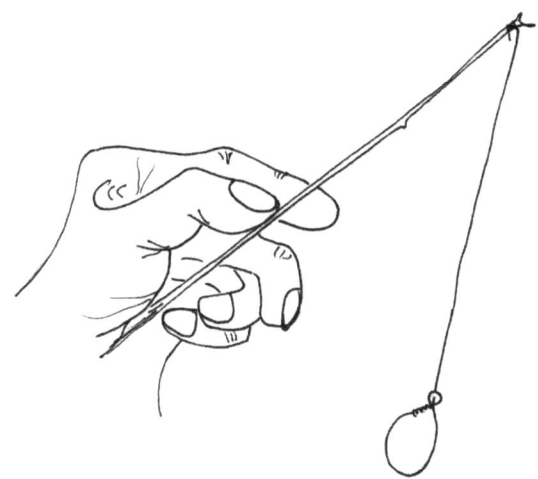

DRAHTIGES HANDWERK

Lehrzeit

Das Uttendorfer-Moos ist eine rund fünfunddreißig Hektar große Ge-
meinschaftsweide. Auf dieser ausgedehnten Fläche, die einen hohen Anteil
an feuchten Wiesen, ein Netz von entwässernden Gerinnen und sumpfige
Zonen aufweist, weiden durchschnittlich an die vierzig Arbeitspferde. Ein
holpriges Fußballfeld, mit einem schräg querenden Schotterweg zwischen
geschätzter Mittellinie und den netzlosen Torrahmen aus angefaultem Holz,
liegt ebenfalls auf der Paradiesfläche für die Kaltblutrasse Noriker.

    An vielen Stellen bezeugen dicke Lärchenpfosten über moorigen Pfüt-
zen, dass der nach langen Regentagen aufgewühlte und dreckige Fuhrweg für
Fußgänger zur Schlammschlacht wird. Auf den rutschigen Brettern können
die Kirchgänger oder Gasthausbesucher ihr nobles Sonntagsschuhwerk vor
Schmutz retten. Während die Frommen die Predigt erdulden, feilschen in den
Gasthäusern die Geschäftemacher oder warten im Sonnenschein das Ende
der Messe ab. Die berühmte Pferdeschwemme in der Weltkulturerbe-Stadt
Salzburg hat einen dörflichen Ableger. Von der Dammkrone aus sind es nur

wenige Sprünge bis zur Amphibienlacke. Die porösen Formationen aus Kies und Sand im Boden wirken wie ein Siphon. Der Pegel der Salzach regelt den Wasserstand des gestreckten Tümpels. Reichlich wasserliebende Pflanzen säumen den Übergang. Sumpfschachtelhalm, krauses Laichkraut und Tausendblatt breiten sich mit abfallendem Grund aus. Die über die Oberfläche ragenden Zipfel sind begehrte Landeplätze für die Schlankjungfern. Ringelnattern mit dem hübschen Fleck eines Halbmondes auf dem eiförmigen Kopf schlängeln sich elegant über den Tümpel und lauern den Fröschen auf. Sie haben den Lurch zum Fressen gern. Die Häufigkeit der Blutegel – die Erwachsenen vermiesen uns durch blutige Geschichten über diese das Badevergnügen – schwindet mit zunehmender Tiefe. Allmählich reicht der Platz unterhalb des Körpers zum Schwimmen, ohne ständig im Schlamm wühlen zu müssen. Eine wackelige Holzkonstruktion aus geklautem Zaunholz dient als Sprungbrett. Pferdeäpfel säumen in Massen das Ufer und die Mischung aus Teichwasser und Urin stört nur empfindliche Nasen.

Wir Helden tauchen nur mit offenen Augen durch die trübe Brühe. Die gerötete Bindehaut ist ein sichtbares Maß für die Gesamtdauer der Unterwasserphasen im Biotop. Mit Mut stürzen wir uns in die reißende Salzach, um im Vergleich mit der kürzesten Abdrift den besten Schwimmer zu ermitteln. Die Kälte der vom Gletscherwasser getrübten Lebensader sorgt für prickelnde Durchblutung der Haut. Zum beklagenswerten Wurmfortsatz schrumpft die pubertierende Männlichkeit, und die Oberfläche des Körpers erinnert an die im heißen Wasser getöteten Krebse. Die Verrücktesten unter uns spazieren flussaufwärts bis zur im Volksmund genannten „Hitlersiedlung" am Stubachspitz. Mit Hilfe der Strömung sowie ausdauernder Schwimmleistung schaffen wir gewaltige Streckenrekorde zwischen den spärlichen Brücken. Steif und unkontrolliert halte ich mich nur mit Mühe an den kantigen Steinen der Uferbefestigungen fest. Die Schinderei löst sich in Wohlgefallen auf, als der Temperatursinn nach dem Eintauchen in die Froschlacke beinahe Verbrennungssymptome meldet.

Eine blubbernde Quellschüttung in Nachbarschaft weitet sich rasch zum munteren Wiesenbach aus, von den Bauern als Trinkwasser bei der Heuarbeit und als Tränke für das Weidevieh geschätzt. Die stufenlose Einbindung in die Salzach lockt die Forellen zum Laichaufstieg. Wir Lausbuben können der Wilderei nicht widerstehen. Natürlich habe auch ich die Mär mit dem Salz probiert. Erwachsene Schlitzohren behaupten nämlich mit todernster Miene, dass Salzkristalle, punktgenau über den Hinterteil des Fisches gestreut, durch eine chemische Reaktion das Tier lähmen. Es bedürfe nur eines kleinen Aufwands, um das betäubte Wesen mit dem Bauch nach oben aus dem Wasser zu fischen. Ganze Füllungen von Salzstreuern habe ich vergeblich von Stegen und Brücken aus in die Fluten rieseln lassen.

So folge ich bereitwillig meiner inneren Stimme. Nicht Potenz wölbt die Taschen meiner Hose, sondern eine Rolle feinen Drahtes aus Konstantan. Das geschmeidige und dünn gezogene Metall braucht mein Vater in der Imkerei. Im Bereich von Brücken stehen gerne die kapitalsten Fische des Wassers. Ihre Flucht in den Schatten verwirrt viele Feinde. Gebückt und ohne Erschütterung der schwammigen Böschung nähere ich mich dem Übergang. Ein Rundling begrenzt auf beiden Seiten die locker verlegten Pfosten. Indianer sind laute Gesellen im Vergleich zu meiner Pirsch. Die wackelnden Bodenbretter sind längst gewissenhaft in ihrer klappernden Reihenfolge erforscht. Behutsam schiebe ich, auf dem Bauch liegend, meinen Kopf über den Rand der Begrenzung. Sie, die Auserwählte, ist noch da. Fast bewegungslos hält sie sich in der leichten Strömung über Grund auf. Als Hindernisse pendeln Zöpfe aus Grünzeug in ihrer Nähe. Sie bieten den Fischen ausgezeichneten Unterschlupf. Nur eine kleine Sedimentwolke zieht mit der Strömung. Sie verrät den Eingang des Fluchtweges zwischen den Sprossen der Sauerstofflieferanten. Mein regelmäßiger Rundblick erleichtert die Konzentration auf das begehrte schwimmende Objekt.

Lautlos und im Tempo einer Superzeitlupe wickle ich den Draht mit der vorbereiteten Schlinge von der dicken Zwirnspule ab. Langsam senkt sich der Draht auf die Oberfläche des Baches. Die Tiefe wird von der Bachforelle in weiter Entfernung mit den hervorstehenden Augen ausgelotet. Die Schlinge behält ihre tödliche Form während der Probe. Der Test ist vielversprechend und das Gerät einsatzbereit. Mit Bedacht steuere ich es mit ausgestrecktem Arm vor das pulsierende Maul der Getupften. Trotz des geringen Querschnittes des Drahtes schiebt der sanfte Strömungsdruck des Wiesenbaches die Schlinge unauffällig über den Kopf des Opfers. Die Lichtbrechung und optische Täuschung spielen bei der senkrechten Peilung keine Rolle. Mit einem Ruck reiße ich am Draht. Blitzschnell schließt sich die Schlinge und der feine Draht schneidet sich tief in das weiche Fleisch des Bauches ein. Ehe das zappelnde Opfer auf dem Land seinen Ortswechsel begreift, habe ich ihm kompromisslos und rasch mit geübtem Griff das Genick gebrochen. Ich wage es nicht, meinem Großvater, dem Patriarchen, die hübsche Bachforelle als Beute vor die Augen zu halten. Ein paar Streiche mit seinem Hosengürtel, als erzieherische Maßnahme zur Förderung des Pflichtbewusstseins gesetzt, wären mir gewiss. Die Freude am erfolgreichen Pirschgang behalte ich für mich. Einstweilen verstecke ich den Fisch in einem Loch unterhalb der Brücke. Ich werde die Getupfte heimlich am Abend holen und der Katze hinter dem Hühnerstall als Festschmaus anbieten.

Donarit im Bohrloch zerreißt den Fels, wenn über den Schussdraht der Funke eilt. Dieser Draht, in einigen sortierten Farben gehandelt, besitzt von seiner Kalibrierung und seinen maßgeblichen Eigenschaften wie Gewicht, Sichtbarkeit und Elastizität her die optimalen Voraussetzungen für den Einsatz in der rustikalen Fischerei. Ein Taschenmesser mit scharfer Klinge und ein paar Meter des Drahtes genügen. Unauffällig lässt sich diese Ausrüstung in der Hosentasche verstauen. Der mobile Radius mit dem Fahrrad ist weit genug, um die fischreichen Gewässer meines Reviers zu besuchen. Mit Gespür für den edlen Zweck suche ich mir passenden Ersatz für die verräterische Fischstange aus dem Angebot der Auen. Fürwahr, ein Selbstbedienungsladen ist für mich die Natur! Die Befestigung der erfolgreichen Schlinge erfolgt nach mehrmaliger Überprüfung des Umfeldes auf unerwünschte Mitwisser unmittelbar am Wasser. Rückendeckung gewährt meistens ein guter Freund, der in arbeitsfreien Schichten an unverdächtigen Stellen Schmiere steht. Raffinierte Drahtfischer ergänzen ihr Arbeitsgerät gar mit einem elastischen Stahl aus alten Regen- oder Sonnenschirmen an der Spitze. Die Verlängerung am Holz wird von reichlich Isolierband festgehalten. Der Spitzenteil dämpft und reduziert wegen seiner Unauffälligkeit das Fluchtverhalten der scheuen Forellen in den Bächen erheblich. Der Saum aus Grauerlen erhöht den Sichtschutz. So manchen Fisch haben wir mit Vergnügen bis zur beiderseitigen Erschöpfung gejagt.

SCHWARZREITER

Durch die Maschen

Mein Vater hat während seiner Zeit bei der Wehrmacht den Führerschein für das Motorrad und den Lastkraftwagen erworben. Seine körperlichen und geistigen Voraussetzungen wurden für tauglich befunden. Im Krieg holte er sich geringfügige Wunden und überlebte die Gefangenschaft. Die zwei Arbeitspferde verdienen sich leider kein Gnadenbrot und werden durch einen PS-schwachen Traktor ersetzt.

Mein Großvater ist skeptisch. Er besteht auf einer Übergangsfrist, damit er sich von seinen Rössern allmählich trennen kann. Ein fester Griff an der Startkurbel erhält die Gesundheit, denn die Kompression der Zugmaschine schlägt bei Ungeschicklichkeit unbarmherzig zurück. Handgelenke oder Finger büßen für die Zaghaftigkeit. Auf den Kotflügeln sind zwei begehrte Beifahrersitze mit Sicherheitsbügeln und Fußrasten vorgesehen. Trotz Bandscheibenmassage streiten sich meine Schulfreunde um das Vergnügen einer Rüttelfahrt. Um wichtige Fahrten zu beschleunigen, leistet sich die Familie zusätzlich eine blaue Puch mit 125 Kubikzentimetern Hubraum. Beim

Umschreiben des Führerscheines gibt es plötzlich Ärger. Die festgestellte Rot-Grün-Blindheit meines Vaters dient den Behörden als Anlass, um die wichtigen Lenkerberechtigungen einzuziehen.

Die Entscheidung des Amtsarztes ist eine Katastrophe, da Haus und Hof weit von den landwirtschaftlich genutzten Flächen entfernt liegen. Meine Mutter begehrt auf. Ein gutes Verhältnis zu einem Herrn der Bauernkammer in Zell am See vermittelt ihr die wichtigen Kontakte im Landwirtschaftsministerium in Wien. Dem Bittschreiben über die Notsituation liegen auch Bestätigungen seitens der Gemeinde und ein ärztliches Attest über ihre Schwangerschaft im siebten Monat bei. Das Warten auf eine positive Rückmeldung und weitere Briefe bewirken keine Reaktion. Deshalb reist sie mit dem Zug in die Bundeshauptstadt. Ein Taxifahrer bringt sie vom Westbahnhof an den Ort der Hoffnung. Die Aufregung, die Strapazen und die Belastung durch das wachsende Kind lassen sie, nach ihrer Schilderung, blass vor den Türen der wichtigen Abteilung die Sekretärin um ein Glas Wasser bitten. Ihr Gesamteindruck und der gewölbte Bauch bringen schließlich Bewegung in die Amtsstuben.

Es stellt sich rasch heraus, dass ihre Notschreiben ungelesen im Stapel der Einlaufpost auf den Ablagen verstauben. Sie erklärt neuerlich die Sorgen durch den Einzug des Führerscheines und hält abschließend entschieden fest: „Wenn ich keinen positiven Bescheid erhalte, dann warte ich bis zu meiner Niederkunft vor dem Ministerium!" Diese hartnäckige Meldung bewirkt, dass mein Vater den Traktorschein wieder erhält, aber mit einer Beschränkung: Er darf den Schlepper nur im Umkreis von zehn Kilometern, vom Hof aus gemessen, auf öffentlichen Verkehrswegen steuern.

Mit Mühe erreicht meine Mutter den letzten Zug Richtung Westen. Die Anschlussverbindungen sind und bleiben ein Sorgenkind der Randregionen. Das Taschengeld zerfloss in der Großstadt, das Taxi für die Heimfahrt nach Uttendorf ist nicht mehr erschwinglich. Meine schwangere Mutter nimmt daher die Herausforderung des Nachtmarsches von rund zwanzig Kilometern notgedrungen an. Auf den Schwellen zwischen den Schienen der Schmalspurbahn tappt sie in der Dunkelheit vorwärts. Sie möchte nicht als Asphaltschwalbe verdächtigt werden, auch sind ihr die Männer um diese Zeit nicht geheuer. Abgekämpft erreicht sie etwa um drei Uhr den Hof und bricht beinahe vor der Haustüre zusammen. Ihr Seufzer weckt den leichten Schlaf der Schwiegermutter. Mit wenig Mitleid reckt sie den Kopf aus dem Fenster und stellt die unvergessliche Frage: „Hast du den Führerschein?"

Anschließend meint sie verbittert: „Weitere Kinder für den Krieg aufziehen brauchst du eh nicht!" Die nächtliche Fußstrecke und vermutlich andere Faktoren tragen Schuld am Abortus meines Bruders.

Die Puch bleibt im Besitz der Familie, obwohl der Motorradführerschein von der Behörde eingezogen wurde. Mir ist es recht, da ich den Rausch der Geschwindigkeit mit Vergnügen auf den Feldwegen und quer über die gemähten Wiesen ausgekostet habe. Das Schalten der Gänge und Gasgeben sind ein Klacks. Schwierigkeiten bereiten mir nur der kurvenreiche Weg zwischen den Hügeln der Maulwürfe und die Unebenheit des Bodens. Seit den ersten Ferienwochen liebäugle ich mit dem Plan, dass ich nach dem rechtmäßigen Kauf einer Fischerkarte einen Schwarm Saiblinge aus dem Grünsee fangen werde. Eine Fahrt mit dem Linienbus habe ich nicht vor. Außerdem müsste das Vergnügen der Lustfischerei laut Fahrplan bereits am frühen Nachmittag abgebrochen werden. Daher werde ich mich weit vor dem ersten Schrei des Hahnes aus dem Hause schleichen, im Leerlauf aus dem Hörbereich rollen und mit der Puch die Anfahrt zum Talschluss meistern. Ich spiele gar mit der Idee, im schäbigen alten Ledermantel des Vaters aus seiner Wehrmachtszeit den einzigen Dorfgendarmen zu täuschen. Ohne Helm und Augenschutz treibt es mir bereits bei mittlerer Geschwindigkeit das Wasser aus den Augen. Der schlechte Straßenzustand, Schlaglöcher, Kopfsteinpflaster und die winzigen Kiesel in den Serpentinen verlangen meine vollste Aufmerksamkeit. Ich spüre das Schwänzeln des Hinterrades. Als blutiger Anfänger habe ich alle Hände und Beine voll zu tun, um die Maschine ohne Schrammen auf Kurs zu halten. Nur sporadisch genieße ich während der Fahrt die prächtigen Eindrücke eines der schönsten Täler in den Hohen Tauern, zumindest bis zum Zeitpunkt der energiewirtschaftlichen Nutzung

In ständiger Sichtweite des abfließenden, mickrigen Überlaufes steige ich über einen harmonisch angelegten Jägersteig zum Klammeinschnitt empor. Das vorhandene Steinzeug haben die Wegmacher geschickt in Treppen und Stufen angelegt und verarbeitet. Der schüttere Lärchen- und Zirbenbestand findet für seine Wurzeln kaum Erdreich zum Festkrallen. Zu massiv verteilt sind die gewaltigen Steinklötze nach den regelmäßigen Felsstürzen in dem engen Einschnitt. Die Sorge um einen Platz an den wenigen Bacheinläufen treibt mich unerbittlich an. Außer Atem und hechelnd wie ein Hund erreiche ich mit der Last am Rücken den Grünsee, der seine Unschuld als natürlicher Bergsee nur durch eine lächerlich kleine Staumauer verliert. Sofort taste ich mit meinen Blicken die Einläufe und den Großteil des einsehbaren Ufers ab. Kein Konkurrent sitzt oder steht am Wasser. Der See liegt knapp über siebzehnhundert Metern Seehöhe eingerahmt von Bergen in einer Mulde des ehemaligen Gletscherbereiches. In einem Gneiskopf, unmittelbar neben dem spärlichen Überlauf in die Klamm, ist ein eiszeitlicher Zeuge zu bewundern. Der Gletschertopf hat die Größe eines Plumpsklos für Riesen. Ausgeschliffen ist die runde Form durch die Tätigkeit der Gletschermilch. Mächtige Gesteinsplatten aus Gneis bilden fußfreundlich den Uferweg. Wackelsteine klappern oft beim Tritt. Sie vertreiben durch ihre Schwingungen die kleinen Fische aus den dunklen Unterständen. Der Bacheinlauf am Ende des Sees ist mein Ziel. Die fingerlangen dunklen Striche mit Flossen stehen ausgerichtet in der Strömung, die im Bereich der späteren Mittelstation ihren Schwung im Bergsee verliert. Die größeren Exemplare drängen sich an der Spitze der Fresspyramide. Der Appetit lässt die Fischlein aktiv nach Nahrung an der Oberfläche suchen. Jede Bruchlandung eines Insektes endet zwischen den spitzen Zähnen.

Eine sanfte Brise kräuselt das grüne Wasser und trübt den Salmoniden den Blick auf meine Gestalt. Viele zerfließende Ringe im Windschatten des Sees zeigen die Lebhaftigkeit der steigenden Fische an. Immer wieder platscht es aufreizend, wenn die Zwerge nach dem Fliegensprung in ihr Element eintauchen. Widerliche rote Maden auf extrem kleinen Haken und einem Vorfach, weit dünner als ein Frauenhaar, verführen die ersten kleinwüchsigen Schwarzreiter. Ein vergnügliches Fischen, und laufend tauschen die Flossenträger ihre Freiheit in der Weite des smaragdgrünen Sees mit der Enge innerhalb der Maschen des Setzkeschers. Ein handlicher Stein beschwert das Netz am Boden. Im gestreckten Gefängnis zappeln die begehrten Speisefische zuhauf.

Anstelle eines Hundes bewacht mein Rucksack samt Jause das Netzgefängnis mit den zahlreichen Kümmerlingen. Mir ist nach mehr Beute. Ein Ortswechsel und der Versuch mit der neuen Taktik sollen mein Glück verlängern. Mit der elastischen Spinnrute geschleudert erzielt die lichte Wasserkugel erhebliche Weiten. An der gegenüberliegenden Öse hängt an einem hauchdünnen, rund einen Meter langen Vorfach eine kleine schwarze Fliege. Das Kunstobjekt schaukelt gut gefettet in der Oberflächenspannung des Bergsees. Die unmerkliche Strömung zieht das gefährliche Paar mitten unter die steigenden Fische. Ohne Beißflaute schlürfen die schwimmenden Zwerge das tödliche Insekt ein. Einige Male beobachte ich mit Staunen, wie vor meinen Augen aus der Tiefe ein Räuber steigt. Der Größenunterschied ist beeindruckend. Mit weit aufgerissenem Maul verfolgt das Monster den um sein Leben zappelnden Artgenossen. Gierig schnappt der Kannibale nach dem Happen. Es ist einerlei, ob ich durch Kurbeln die Geschwindigkeit erhöhe oder aufreizend das Einholen bremse. Die Ungeheuer sehen mich im letzten Augenblick, drehen elegant ab und verschwinden wieder in die geheimnisvolle Dunkelheit. Ich tausche die Wasserbombe und die künstlichen Insekten gegen kleine Perlmuttspinner aus. Mit Vergnügen zähle ich mindestens zehn zerfließende Ringe, damit die Wunderwaffe Zeit zum Abtauchen in das Reich der großen Fische hat. Fächerförmig und mit zunehmender Entfernung sinkt mein Köderfischnachbau auf der Suche nach den Riesen. Der letzte Wurf wird ständig verschoben. Leider erweist sich das Warten auf die Angriffe aus der Unterwelt als erfolglos.

Nachträgliche Recherchen ergaben, dass die Österreichischen Bundesforste bereits in den 1960er-Jahren Besatzversuche mit dem großwüchsigen Amerikanischen Saibling durchführten. Heimlich und leise starteten sie das Experiment in so manchem Bergsee, ohne die Landesfischereiverbände zu informieren. Rein zufällig verloren sich wohl manchmal die Besatzlisten auf den Amtswegen.

Mit zahlreichen Rotbäuchen im Transportbehälter kehre ich nach einer Umrundung des Bergsees samt Klettereinlage im Bereich des Stierbichels zum Weißbach zurück. Meine Gedanken kreisen unablässig um die gesichteten kapitalen Verfolger meiner Beute. Die Fantasie ist geistige Nahrung für das Hirn. Noch schnell die Neuzugänge aus dem Transportbehälter zu den im Netz schwimmenden Artgenossen umleeren und anschließend den erfolgreichen Fang im Hochgebirge mit einer wohlverdienten Jause feiern. Beschwingt nähere ich mich meinen Siebensachen und kann die Entdeckung nicht begreifen. Ungläubig starre ich auf den fast fischleeren Kescher. Haben sich gar Wanderer an meinen Fischen vergriffen, oder sich nur einen blöden Scherz geleistet und ihnen eine Art Wiedergeburt ermöglicht? Schließlich entdecke ich einen größeren Schwarzreiter, der mit den Kiemen in den engen Maschen steckt. Wie Schuppen fällt mir die Erkenntnis von den Augen. Die kleinen Fische haben es geschafft, sich durch das Nylongeflecht des Netzes zu winden.

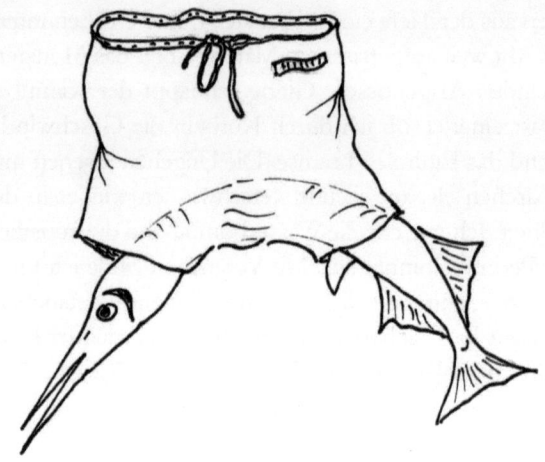

HORNHECHT

Dialog im Salzwasser

„An old fisherman and the catch of his life live here!" So steht es mit Hand geschrieben auf einem lackierten Holzbrett, das die Form eines Fisches zeigt. Das Schildchen verziert die Eingangstüre und ist das Geschenk einer englischen Lady.

Es stimmt, mein größter Fang ist meine Frau. Ein außergewöhnlicher Energieplatz für die Trauung, ein herrschaftlicher Sitz für die Hochzeitsfeier mit Freunden und der offene Geist eines musizierenden Pfarrers bilden die Basis für ein unvergessliches Hochzeitsfest. Gerne verzichten wir auf die dorfüblichen Störungen während der bereits lange vorverlegten Hochzeitsnacht. Dem Aufgebot von neugierigen Gratulanten entziehen wir uns durch gewiefte Flucht in das Reich der Dalmatinischen Küste.

Ein Notizblock voller Informationen über bildhübsche Geheimplätze entlang der Karstküste ist neben den Pässen und reichlich Lektüre eines der wichtigsten Reiseutensilien. Weder Algenblüte noch die matschigen Quallen trüben mein Glück als Wasserratte in der stillen Bucht. Meine junge

Frau genießt nach der Hektik der letzten Wochen die landschaftlichen Reize und die Entspannung mit den mitgereisten Freunden, den Büchern.

Abenteuerlust und Fernweh sind ein fruchtbares Paar. Stetig gleiten die Gedanken über das spiegelglatte, türkisgrüne Wasser auf die Horizontlinie zu, die sich im Dunst der Ferne auflöst. Weit vor dem Verlauf der gewundenen Küste reckt sich keck ein schroffes Eiland aus dem Mittelmeer. Die karge Schönheit zieht mich an.

Alle Befürchtungen, Einwände und Sorgen meiner Frau zerstreue ich durch Vergleiche mit den Distanzen bereits durchschwommener Seen in der Heimat. Mein Stil ist langsam, aber zügig und ausdauernd. Das nackte Inselchen liegt in Griffweite. Ich mustere die Felsen nach einer bezwingbaren Ausstiegsstelle. Ein dichtes schwarzes Band aus Miesmuscheln mit geschlossenen Schalen hängt teilweise über der Wasserlinie. Mit ihren Bärten fest am Muttergestein gesichert, trotzen sie der Ebbe und dem Wellenschlag bei Sturm. Es ist verdammt schwer, einige sichere Tritte oder Griffe zu entdecken. Die unglaubliche Dichte der Seeigel mit ihren langen Stacheln erschwert die Eroberung des unberührten Eilandes. In der Mitte der Kugel, dem Boden zugewandt, befindet sich der Mund des Stachelhäuters. Zweckmäßig einfach erfolgt die Entsorgung der Abfälle durch die gegenüberliegende Körperöffnung. Der Auftrieb im Wasser erledigt die Arbeit. Mir ist der primitive Körperbau dieser urtümlichen Geschöpfe momentan total unwichtig, vielmehr fürchte ich den schmerzhaften Kontakt mit einem ihrer zahlreichen Lanzen.

Ich kann nicht warten, bis die stacheligen Meeresbewohner mit ihrem geruhsamen Abweiden des bewachsenen Untergrundes meinen Hafen räumen. Ihr Verteidigungssystem bereitet mir erhebliche Mühe, denn die kräftige Dünung lässt mich nicht mit sicherem Griff meinen Körper aus dem Salzwasser stemmen. Immer wieder saugt mich ablaufendes Wasser zurück aus dem Halt. Im Schaum der Gischt sind die biologischen Nadelkissen schwer auszumachen und ich möchte wahrlich keine abgebrochenen Kalkspieße in meinen nackten Sohlen als Andenken einsammeln. Je nach Tiefe der eingetretenen Fremdkörper sind Entzündungen die Folge. Schmerz und humpelnde Fortbewegung sind der Tod der Flitterwoche. Zusätzlich sind die scharfen Kanten und Spitzen des Kalksteines eine Marter für die aufgeweichte Haut. Einige Versuche lang muss ich den Platzigeln ihr Heimrecht überlassen, bis ich eine Art Kamin zur Eroberung des Landes entdecke. Kurz ist die Erholungsphase, denn die Neugier treibt mich zur

Erkundung des mickrigen Wellenbrechers. Ein Glitzern von reflektierenden Fischschuppen erweckt meine Aufmerksamkeit. Die Entdeckung des gestrandeten Fisches verdrängt das halblaute Jammern. Unglaublich, in einer Mulde, kraterförmig von zerfurchten Hindernissen umgeben, liegt ein Hornhecht! Der schlanke Raubfisch mit seinem ungewöhnlichen Kiefer, gleich einer riesigen Pinzette, ist noch biegsam. Keine Spur von Totenstarre, auch die Kiemen sind noch blutig frisch. Unversehrt ist seine Körperhülle. Noch vor den scharfen Augen der Möwen und ihrer Gefräßigkeit habe ich ihn entdeckt. Der Wert des Speisefisches liegt am Fischmarkt ob seiner grünen Gräten auf bescheidenem Niveau. Für mich aber ist der Silberpfeil eine wertvolle Beute, denn sein ausgeprägtes Mundwerkzeug wird mir den Unterricht beleben.

Diese Meeresbewohner mit dem ausgeprägten Maul gehören zur Familie der Flugfische. Sie haben vermutlich das pfeilschnelle Verlassen des Lebensraumes noch in den Erbanlagen schlummern. Die Schnäbel sind mit einer großen Zahl von nadelscharfen Zähnen bestückt. Mit Rasanz stoßen die Hornhechte in die Schwärme ihrer Futterfische. Oft wendet sich das Blatt, und aus den Jägern werden Gejagte. Mit gewaltiger Antriebsenergie schnellen die Fische aus dem Wasser. Krumme Flugbahnen bringen sie aus der Sichtweite der sie verfolgenden Thunfische.

Mit dem Hornhecht in der Hand springe ich, ohne Belästigung durch die heimischen Stachelpölster, von der niedrigen Klippe in das bewegte Wasser. Der liebliche Meerbusen, unser Lagerplatz, ist das Ziel. Mein langes Ausbleiben und die Sorge darüber werden ohnehin schon meine Angetraute quälen. Ich schwimme mit offenen Augen im Salzwasser. Nach der Auftauchphase, beim Luftholen, trüben nur die Rinnsale vom Haupt die Sicht. Markante Hotelgebäude, Hafenanlagen oder auffallende Küstenberge sind meine Leuchttürme am Tag. Ich liebe es, längere Abschnitte im freien Wasser blind zu schwimmen. Trotz Übung gelingt es mir selten genug, die angepeilte Linie auf meinem Kurs zu halten. Zu unterschiedlich sind die Muskeln der beiden Körperhälften ausgebildet. Mit Verwunderung stelle ich fest, dass mich die gespielte Blindheit zu sanften Kurven leitet. Unüberhörbar ist unter Wasser der Lärm von kreuzenden Motorbooten. Das Lebenselement überträgt die heftigen Schwingungen bereits aus großer Entfernung. Ein letzter Blick zurück bestätigt mir, dass ich rund ein Drittel der Entfernung schon gemeistert habe. In meiner rechten Hand baumelt der Fisch. Schleichend bauen sich vor mir zunehmend lästige Wellenberge auf. Der Wind drückt mir die fließenden Hügel ins Gesicht und erschwert das Vorwärtskommen. Kaum merklich schrumpft die Strecke zum sicheren Land. Ich bilde mir ein, dass der Hornhecht in meiner Faust den Schub erheblich schmälert. Ich denke, dass er die Bremse ist und durch seinen Widerstand Mitschuld am langsamen Vowärtskommen trägt. Auf dem Rücken im Wasser liegend, packe ich fachgerecht den aalförmig schlanken Fisch in meine neuen Bermudas. Der Schnabel lugt aus einem Beinling, und das noch geschmeidige Hinterteil wedelt aus der gegenüberliegenden Öffnung. Der Ortswechsel des Sammelstückes bauscht nicht nur die Hose auf, sondern öffnet auch die Faust zum kraftvollen Schwimmen. Der Druck der Wellen fordert von mir eine höhere Schlagzahl. Geradezu ein Paradebeispiel für verfehlte Selbsteinschätzung ist der schuppige Schwanz in meiner Badehose. Gewiss ist mir der Titel Hornochse, denn ich denke nicht an die Gefahr meines ungewöhnlichen Schatzes.

Unablässig reiten mir wuchtige Wasserpferde in Form von Wellen mit Weißwasser am Rist frontal entgegen. Sie zermürben, ich fühle mich gegenüber der Strömung hilflos. Kein Segel bläht sich in der Umgebung. Auf fremde Hilfe darf ich meine Rettung nicht setzen. Wie ein Blitz aus heiterem Himmel tauchen zur ohnehin misslichen Lage beunruhigende Gedanken auf. Ich denke an Haie, an ihren Ruf als Menschenfresser. Die Urangst ergreift Besitz von mir. Auf dem Scheitel eines Kammes recke ich meinen Kopf weit aus dem Schaum, um die berühmten kreisenden Dreiecke der Rückenflossen auszumachen. Ich glotze mir schier die salzigen Augen aus den Höhlen, um den aus der Tiefe steigenden Killer zu entdecken. Ich meine mich von den mordlustigen Hochseeräubern umstellt. Sie werden mir mit wenigen Schüttelbewegungen ihres Kopfes ein Bein vom Körper fetzen oder fürchterliche Wunden beißen. Meine Braut, kaum getraut, wird schlagartig zur Witwe. Nie entdeckt werden meine Überreste.

„Reiß dich zusammen", antwortet mein Verstand. „Du liegst nicht faul während einer Flaute auf dem Surfbrett, trägst auch keinen schwarzen Anzug aus Neopren, der dich wie ein Seehund ausschauen lässt. Im Mittelmeer gibt es kaum aufregende Bestände von Mönchsrobben, die dem Weißen Hai als Beute schmecken. Ein helles T-Shirt schützt dich vor dem Sonnenbrand und vor der Verwechslung. Du passt absolut nicht in das Fressbild des Jägers mit den großen, rasiermesserscharfen Zähnen." Unbeeindruckt von der Ratio schiebt sich die Besorgnis wieder in den Vordergrund und erinnert: „Hast du es schon vergessen, vor wenigen Minuten noch haben dich des Meeres Wellen und ihr Gesang zur bewussten Harnabgabe verführt. Das Urinieren im Wasser ist eine angenehme Erleichterung, dafür zahlst du nun die Zeche mit der gelegten Duftspur."

„Blödsinn!", kontert der Verstand. „In Küstennähe gibt es keine gefährlichen Haiarten wie den Weißen Hai, den Tiger- oder Hammerhai. Millionen Menschen genießen Wassersportarten entlang der Küsten. Eher erwischt dich ein besoffener Kapitän mit seinem Rennboot. Er rammt dich lebensbedrohlich oder schlägt dir mit seiner Schiffsschraube schreckliche Löcher in das Fleisch."

„Einfalt, du bist umzingelt", braust es mächtig aus dem Bauch. „Glaubst du wirklich, dass die regionale Presse die Wahrheit über schreckliche Haiangriffe verlauten lässt? Jeder Biss einer Bestie wird vertuscht. Nur keinen Aufruhr. Nicht verebben darf der Gästestrom." Der Gesundheitspolizei der Meere geht es laufend an die Substanz. Viele Arten sind in ihrem Bestand bedroht. Stürme reißen immer wieder Netze aus ihren Verankerungen. Verstrickt sich ein Hai im treibenden Geflecht, dann geht er jämmerlich zu Grunde. Leergefischte Küsten und Hochseegründe – die Aquakulturen sind nur eine Notlösung – zwingen die Berufsfischer zum Umsteigen auf neue Erwerbsquellen, um ihre Familien über Wasser zu halten. Der Handel mit Flossen lohnt sich. Bei lebendigem Leibe schneiden die rohen Gesellen die begehrten Stücke aus dem Fleisch. Ich kann es nicht verstehen, weshalb Menschen mit ihrem Hass und ihrer Verfolgungswut diese perfekt angepassten Räuber als Konkurrenten betrachten. Rücksichtslos drängt der Futterneid diese eleganten Geschöpfe auf die Rote Liste. Ich bewundere die geschmeidigen Jäger. Sie müssen die Wellen meiner positiven Gedanken spüren und mich deshalb von einem Angriff verschonen.

Doch dann zaubert mir mein lebhafter Geist die unglaublichen Geschichten über die gierigen Piranhas in den Flüssen des Amazonasbeckens ins Bewusstsein. In Schwärmen tummeln sich die gefräßigen Fische im trüben Wasser. Zieht ein Kleinbauer ein verwundetes Haustier am Strick durch das Revier der scharfen Zähne, dann ist es nicht ungewöhnlich, dass er am anderen Ufer nur mehr das Skelett an der nun zu weiten Halsschlinge aus dem Fluss holt. Klar stellt der Verstand fest: „Ein paar gelöste Tropfen des Fischschleimes genügen mit Sicherheit, um einen meterlangen Menschenfresser aus der Tiefe anzulocken. Vielleicht zieht er schon die längste Zeit hinter meinen Füßen und bereitet sich auf einen Angriff auf mich, den vermeintlichen Riesenhornhecht, vor."

Mein Beutetrieb klammert sich an die Rettung des Sammelstückes. Die prall gefüllte Badehose täuscht Potenz nur vor. In Wahrheit entpuppt sich der Inhalt zunehmend als biologische Bombe. Die Präparation meines Strandgutes ist im Kopf schon klar durchdacht: Ameisen im Garten der Gastgeber werden mit Vergnügen den Fisch bis auf das außergewöhnliche Schädelskelett abnagen. Ein schwerer Stein auf einer umgedrehten Obststeige aus Kunststoff sichert den Kadaver vor dem Verschleppen durch streunende Haustiere. Der stinkende Rest bleibt zur Nachbehandlung der kraftvollen Sonne ausgesetzt. Luftdicht in mehrere Schichten von Nylonsäcken eingeschnürt, reist der Schnabelfisch ohne Belästigung der empfindlichen Nase meiner Frau im Kofferraum über die Alpen. Der glückliche Fund darf meine Privatsammlung ergänzen, zum Nutzen für begeisterungsfähige Jugendliche. Gut geplant ist die weitere Behandlung meiner Beute, aber die Vernunft übernimmt hinterrücks die Herrschaft. Ich greife mir den blinden Passagier und schleudere ihn in hohem Bogen zur Seite. Schlagartig drosselt sich das Unbehagen. Sorgenfrei genieße ich das Durchtauchen der anbrausenden Wellenberge und das Luftholen in der Mulde. Gelöst ist die Blockade durch die Angst. Neptun ist auf meiner Seite, und im Vertrauen auf meine geübte Ausdauer strebe ich in die Arme meiner Frau.

„Die Hose, die schleimgetränkte Hose!", fällt mir später ein Ich habe kein Problem mit der Nacktheit und schlüpfe mit ein paar zappelnden Bewegungen aus dem verseuchten Lockmittel. Zusätzliche rituelle Waschungen im Schambereich sollen mich vor ungewollter Verwechslung mit Speisefischen schützen.

SETZLINGE

Starthilfe

Das zerbrechliche Wesen, kaum aus der Entbindungsanstalt entlassen, schafft es nicht, Muttermilch oder den Inhalt des Fläschchens zu behalten. Oft entleert das Wunschkind seinen Magen über die Windel auf meiner breiten Schulter. Der Wasserhaushalt der Tochter liegt im Argen. Immerzu schrumpft das Entlassungsgewicht. Wir Eltern sind verzweifelt. Erst dem Facharzt gelingt es, die frische Erdenbürgerin über einige Wochen lang in der Kinderabteilung aufzupäppeln.

Speikinder sind „Gedeihkinder", auch wenn das abnehmende Lebendgewicht anfangs das Schlimmste befürchten lässt. Sigrun entwickelt sich zum prächtigen Mittelpunkt der Kleinfamilie. Einen Apfelbaum setzen oder ein Buch schreiben, scheint mir nach dem beschwerlichen Start zu bieder. Ein Himmelteich, die Anlage eines eigenen Fischteiches, soll das denkwürdige Geburtsjahr gebührend festhalten. Vor dem stolzen Titel eines „Teichwirtes" auf der Wiese der Eltern stehen die amtlichen Bescheide. Den Beamten der Wasserrechtsabteilung ist der Antrag eher eine Belästigung. Mit Zähneknirschen und Auflagen darf ich im Bereich des Quellaustrittes und des anschließenden Entwässerungsgrabens meinen Ökoteich errichten. Umgeben vom fremden Fischereirecht, braucht es noch eine Unterschrift vom Seniorchef des traditionsreichen Fischergasthofes in Mittersill. Meine Gewässer berühren nicht seine Rechte. Eine vorsorgliche Dammschüttung mit Grobschlag als Filter unterbindet seinen Anspruch. Ausgeschlossen ist der Wechsel von Fischen – eigentlich eine Schwachstelle der gesetzlichen Bestimmungen, da vorwiegend Krankheiten und Seuchen den Weg des Wasserlaufes nehmen.

Ein Tauschgeschäft bietet sich an – der eiszeitliche Schotter unter der abgezogenen Humusschicht gegen den Maschineneinsatz. Zu meinem Ärger zieht sich der Handel erheblich in die Länge. Als Vorbild suche ich bei der Bezirkshauptmannschaft Zell am See um eine Ausnahmegenehmigung an. Ich möchte in einem Biotopbereich meiner Teichlandschaft den geschützten Rohrkolben, einen Restbestand der ehemals weitläufigen Sümpfe, ansiedeln, mit Froschlöffel und Pfeilkraut sowie mit vielen anderen heimischen Arten mein noch braches Ufer impfen.

Eine Reihe von Auflagen schränkt den Umzug der Pflanzen ein. Ich muss bei der Lieferung besondere Aufmerksamkeit auf die pflegliche Behandlung legen. Ich darf meine Tätigkeit auf keinen Fall in geschützten Landschaftsteilen oder gar in Naturschutzgebieten ausüben. Ich bin verpflichtet, bei meiner Sammeltätigkeit den Ausnahmebescheid mitzuführen, um den Organen der öffentlichen Aufsicht im Fall einer Kontrolle die Rechtmäßigkeit meiner Aktion beweisen zu können.

Kühn und mit dem Bescheid in der Hosentasche, sammle ich auf den Nachbarfeldern kübelweise die Hinterlassenschaften von Pferden und entsorge freiwillig den Mist des Geflügelbesitzers, denn der Kot soll dem noch sterilen Boden, frisch von den Zähnen der Baggerschaufel angebissen, bakterielles Leben einhauchen. Aus den Entwässerungsgerinnen grabe ich mir verschiedenste Arten von Wasserpflanzen samt Wurzelgeflecht aus. Klebriger Lehm beschwert den Fuß der vielen Sauerstofferzeuger. Sie fliegen nach Plan zu ihrem Einsatzgebiet. Statt die Freizeit mit meiner Familie zu gestalten, pirsche ich an den Ufern der Flüsse entlang, um mir Schwemmholzskulpturen zwecks künftiger Fischunterstände zu suchen. Einen ganzen Wurzelstock mit krummen Verwachsungen versenkt mir ein Frächter im Flachbereich gegen eine satte Bezahlung. Die Schlupflöcher des Stockes sind begehrte Hohlräume für die einsömmerigen Edelkrebse aus Lunz am See. Eine Hand voll Bachforellen und eine goldene Züchtung müssen die Qualität des Wassers unter der monatelangen Eisdecke als schuppige Versuchskaninchen aushalten. Die Goldforelle ist mein Spion. Ihr Verschwinden zeigt die Heimsuchung durch Schwarzfischer an. Unübersehbar ist die Bugwelle der dottergelben Spielart, wenn sich die Testgruppe aus den verschiedenen Himmelsrichtungen auf die schwimmenden Pellets des Fischfutters stürzen. Mit einem Schwall durchbrechen die karg versorgten Fische die Oberfläche. Überlappende Wellenringe sind mir eine Freude. So versorge ich die schwächsten Mitglieder des kleinen Trupps gezielt mit Nahrung. Kreuz und quer ziehen die Flossenträger durch meinen Himmelteich und jagen hungrig auch den Insekten nach. Einem stolzen Feldherrn gleich, schreite ich die Uferlinie meines nassen Reiches ab. Mit Genugtuung beobachte ich die Entwicklung und Ausbreitung der Saat. Die Besuche der Graureiher nehmen an Häufigkeit zu. Sie zeigen mir, dass sich die Knoten der vielschichtigen Nahrungsnetze verdichten. Magisch zieht mich das Leben am und im Teich an.

Ein eingeschriebener Brief nimmt mir über Nacht das Vergnügen als Teichwirt. Die Anzeige, gekoppelt mit Androhung rechtlicher Schritte bei allfälliger Säumigkeit, bezieht sich auf die Meldepflicht. Das strenge Landesgesetz über die Fischerei schreibt mir die Zwangsmitgliedschaft vor. Vorschriften über Besatz und Ausfang sind mir als Freigeist anfangs ein enges Korsett. Ich bin als neues Mitglied einverleibt. Nach Bezahlung der Gebühren erhalte ich dafür ein Fischereibuch in Kopie mit meinen eingetragenen Rechten und Pflichten.

Mit Sorgen erwarte ich das Ende der kalten Jahreszeit. Oft gaukelt mir die Fantasie tote Fische am Boden vor. Keine Verluste bringt der vom Eis versiegelte Teich. Mutig denke ich an eine erhebliche Aufstockung der Besatzdichte. Nicht eine einfache Lieferung mittels Tankwagen schwebt mir vor, sondern ich möchte meine schwimmende Aufbesserung des Speiseplanes in einer Zuchtanstalt persönlich aussuchen. Das Umfeld der Teichwirtschaft, die Besatzdichte, die Wasserqualität und nicht zuletzt der Fischmeister bei seiner Arbeit sind sich lohnende Ziele.

Auch einem Einäugigen fallen kranke Tiere im quicklebendigen Schwarm auf. Glotzaugen weisen auf eine Virusinfektion hin. Geschwächt durch die Unfähigkeit zur Nahrungsaufnahme, stehen die Fische teilnahmslos in Ufernähe. Zeigen Jungfische verrückte Schwimmbewegungen oder üben sie sich im Schlagen von Saltos, dann hat sie ein Urtierchen erwischt.

Der Schädling nistet sich im Hirn ein. Er zerstört das Gleichgewichtsorgan. Auffallend ist der wie in flüssige Schokolade getunkte Hinterleib. Mit zunehmendem Alter verknöchert das Schädelskelett und kapselt den heimtückischen Feind ein. Verenden Fische, dann zerfällt das kalkige Gefängnis. Die Erreger greifen sich neue Opfer. Die Entsorgung der Leichen ist eine wichtige Vorbeugung. Schleimige Flecken und Beläge auf der Fischhaut, punktförmige Knötchen auf den Flossen und Schmarotzer in Form von Würmern sind keine Empfehlung für die Kundschaften von Fischzuchtanstalten. Erfahrene Betriebsführer scheuen deshalb nicht die Kosten desinfizierender Bäder.

Meine Wunschforellen sind lebendig wie Quecksilber und frei von ersichtlichen Krankheiten. Ein paar Pellets, vom Züchter in den Teich geworfen, lassen das stets hungrige Fischvolk zur Einwurfstelle flitzen. Das Wasser spritzt. Es scheint zu brodeln und kochen. Im Zentrum irrt der Pulk nach Futter suchend ungestüm kreuz und quer. Die Fische sind erregt. Sie erwarten sich weiteren Nachschub der gepressten Nahrung. Vielen raubt das Durcheinander an Fischleibern den Überblick. Statt Futternachschub taucht der Meister blitzschnell den langstieligen Kescher in den Schwarm und schöpft reichlich zappelnde Beute.

Austariert auf einer Waage, wartet ein dunkler Mörtelkübel mit Wasser bereits auf die Kandidaten des Fischzuges. Einige Wiederholungen sind noch an anderen Stellen notwendig, bis die erwünschten Kilogramm an Setzlingen erreicht sind. Aus Unerfahrenheit über die Zähigkeit des Gewebes bitte ich um Aufteilung meiner Fische auf zwei Behältnisse. Gemeinsam leeren wir einen Teil der Beute in einen reißfesten und durchsichtigen Kunststoffsack. Über einen Schlauch, der an einer Sauerstoffflasche angeschlossen ist, strömt das rettende Gas. Es verdrängt die Luft mit dem Stickstoff. Der Raum des elastischen Transportbehälters ist rund zur Hälfte mit Wasser und den dicht gedrängten Fischen besetzt, den restlichen Platz nimmt der verdichtete Sauerstoff ein. Der Sack ist zum Platzen prall aufgeblasen. Nach dem vorsichtigen Entfernen des Versorgungsschlauches sorgen Drallgerät und Bindedraht für einen wasserdichten Verschluss. Der Kofferraum ist mit Decken und Schaumstoffmatten ausgekleidet. Eine zügige Fahrt mischt ständig Sauerstoff aus der Gasblase und verhindert eine Strecke lang das Ersticken der Setzlinge. Ein Wetterumschwung treibt Wolkenlinsen über die Kitzbüheler Alpen. Der Temperaturanstieg ist durch den warmen Atem des Föhns fühlbar und mit Kopfschmerzen denke ich an den erhöhten Energieumsatz meiner Lieferung unter dem Blech des Kofferraumdeckels. Meine Gefühlswelt ist zwiespältig: Soll ich allenthalben mein Auto in eine Ausweiche steuern, um mich von der Unversehrtheit des nassen Gefängnisses zu überzeugen, oder sind es gerade die Pausen, die in Summe das Verenden der Schwächlinge bewirken? Vielleicht ist der Riesenbeutel schon aufgescheuert und die einjährigen Forellen zappeln sich in den verbleibenden Pfützen zu Tode? Ich entscheide mich für eine beherzte Fahrweise, um den Vorrat an Sauerstoff nicht auszureizen.

In Aurach übersehe ich die Radarfalle. Prompt werde ich umgehend mit der bekannten Kelle aus dem fließenden Verkehr gewunken. „Fahrzeugkontrolle", tönt eine Stimme durch das geöffnete Seitenfenster. Der Doppelposten umwandert gemächlichen Schrittes mein Auto. Aufreizend langsam beschäftigen sie sich mit der Profiltiefe der Reifen und der ordnungsgemäßen Platzierung der Prüfplakette. Besorgt um das Wohl meiner Fische verhalte ich mich geduldig. Der Führerschein und die Zulassungspapiere wandern ebenfalls in die Hände eines Gendarmen, der den Außendienst im Sonnenschein offensichtlich genießt. Die Sorge um meine neuen Haustiere treibt mir Schweißperlen aufs Gesicht. Beherrscht erlaube ich mir eine höfliche Bemerkung: „Meine Herrn, bitte stellen Sie mir endlich den Strafzettel aus. Die geringfügige Überschreitung der zulässigen Höchstgeschwindigkeit wird kein Verbrechen sein. Ich sitze auf Nadeln, ich habe nämlich Setzlinge, junge Regenbogenforellen, im Kofferraum." Urplötzlich fühlen sich die Uniformierten in ihrer Amtshandlung angegriffen. Sie drohen mir mit anschwellender Stimme eine Erweiterung des Strafausmaßes durch die empfundene Beamtenbeleidigung an. Meine höflich geäußerten Bedenken verringern leider zusätzlich ihr Arbeitstempo. Die Willkür schwächt die Widerstandskraft meines Fischvolkes. Reichlich viel Zeit verstreicht, ehe sich das Paar vom Inhalt des Kofferraumes überzeugt und den geringen Betrag der Strafverfügung kassiert. „Gute Fahrt", wünschen mir die Gesetzeshüter und unbewussten Tierquäler. Sie schütteln, ich bemerke es im Rückspiegel, ungläubig ihre Köpfe über die ungewöhnliche Fracht.

Im flachen Feld ist die Zufahrt bis zu einer Bucht meines fast jungfräulichen Teiches ohne Schwierigkeiten zu bewältigen. Eine Rinderherde verfolgt mich entlang des elektrischen Weidezaunes in Erwartung von Leckerbissen. Am Ende stehen die Viecher enttäuscht in Kleingruppen und glotzen in meine Richtung. Es gilt, keine Zeit mehr zu verlieren. Mühsam und ohne Helfer wälze ich den nicht mehr prallen Sack mit den Setzlingen über den Wulst des Kofferraumes. Die Angleichung an die Temperatur des neuen Lebensraumes ist unbedingte Voraussetzung, um einen Schnupfen und eine spätere Schwächung der Widerstandskraft zu vermeiden.

Zur Überbrückung der Wartezeit locke ich die alten Stammfische mit Futter zum gegenüberliegenden Ende der Teichanlage. Sie sollen sich, überfressen und satt, nicht an den im Vergleich mickrigen Neuzugängen mästen. Nach dem Uferspaziergang und der neuerlichen Kontrolle des Fischsackes überrascht mich das faltige Aussehen der Hülle. Die schlappe Form beweist den großen Unterschied zu meinem Quellwasser. Weiter auf den Ausgleich zu warten oder die Gefahr der schwindenden Sauerstoffversorgung in Kauf zu nehmen, das belastet mich.

Mit dem Taschenmesser schlitze ich die zähe Folie auf und beutle meine Setzlinge in die Freiheit. Viele streben steil und rasch zur Oberfläche. Sie schnappen ein Maul voll Luft, füllen ihre Schwimmblase und untersuchen mit den Geschwistern im Verband ihr neues Zuhause unmittelbar am Ufer entlang. Eine erschreckende Anzahl von Fischlein bohrt sich dem sanften Gefälle des Bodens folgend in den spärlichen Bewuchs. Völlig fremd ist den Zuchtfischen der grüne Dschungel. Kraftlos bleiben sie im Geflecht der Wasserpflanzen stecken. Vereinzelt kippen die Fische aus der Schwimmlage. Wiederholt zeigen sie die helle Bauchseite, um sich mit neuerlichem Überlebenswillen aufzurichten. Besorgnis überfällt mein Gemüt. Außerdem interessiert sich bereits die überwinterte Versuchsgruppe für die kleinen Kollegen. Eine Mund-zu-Mund-Beatmung ist leider nicht möglich, aber mit Hilfe eines langen Astes spiele ich den Lebensretter. Mit Geduld und Ausdauer schiebe ich die erreichbaren Fische aus den Hindernissen. In Schwimmlage gedrängt, lotse ich sie aus dem Pflanzenteppich. Gelegentliche Futtereinwürfe halten mir die Gefräßigen von der Verfolgung des Lebendfutters ab. Die meisten Setzlinge schaffen es, dank meiner Unterstützung, sich zu erholen und reihen sich in den Schwarm der Wiederbelebten ein. Unermüdlich drehe ich wie ein Arzt auf Visite in der Intensivstation meine Runden und erfreue mich an jeder Verringerung der weißen Bäuche.

Ich fürchte Verluste. Sie rauben mir die Nachtruhe. Noch im Morgengrauen eile zum Teich, um mir ein Bild von der Anzahl der Leichen zu verschaffen. Das Flattern der großen Schwingen eines aus dem seichten Wasser aufsteigenden Fischreihers ist die überraschende Begrüßung. Als Dank für den gedeckten Tisch entleert er beim Überfliegen der Anlage seinen Darm. Weiß wie zähflüssige Acrylfarbe in Seidenmatt, klatscht der Kot auf das Wasser, bevor der elegant fliegende Vogel vor den vielen Leitungen der Hochspannungsmasten abdreht. Mein Lokalaugenschein wird nicht von gekippten Fischleibern am Teichgrund getrübt. Im dreidimensionalen Wasserkörper Fischschwänze zu zählen, ist vergebliche Mühe. Jeder Versuch liefert einen neuen Tierbestand. Ob die Setzlinge meiner vorsorglichen Behandlung ihr junges Leben verdanken, oder ob die halbtoten Fischlein vom Reiher entsorgt wurden, das bleibt mir ein Geheimnis.

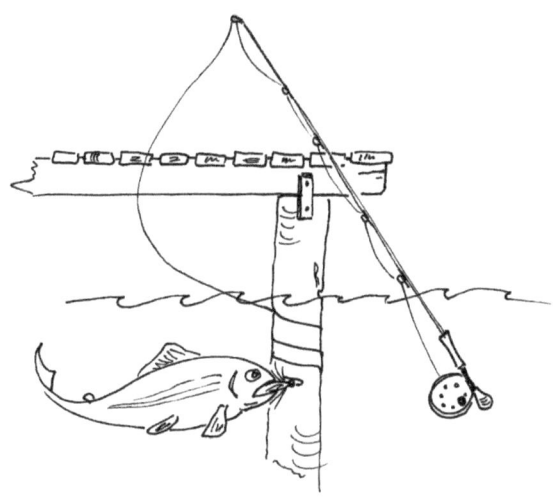

RAINBOW

Lehrgeld

John, unser Gastgeber, ist ein Mann der alten Garde. Er lebt mit seiner Frau – die Kinder sind wohlgeraten und mit Partner versorgt – in einem typischen englischen Backsteinhaus mit kleinem Garten. Sein Job in der Raffinerie bei Southampton bringt ihm das gute Einkommen und viele Jahre später ein siechendes Ende mit Schmerzen. Die Gase zerstörten seine Lungenfunktion. Er hat uns gestern noch mit seinem Dienstauto durch den riesigen Betrieb der Erdölverarbeitung geführt. An den zahlreichen Kontrollpunkten erhalten wir per Stempel ein bescheidenes Zeitfenster und müssen kurz darauf den Sektor wieder verlassen. Ich bin von den mächtigen Tanklagern, kugelrunden Gasbehältern, Destillationstürmen und dem Gewirr der Rohrschlangen überwältigt. Das Straßensystem entspricht dem Wunsch am Reißbrett und teilt das Areal in Planquadrate auf. Dampf zischt aus den Schloten. Abgefackeltes Gas brennt in schlanken Zungen in den dunstigen Himmel. Ein sumpfiges Niemandsland mit mäandrierenden Wasserarmen prägt den Übergang zur Hafenanlage. An fünf Andockplätzen dürfen die gewaltig langen Tanker ihr schwarzes Gold aus dem Bauch mittels Pumpen löschen. Manche Schiffe fahren unter exotischer Flagge. Der Rost auf der einwandigen Außenhaut lässt künftige Katastrophen mit den schrecklichen Folgen der Ölpest befürchten. Zum Hohn der umliegenden Siedlungen und arbeitenden Menschen weiden Vierbeiner das Grün zwischen der Technik als Rasenmäher. Die Schafsköpfe vermitteln die Unbedenklichkeit der Anlage. Sie gaukeln bei der fraktionierten Vakuumdestillation perfekte Filtertechnik vor. Der Geruch von faulen Eiern kann aber durch die Grasfresser nicht verdrängt werden. Auf Dauer sind die Nasen der Anrainer durch die vorherrschende Windrichtung belastet.

John ist ein leidenschaftlicher Spieler und pflegt im kleinen Garten ein Loch zum Versenken der Golfbälle. Die Vertiefung inmitten des gepflegten Rasens ist sein heiliges Zentrum. Auch in seinem Arbeitszimmer steht ein mobiles Kunststoffteil mit Minirampe zum Training an Regentagen. Wir dürfen als Ehrengäste ein vorzügliches Dinner mit Klavierspieler im Clubhaus des Vereins genießen. Vor dem exquisiten Mahl mit Berieselung durch einen Virtuosen am gestutzten Flügel wünsche ich mir einen kurzen Spaziergang durch die prächtige Parklandschaft. Ein stattlicher Fluss zieht mit gemächlicher Strömung seinen Weg durch Weiden. Glasklar ist das Wasser. Üppige Wasserpflanzen wedeln mit ihren Ausläufern, und im Freiraum steigen wunderschöne Fische nach der Anflugnahrung. Im Sprung erbeuten sie Eier ablegende Insekten. Immer wieder klatschen ihre Leiber auf die Oberfläche. Sanft verschieben sich die Ringe und glätten sich. Meine Begeisterung inmitten des Naturparks lässt mich innehalten. Der unverbaute Fluss, sein reges Leben und die überhängenden, uralten Trauerweiden beeindrucken mich. Im Gespräch erfährt John, dass ich in meiner Heimat mit Vergnügen den Salmoniden nachstelle und von der noblen Methode des Fliegenfischens nicht die geringste praktische Ahnung besitze. Sein Bäcker ums Eck betreibt diese Königsdisziplin mit Leidenschaft, als Meister seines Faches und als kreativer Schöpfer von neuen Fliegenmustern weitum bekannt. Meine Frau darf mit John´s Lady die Kaufhäuser visitieren, derweilen ich zum puren Vergnügen einen Lehrnachmittag in Theorie und Praxis erhalte. Die Königsdisziplin wird mir der Instruktor im Stillwasser seines Clubs vermitteln.

Am nächsten Tag holt er mich ab. Auf dem Dachträger seines alten Kombis schauen vier fertig montierte Fliegenruten mit dem Griffstück in Fahrtrichtung. Der Kofferraum strotzt vor Werkzeugkisten, Behältern,

Schachteln und Dosen. Eigenbaufliegen, mit Vereinsmitgliedern getauschte und Nachbaumuster aus wohlsortierten Geschäften, reihen sich, systematisch geordnet und auf Schaumstoff aufgespießt, auf. Von den kleinen Nymphen über Nass- und Trockenfliegen, von den Streamern bis hin zu den Kalibern der Lachs- und Hechtköder aus Federn und Haaren reicht die bunte Welt der Kunstköder. Die Vielfalt der nachgeahmten Wasser- und Landinsekten begeistern mich auf Anhieb. Die bunte Welt der Farben und ganze Serien unterschiedlicher Hakengrößen üben auf mich die pure Verführung aus. Geordnet wie die Soldaten reihen sich die Muster. Ein Kescher mit großem Durchmesser verrät die möglichen Traummaße seiner Zielfische. Mit Haut und Haaren scheint der Mann der Faszination Fliegenfischen verfallen zu sein.

Die Fahrt zum Fischwasser, einem überschaubaren See, verläuft daher wortkarg, obwohl in meinem Kopf tausend Fragen schwirren. Auch mich hat mehr als höfliches Interesse gepackt. Die Kürze der Strecke erleichtert das Schweigen. Unmittelbar neben dem Parkplatz steht ein gediegenes Blockhaus. Jedes Mitglied des Clubs besitzt einen Schlüssel. Das zentrale Möbelstück stellt eine Art von Podest dar, auf dem das kostbare Buch mit den gesammelten Eintragungen wie die Bibel aufliegt. In sorgfältig angelegten Spalten tragen die Sportfischer ihre Daten ein. Das Nachschlagwerk erleichtert eine gesunde Bewirtschaftung. Außerdem sieht der Neuankömmling, welche Rezepte Erfolg versprechen. Neben dem gegenwärtigen Wetter stehen Bemerkungen über die Fangzeit, erfolgreiches Fliegenmuster, Fischart und die gemessene Körperlänge. Schummeln ist dem englischen Sportgeist ein Gräuel. Die fairen Eintragungen erlauben Rückschlüsse über die Produktionsfähigkeit des Stillgewässers. Das Vertrauen ist der Kitt zwischen den Lizenzbesitzern. Um das Werfen der oft schweren Streamer zu erleichtern, führen einige Stege, mit einer Art Plattform am Ende, ins freie Wasser. Die Anlagen ermöglichen auch Sportkameraden, die an den Rollstuhl gefesselt sind, die Ausübung des Steckenpferdes.

Jegliche Landinsekten, krabbelnde Käfer und gar Spinnen zeigt mir der Meister in seiner missionarischen Leidenschaft. Die Welt der Nymphen unter den Steinen im seichten Uferbereich bleibt mir dank seiner Hilfe nicht verborgen. Besonders preist er die köcherlose Köcherfliege als Leckerbissen. Ganz verrückt seien die Forellen auf diese Happen, meint er. Mit Nachdruck versucht er mir zu vermitteln, dass nur die Nassfliege im Wasser erfolgreich die Salmoniden überlistet. Wind und Wellen sind ein

Paar, das aus optischen Gründen den Erfolg einschränkt. Geringer sind die Schwierigkeiten für die schuppigen Augenjäger. Der verlaufende Ring eines steigenden Fisches ist nie sein Ziel. Stets wirft er mit großem Sicherheitsabstand, von Instinkt und Erfahrung geleitet, eine jagende Forelle an. Seine Lieblingsmuster liegen oft scheinbar bewegungslos in der Oberflächenspannung des Sees. Verrät sich ein aktiver Fisch durch einem Wasserschwall in realistischer Entfernung, dann haucht er seinen Fliegen mit kurzen Rucken Leben ein. Gewissenhaft achtet er darauf, dass Vorfach und Leine in einer Linie liegen.

Der Großteil des Ufers ist lückenhaft mit Laubgehölzen bewachsen. Es braucht schon sehr viel Übung, um die Leine beim Rückwurf durch diese Schneisen sausen zu lassen. Mein Lehrer schüttelt seine Kunstwürfe am laufenden Band aus dem Handgelenk. Seine Schwimmschnur befördert die Nassfliege am langen Vorfach in bewundernswerte Entfernung. Für extreme Weitwürfe setzt er seinen harmonischen Doppelzug ein. Die gegenläufige Armbewegung erzeugt eine hohe Leinengeschwindigkeit und lässt sie in die Weite schießen. Das Flutschen durch die Ringe ist hörbar. Mit der linken Hand zupft er die Schnur in kleinen Rucken ein und legt sich die „Klänge" automatisiert für den nächsten Wurf in Fächerform zurecht. Er kann es als Meister des „Still-Water-Fly-Fishing" nicht verhehlen, dass ich als Ahnungsloser dieser Gilde eigentlich einen Fischer der zweiten Klasse darstelle. Schier verliebt ist er in die abwechslungsreiche Technik der Fliegenfischerei. Er beschleunigt, wirft und trickst, dass mir durch die Fülle der Eindrücke schwindlig wird. Mit dem abgewinkelten Zeigefinger der Wurfhand verhindert er das Zurückgleiten der gelben Leine und zieht mit kurzen Rucken der linken Hand die knapp unter der Oberfläche pulsierende Nassfliege zum Ausgangspunkt zurück.

In großen Schlingen baumelt die „Dryline" ähnlich einem Lasso mit blinder Routine am Körper, bevor die Nasse neuerlich mit Schwung als Verführung aufsetzt. Trotz der respektablen Weite sind die Bugwellen bei jeder Verschärfung des Tempos auf der glatten Oberfläche auszumachen. Peinlich ist es ihm, als sich die Schlaufen beim Auswurf leicht überschlagen und das Gewirr vor dem ersten Ring für einen abrupten Stopp der sausenden Leine sorgt. Beim Entwirren des Schnursalates braucht es wahre Gelassenheit und kein planloses Zerren. Der Herr der Fliegen lässt nur seine Favoriten aus der Dose an das nach Rezept geknotete Vorfach. Hin und wieder wechselt er die Farbe und die Größe oder steigt gar auf kleine

Streamer mit Kugelaugen um. Sie sind im Stil von kleinen Köderfischen gebunden. Fair, wie in England so üblich, sind Hakengröße und Durchmesser des Vorfaches aufeinander abgestimmt. Seine weidgerechte Natur meidet das Risiko, und verlorene Fische würgen nicht am Haarbüschel im Maul samt abgerissener Schnur.

Die meisterliche Flugvorführung und die schlecht verständlichen Erklärungen haben erst ein Ende, als er zwei wohlgenährte Regenbogenforellen, um die vier Pounds, auf die Schuppen legt. Mein Angebot als niederer Gehilfe, seine Fische mit dem Kescher aus dem Wasser zu schöpfen, lehnt er höflich, aber strikt ab. Nach dem Abschlagen mit dem „Priest" und dem schriftlichen Vermerk in seinem Fischbuch zieht er sich zufrieden zurück. Er lässt sich das traditionelle Picknick schmecken. Ich drücke meinen Jausenanteil im Eiltempo in den Magen, um die graue Theorie noch in die Praxis umsetzen zu können. Meine Begeisterung sorgt für erhebliche Verluste seiner Fliegen. Kaum gelingt es mir, die Leine samt Fliege von meinem Körper Richtung Wasser zu entfernen, verführen mich das Platschen und die zerfließenden Ringe der steigenden Fische in meiner Nähe zur Körperdrehung. Beim nächsten Rückschwung landen die Kunstwerke in hohem Bogen in der Botanik und verheddern sich im Geäst. Meistens rotiert die Fliege mit Schwung um das Hindernis und wird als unrettbarer Verlust der Lehrzeit zugerechnet.

Bevor sich die Leine in der Luft richtig streckt, reiße ich mit Ungeduld und falschem Schwunggefühl schon wieder die fliegende Schnur in die andere Richtung. Ein peitschenähnlicher Knall ist das Ergebnis meines Unvermögens. Den Schwund an Kunstködern nimmt der Fachmann eher gelassen, aber ich lerne während der kurzen Zeit perfekt die Knotentechnik. Übung macht wahrlich den Meister. Die Kontrolle meiner driftenden Fliege bereitet mir aufgrund des leicht gekräuselten Wassers Mühe. Immer wieder verliere ich den getarnten Haken aus den Augen und muss den Lauf der gefärbten Schnur ins Nichts verlängern. Das Starren auf Verdachtsstellen ermüdet, und das Gehirn beschäftigt sich bereits mit Nebensächlichkeiten. Die englischen Mücken – auch sie können lästig stechen – lenken ab.

Ein heftiger Schlag an der Rute verspricht mir einen prächtigen Fisch. Die Forelle hat die große „Alexandra", mit schillerndem Pfaugras und roten Federn an den Haken gebunden, mit Gier geschnappt und sich ungestüm den Haken selber ins Fleisch getrieben. Rasend schnell zieht mir die Kapitale viele Meter Schnur von der Rolle. Ich wage es nicht, die Bremsfunktion zu regulieren und den Fisch in seinen Fluchtversuchen zu stoppen. Durch die Ringe flutscht bereits die Nachschnur, als die Rainbow einen Bogen zieht und wie ein Torpedo meinen erhabenen Standort auf der Plattform anschwimmt. Ungeübt kämpfe ich mit den Tücken des Gerätes und der überflüssigen Schnur. Außerdem muss ich die Gerte in meine linke Hand verlagern, da der Rutenbesitzer im Drill seine Rolle mit der geschickteren rechten Hand bedient. Unbeeindruckt von meinen Schwächen, stürmt der Fisch samt Bugwelle weiterhin Richtung Steg. Der Abstand zwischen der gehakten Regenbogenforelle und meinem Platz schrumpft bedrohlich schnell. Im Krebsgang setzte ich zwei unfreiwillige Schritte zu viel. Mit ganz schlechten Haltungsnoten plumpse ich, das kostbare Leihgerät fest im Griff, in das Stillgewässer. Erhebliche Wellen schlägt mein Abgang vom Podest. Der Untergang dämpft meinen Aufschrei. Nicht verborgen bleibt natürlich meine Bruchlandung dem Beobachter. Ehe ich meine Fassung und Orientierung zurückerlange, ist er bereits zum Tatort geeilt und reicht mir wohlwollend seine Hand, um das teure Gerät vor dem Bruch zu retten. Der imponierende Fisch hat sich mit reichlich viel Leine um einen tragenden Eichenpfosten verwickelt. Gefesselt fehlt ihm Platz und Schwung für eine neuerliche Flucht. Auf dem Bauch liegend, schiebt mein Lehrmeister das Netz unter den Körper der Forelle und dreht mit gestrecktem Arm und Lösezange den bartlosen Haken aus dem Maulwinkel. Er versorgt meinen Fisch. Nachdem ich mich von der angesoffenen Kleidung befreit habe, gelingt es mir als Taucher im Unterhosenlook, die Verwirrung von der Statik zu lösen. Lachen ist gesund. Mit meiner unfreiwilligen Einlage habe ich ausgiebig zu seiner Unterhaltung beigetragen.

Der Bazillus des Fliegenfischens hat mich voll erwischt. Als ganz persönliches Andenken dieses markanten Tages leiste ich mir in einem Hardy-Geschäft eine Schachtel voll bunter Lachsfliegen als Basis für meinen Aufstieg zum noblen Flugangler. Wunderschöne Kunstwerke, die mir nur zur Augenweide dienen. Nie wurden die auf Doppelhaken gebundenen Riesenfliegen im Einsatz nass. Aber der sichtbare Grundstein für meinen Aufstieg ist gesetzt. Das Mutterland des Fußballes wird für mich zur Einstiegsdroge, und als Bücherwurm fresse ich mich weiterbildend durch die Fachliteratur.

MEERÄSCHEN

Bekanntschaft mit dem Großbaum

Bunt wie die Farben des Regenbogens schillern die Ölschlieren. Sie schaukeln als Film auf dem Salzwasser. Wegwerfmüll aller Art, sichtbare Zeichen unseres Wohlstandes, dümpelt in der Dünung. Meeresströmungen und Wind verfrachten den Dreck in wechselnde Richtungen. Die Herstellung einer Tragtasche aus Kunststoff dauert höchstens ein paar Sekunden. Als Massenprodukt hängen sie leicht verfügbar und verführerisch platziert neben den Kassen der Supermärkte. Die Transportwege und der Einsatz sind kurz, dafür dauert es vermutlich viele Generationen lang, bis sich die Folien auflösen. Wie untaugliche Gebetsfahnen hängen die Fetzen an schroffen Klippen und Korallenstöcken, oder sie täuschen als Treibgut Schirmquallen vor. Naturbelassene Buchten verkommen zu Mülldeponien.

Handelsdünger und Pestizide – gegen jedes Kraut, Pilz und Insekt scheint es ein wirksames Gift zu geben – finden durch das Transport- und Lösungsmittel Wasser ihren Weg in die Ursuppe des Lebens. Phosphate sowie die Salze der Salpetersäure sind die Basis des Pflanzenwachstums.

Die Algen treiben ihre Blüte. Algenpest heißt das Phänomen. Quallen mit nesselnden Tentakeln vermehren sich prächtig. Sie sind biologische Anzeichen einer rapiden Klimaerwärmung. Die Plage verleidet das Badevergnügen. Die tierischen Bekämpfer dieser Misere sind überfordert. Das rücksichtslose Fischen mit den unterschiedlichsten Netztypen hat die Helfer zu stark zurückgedrängt. Thunfischschwärme, Meeresschildkröten und kleinere Haiarten sind in der Minderheit und der Masse von schwimmenden Hohltieren nicht mehr gewachsen. Allein die Muschel- und Austernzüchter erfreuen sich an den Schadstoffen. Ihre Schalentiere wachsen durch die Filtertätigkeit in kürzester Zeit zu marktreifen Spezialitäten heran. Die mangelnde Qualität des Wassers bedingt das schnelle Wachstum der Weichtiere. Der tägliche Genuss ist wegen der beträchtlichen Speicherung von schädlichen Schwermetallen nicht zu empfehlen.

Mein Schweiß und Dreck verschwindet aus der Brausetasse. Das Meer kann leider mit dieser technischen Raffinesse nicht aufwarten. Nach menschlichem Ermessen scheint der gewaltige Lebensraum unerschöpfliche Reinigungskraft zu besitzen und Produktionsstätte nie versiegender Fischschwärme zu sein.

Ich sitze bequem mit dem Allerwertesten auf einer verlängerten Wange am Kajütendeck und sinniere über das Ökosystem Meer. Meine Gedanken reisen mit dem Blasenteppich des Kielwassers in die Ferne. Wasser ist mein Elixier, und die dauernden Übergriffe, Misshandlungen und Vergewaltigungen des Lebensraumes packen mich mit Wehmut. Die steife Brise von achtern teilt das Großsegel und die Genua wie die Flügel eines Schmetterlings zu beiden Seiten des gleitenden Rumpfes. Wir segeln vor dem Wind. Die Fortbewegung der schnittigen Yacht durch die Ausnützung der Windkraft beeindruckt mich uneingeschränkt. Ein paar Leute mit wirklichem Interesse, das Segelhandwerk zu erlernen, wechseln sich am Steuer laufend ab. Unterschiedliche Manöver wie „Wenden", „Halsen", „Mann über Bord" führen die Helden mit fortgesetztem Herantasten an die geilste Schräglage aus. Die Segel wölben sich wie die Bäuche hochschwangerer Frauen. Wunderbar!

Ein Warnschrei lässt mich aus den Tagträumen mit offenen Augen hochschrecken. Ich drehe meinen Kopf Richtung Rufer. Reflexartig ziehe ich meinen schon ohnehin kurzen Hals einer Schildkröte ähnlich ein. In Großaufnahme schwenkt mir der Großbaum rasend schnell entgegen. Mit Donnerschlag knallt mir das Aluminium auf das Stirnbein und zaubert die berühmten blitzenden Sternchen auf unterschiedlichen Kreisbahnen um mein Haupt. Weder das Nasenbein ist zertrümmert, noch wackeln Zähne. Das Glück im Unglück beschert mir eine wachsende Beule um einen flachen Cut. Statt Seekrankheit trifft mich eine mittlere Gehirnerschütterung. Die Folgen entbinden mich fortan von niederen Diensten zum Wohle der Gemeinschaft.

Zwischen Vrsar und Rovinj windet sich an der Westküste Istriens ein schmaler Meeresarm weit in das Land hinein. Nicht Gletscher wie etwa in Norwegen haben den Einschnitt in die bucklige Landschaft ausgehobelt, sondern die Pazinčica. Der Fluss hat sich seinen Weg im Laufe von Millionen Jahren in die Adria gefressen. Der Limski-Kanal oder Limfjord ist nicht nur für segelnde Wasserratten ein abwechslungsreiches Tagesziel. Die Werbung verspricht eine geringe Chance auf die Sichtung von Delfinschulen. Wir nähern uns von Süden her dem Trichter des Kanalmundes. Unsere Yacht tuckert mit halber Kraft des stinkenden Dieselmotors an der Saline vorbei in den gewundenen Wasserschlauch. Im letzten Drittel häuft sich der Gegenverkehr. Die Ahnungen und Bedenken unseres Chefs bestätigen sich leider. Trotz Zeitpolster sind die begehrten Liegeplätze an den Stegen bis auf die kleinste Lücke belegt. Der Landgang fällt buchstäblich ins Wasser und die in der Phantasie ausgemalten vielen Gänge mit köstlichen Meeresfrüchten schrumpfen auf Jausenhappen an Bord.

Der Skipper zieht mit einer Motorwende nach Backbord die Yacht aus der Bucht. Er findet nach ein paar Seemeilen einen kleinen Bacheinlauf als Ankerplatz. Heilig ist ihm die Nachtruhe. Ich liege auf Deck des leicht schwankenden Segelbootes. Nur vom matten Positionslicht beobachtet, erfreue ich mich an der Pracht des Sternenhimmels. Das Material des Decks drückt in der Nacht beinhart in das Kreuz.

Lautlos wie ein Krokodil gleite ich bei Sonnenaufgang zur Morgentoilette ins Wasser. Ruhig, aalglatt, wie ein Spiegel liegt das Meer auf Augenhöhe. Eine faszinierende Liebkosung des Körpers. Erleichtert, erfrischt und nackt schwimme ich mit ruhigem Zug die kurze Strecke zur Einmündung des kleinen Bächleins. Aus Gewohnheit habe ich immer, auch im Salzwasser, meine Augen offen. Kaum schiebe ich mich über bauchtiefes Wasser, glitzern Fischleiber mit hellen Bäuchen ins Brackwasser flüchtend.

Tot, auf Eisbruch in Kunststoffboxen zum Verkauf angeboten, habe ich diese Fische schon oft auf dem Markt gesehen. Meeräschen. Meine Chance, endlich die vierteilige Reiserute aus dem Transportrohr zu ziehen. Mit Fliegen will ich die begehrten Speisefische überlisten. Große und rabenschwarze Punkte sind die mickrigen Fliegen, die nahe an der Oberfläche des Gebirgssees über das Wasser huschen und den Lieblingsfisch vieler Fliegenfischer, die europäische Äsche, zum Sprung verführen. Auch tote Insekten treiben mit der Strömung den hungrigen Fischen vor das Maul. Unermüdlich sammeln die Fettflossenträger die lächerlich kleinen Happen ein. Großartige Pausen können sich die Tiere kaum leisten, zu gering ist die Masse der eingesaugten Kost. Steigen sie nicht, dann wühlen sie unermüdlich am Grunde der Gewässer im Sediment nach Larven. Die Aktivität der Äschen erleichtert die hohe Kunst der Fliegenfischerei. Lebhaft pendeln die Fische wie schmalblättrige Wasserpflanzen in der Strömung flach über kiesigem Grund und fixieren die bevorzugte sechsbeinige Kost. Mit Hilfe des anströmenden Wassers steigen sie Energie sparend auf und machen sich schmatzend über die Beute her.

Meine Erfahrung bezüglich der Fischerei auf heikle Äschen im hochgelegenen Speichersee der Kraftwerke im Stubachtal dünkt mir eine meisterliche Ausbildung. Einfältig übertrage ich das Verhalten der heimischen Äsche bei ihrer Nahrungsaufnahme auf die agilen Meeräschen, die im Schwarm unmittelbar vor meiner Nase im Brackwasser tanzen. Immer wieder wechsle ich meine Kostproben, von der Nymphe bis zur winzigen Mücke. Das Vorfach wächst an Länge und nimmt stetig am Spitzenteil mit dem Durchmesser ab. Nicht der geringste Schatten fällt als Haarstrich über den jagenden Schwarm. Die Meeräschen verweigern mein Menü. Meine Bemühungen reichen anfangs nicht aus, um diese Meeresbewohner mit der Fliegengerte zu überlisten.

Den Waidmännern sind Lockvögel von Nutzen, aber von Fischen, die ihre Artgenossen hemmungslos in Massen ins Verderben locken, habe ich bisweilen keine Schuppe gehört. Die Erinnerung an Side, in Nachbarschaft zu Antalya an der Südküste der Türkei gelegen, ist mein Geistesblitz zur Lösung des Problems mit den Meeräschen. Es ist so Sitte in Side, dass halbe Fladenbrote ins Meer geworfen werden. Vor allem jüngere Äschen im Schwarm und kleine Brassen bearbeiten stürmisch das quellende Weißbrot. Kleine Wellen werfen das Futter immer wieder über unmittelbar unter die Oberfläche reichende Felsblöcke. Das fressende Fischvolk weicht dem Hindernis geschickt aus und verfolgt geteilt um den Stein herum die billige Kost. Oft dreht sich das weiche Mastfutter, von den vielen Mäulern gezupft, in unerwartete Richtungen, kippt oder schwimmt, von Bissen getrieben, sogar gegen die herrschende Strömung.

Die Verknüpfung meiner Urlaubsbeobachtung ist der Schlüssel zur erfolgreichen List. Mit Speck fängt jeder Geschickte Mäuse und ich lichte mit Brotflocken den Trupp der im Brackwasser nach Futter suchenden Meeräschen. Kunstfliegen, alt und schäbig, auf kleinen Haken, stutze ich mit dem Nagelzwicker ihr Haar- und Federkleid. Flügellos und ohne Schwanzborsten steckt die scharfe Spitze gut versteckt in Flocken mit haltbarem Rindenanteil. An der Schwimmschnur mit sehr langem Vorfach und hauchdünnem Spitzenteil fliegt der Leckerbissen sanft in das Brackwasser. Gestreckt und unverdächtig gleitet der Bissen in die drängenden Leiber. Ohne Argwohn schmatzen die Meeräschen die genau in der Drift angebotenen Happen ein. Seitlicher Zug entführt in einer Sternstunde meiner Fliegenfischerei einen Kandidaten nach dem anderen für die Verpflegung der Crew. Der Drill der Fische ist trotz sehr feinem Zeug keine Heldentat.

Beruhigende Pausen und geschicktes Verwöhnen mit harmlosen Brotstückchen fesseln zu meiner Freude den sich lichtenden Schwarm im Einleitungsbereich des süßen Baches. Die Spanne meiner Hand entspricht etwa der Durchschnittsgröße der vom Koch begehrten Fische. Lizenzlos erbeute ich beinahe für jeden Kopf der Mannschaft drei Fischlein und fühle mich wie der wichtigste Mann an Bord. Der hübsche Fisch ist stahlblau gefärbt. Statt der berühmten „Fahne" unserer europäischen Äschen wachsen dem begehrten Speisefisch zwei Flossen aus dem Rücken. Vier kräftige Strahlen ragen Dornen gleich über die Haut der vorderen hinaus. Mehr als sieben zart ausgeprägte Längsstreifen mit goldenem Glitzereffekt schmücken die Flanke des großschuppigen Meeresbewohners. Der Goldglanz setzt sich auch auf dem Kiemendeckel fort und verleiht dem geselligen Fisch ein hübsches Kleid. Fast die gesamte Strecke meines Fanges zeigt einen dunklen, schwarzen Saum, der die Schwanzflosse einrahmt. Beim Lösen der Haken fällt mir die sehr bewegliche Oberlippe auf. Das Aufsaugen der krabbelnden Nahrung am Boden wird dadurch erleichtert. Der glückliche Fischzug ist Labsal für meine Seele, die ohnehin von in Folge der Gehirnerschütterung ausgelösten Kopfschmerzen geknickt ist.

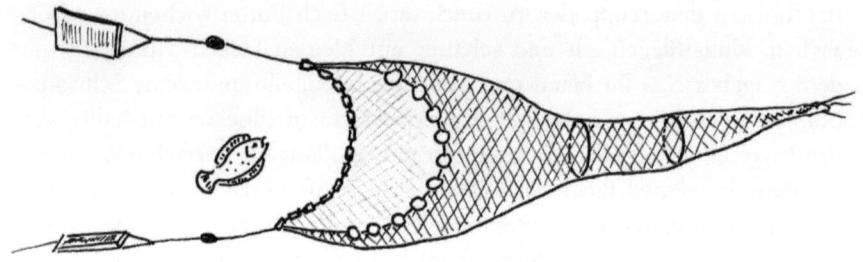

LAMMZUNGEN

Grundnetzschweinerei

Bunt gemischt ist die aussortierte Teilnehmergruppe. Im billigen und un-klimatisierten Schrottbus nähern wir uns mit vielen Unterbrechungen dem Reiseziel Split. Die Reise schenkt mir einen neuen Freund. Er heißt Günther und kommt aus Vorarlberg. Sein bewusst eingesetzter Lustenauer Dialekt und meine Sprachmelodie aus dem Innergebirg des Pinzgaus ergänzen sich zum Gaudium der Gesellschaft. Geistreiche Bemerkungen, Schmäh nach Bedarf und kecke Spitzbubenaktionen schweißen uns in kürzester Zeit zum begehrten Duo zusammen.

Eine karge Doline, groß wie ein halber Tennisplatz, dient uns auf der Anreise als Nachtlager. Schlafsäcke, dünne Matten oder Luftmatratzen, Mi-nizelte oder gar die unbequemen Sitze des Oldtimerbusses und der plane Mittelgang sind die wenig komfortablen Möglichkeiten der Nachtüberbrü-ckung. Friedlich schnarchen die Teilnehmer in ihren Mumienschlafsäcken auf dem spärlich bewachsenen und ausgetrockneten Plateau. Rabenschwarz ist die Nacht, weit entfernt die asphaltierte Straße. Manche Paare kuscheln in den Schlafhüllen mit doppelter Breite. Einzelkämpfer liegen am Rande der Fläche. Wenige misstrauische Leute dösen im Halbschlaf unbequem verrenkt in den Sitzen des Busses und lehnen ihren Kopf an die harte Fensterscheibe. Sie sind geprägt vom berühmten Salzburger Schnürlregen und ihr Vertrauen in die stabile Wetterlage an der Dalmatinischen Küste muss erst wieder aufgebaut werden.

Günther ist ein Frühaufsteher. Er organisiert und leitet die Vogelexkursionen und die Tauchgänge am alten Rhein in seiner Heimat. Er redet nicht mit dem lieben Vieh, aber fängt mit Erfahrung jegliches Getier. Ich bin begeistert. Wie abgesprochen, lockt er mich noch bei völliger Dunkelheit vom Lager weg. Gemeinsam und lautlos stehlen wir uns aus dem chaotisch anmutenden Lagerplatz. Immer wieder lassen wir kurz die Taschenlampen aufblitzen, um nicht über die verteilten Menschenbündel und abgekühlten Feuerstellen zu stolpern. Nicht nur beleibte, auf dem Rücken liegende Gefährten schnarchen, dass die Karststeine wackeln, auch ganz hagere, weibliche Geschöpfe rasseln vergraben in ihren Kapuzen der Schlafsäcke erstaunlich laut. Ihren Reiz verlieren die Vogelstimmen, als Günther nach dem phantastischen Sonnenaufgang in unmittelbarer Nähe unseres Camps zahlreiche Löcher im Erdreich entdeckt. Die fingerhutgroßen, grasfreien Höhleneingänge weisen große Ähnlichkeit mit den Wohnungen unserer heimischen Grillen auf. Mein privater Experte ist von der Häufigkeit der Kolonie an Behausungen der giftigen Wolfsspinnen hellauf begeistert.

„Wir graben einige Taranteln aus", meint er ganz trocken, „und werden diese Achtbeiner zum Frühstück einer hübschen, aber kreischenden und nervigen Lehrerin zeigen!" Jedermann trägt stets eine Packung Taschentücher als Klopapierersatz im Hosensack. Der Inhalt wird zwischengelagert und die klare Hülle liefert das taugliche Transportmittel.

Giftspinnen sind nicht meine Lieblingstiere. Obwohl ich als Volksschüler mit Vergnügen die großen Weibchen der Kreuzspinnen beherzt gefangen und in die leeren Zündholzschachteln eingesperrt habe, ist mir der Kontakt mit den unbekannten Giftspinnen unangenehm. Meine harmlosen heimischen Spinnentiere mit dem christlichen Zeichen auf dem Rücken habe ich mit diebischem Vergnügen in der Religionsstunde unbemerkt in die Freiheit des bedrohlichen Klassenzimmers gesetzt. Panik, Aufruhr und Massenflucht waren gewiss, wenn das krabbelnde Kreuz entdeckt wurde. Mein Bubenstreich endete oft tödlich für die Tiere. Beherzte Knaben bewiesen ihren Mut gegenüber den hysterisch kreischenden Mädchen, indem sie die Achtbeiner mit dem üblichen Holzlineal erschlugen. Das Werkzeug diente nicht nur zum Unterstreichen, Messen und Fechten, sondern auch zum Vernichten von Ungeziefer. Mein Freund bricht sich einen steifen Ast aus dem nächsten Strauch und legt vorsichtig die Erdhöhle frei. Der Eigentümer der Behausung ist unterwegs und beschwert sich nicht. Nach dem Ausgraben des eher kurzen Ganges dürfen wir den mit Seide fein ausgekleideten Wohnraum bewundern. Mein Partner hat mich vorbeugend schon über die Lebensweise, Fortpflanzung und Brutpflege informiert. Ein eigenes Kapitel ist die Giftigkeit der Tiere. Diese in Mitteleuropa lebende Wolfsspinne, häufig einfach als Tarantel bezeichnet, verlässt nach Einbruch der Dämmerung ihr Versteck und jagt Insekten. An erfolgversprechenden Plätzen lauert das Tier auf Beute. Mit einem raschen Sprung über einige Zentimeter Länge stürzt sich die Spinne auf ihr Opfer. Mit ihren kräftigen Zangen sind diese Achtbeiner in der Lage, unsere Haut leicht zu durchbeißen und das Gift zu injizieren. Der Biss ist sehr schmerzhaft, aber – ein schöner Trost – nicht tödlich.

Bereits beim zweiten Grabungsversuch sitzt die pelzig behaarte Dame in ihrer Seidenkammer. Verärgert und aggressiv reckt sie uns ihre vorderen Beine entgegen. Die schlanken Extremitäten sind ständig in Bewegung. Mit ihren für die Jagd relativ scharfen Augen registriert das Tier jeden Annäherungsversuch und richtet ihren Körper nach dem Feind aus. Bedrohlichkeit vermitteln mir einige große Augenpaare. Respektvoll – auch die Sprungkraft ist mir nicht geheuer – halte ich mich als Beobachter im Hintergrund. Mit der Pinzette seines Schweizermessers greift mein Freund die Spinne am Hinterleib. Trotz Fixierung ihres Körpers wirken die vielen zappelnden Beine auf mich sehr gefährlich. Es bedarf reichlich Geduld und Überzeugungsarbeit, ehe ich es wage, meine erste Höhlenbewohnerin zu fangen. Nicht Ekel vor dem Geschöpf, sondern die Angst vor dem möglichen Biss der Giftspinne hält mich davon ab.

„He, steh auf, du liegst auf den Wohnhöhlen der Giftspinnen", erklärt Günther der echten Brünetten, die sich noch mit verklebten Augen und ungeschminkt im Schlafsack samt Kapuze räkelt. „Auf nüchternen Magen kann ich keinen blöden Scherz vertragen", meint sie übel gelaunt. Wir beide blicken uns in stillem Einverständnis an und ich halte ihr die krabbelnde Spinne, schon erheblich mutiger, in der durchsichtigen Verpackung unmittelbar über der Brust vor die Augen. Goldrichtig haben wir zwei erwachsenen Lausbuben den Charakter der Frau eingeschätzt. Wie von der Tarantel gebissen springt sie halbnackt vom Lager. Ihr spitzer Alarmschrei weckt die restlichen Langschläfer. „Taranteln, lauter Taranteln!", schreit sie immer wieder. Unglaublich faszinierend ist der Anblick, wenn die bunt gemischte Gesellschaft, wie von Marionettenschnüren gesteuert, sich in die Vertikale erhebt. Verschoben, angehoben und gewendet werden mit regem Eifer die Unterlagen, die Schuhe mit Schütteln auf den Kopf gestellt, Kleinzeug vorsichtig mit spitzen Fingern auf ungebetene Gäste untersucht. Nicht unbegründet ist die Warnung, denn tatsächlich ist der Boden geradezu gespickt mit den Schlupflöchern der Wolfsspinnen. Allein die Vorstellung, dass sie in ihrem Schlafsack unmittelbar auf den Löchern von Giftspinnen die Nacht verbrachten, lässt manchen Leuten nachträglich die Gänsehaut wachsen.

Gebeutelt, zermürbt und verschwitzt erreichen wir mit dem klapprigen Bus ohne Klimaanlage unser Reiseziel Split. Einem Triumphzug gleicht die Einfahrt um den meerseitigen Eckturm des berühmten Diokletianpalastes mit Dachrestaurant. Die großzügig gestaltete Uferpromenade mit den Dattelpalmen in Alleeformation betört den Blick. Segelyachten, schnittige Motorboote und Fischkutter beleben in bunter Vielfalt den sicheren Stadthafen. Die strukturierte Fassade der weitläufigen Schlossanlage von Kaiser Diokletian bildet den historischen Rahmen. Von der Fähigkeit, dem handwerklichen Geschick und dem Harmonieverständnis der Baumeister längst vergangener Epochen bin ich stets aufs Neue fasziniert, und die Bewunderung verdrängt im Nu die Strapazen.

Das Oceanografische Institut am Ende der schmalen Landzunge außerhalb von Split ist für den geplanten Aufenthalt unser Zentrum. Ein gediegener Bau mit prächtigen Arkaden auf Meereshöhe. Literreiche Aquarien ermöglichen Einblicke in die Vielfalt und Symbiosen des Mittelmeeres. Rückzugszimmer mit Literatur zur Bestimmung von Fängen runden das zweistöckige Bildungshaus inklusive Büros und Wohnungen ab. Palmen und exotische Sträucher säumen die kurzen Wege zum Privathafen. An der menschenleeren Mole erleichtert ein bescheidener Leuchtturm die sichere Hafeneinfahrt bei Nacht und Wolkenbruch. Mit abgetakelten alten Fischerkähnen samt flatterndem Fetzendach als Schattenspender tuckern wir täglich nur ein paar Seemeilen weit zur Insel Ciovo. Lässig krallt der Fährmann die knorrige Verlängerung des Ruders mit nacktem Fuß fest und hält Kurs.

Schnorcheln und Tauchen, mit der Handleine Fische für das Haus der Natur fangen und im Schatten verfallener Klostermauern oder ehrwürdig alter Johannisbrotbäume die Freizeit genießen sind der Hauptzweck der

Tage. Wesentlich erhöht der Auftrieb im Salzwasser das Vergnügen. Zähes Miesmuschelfleisch an kleinen Haken verführt trotz Schwimmlage über den Fangplatz prächtige Fische wie Meerjunker, Pfauenaugen, Geißbrassen und die begehrten schwarzen Mönchsfische. Inselüberquerungen, traumhafte Buchtexkursionen an der reich gegliederten und unbewohnten Süd-West-Küste von Solta, gesellige Abende und der große Schleppzug mit dem Fischkutter als Finale sind Freizeitgestaltung ganz nach meinem Geschmack.

Natürlich ist für mich die Ausfahrt mit der „Bios", einem alten Fischkutter, der Höhepunkt der Bildungsreise. Die Inseln Ciovo, Solta und Brac bilden die karstige Kulisse im Kanal von Split während der Schleppfahrt auf einem Dreieckskurs. Ein wirrer Haufen aus Netz, Auftriebskugeln, armdicke Taue, Ketten und Seile zu den Scherbrettern, die backbord und steuerbord unmittelbar im Bereich des Hecks außen am Rumpf hängen. Feinmaschige Planktonnetze und ein paar Reusen für den Krabbenfang ergänzen die Ausrüstung.

Einem Türrahmen gleich ragt schräg über Bord in den beiden Ecken des Hecks ein Aufbau aus Stahl, an dem während der Fahrt zu den Fanggründen die Meerespflüge schaukeln. Eine schlanke Walze erleichtert die Arbeit mit den schweren Netzen. Nach anfänglicher Handarbeit plumpst der Fangsack über die Rolle als Erstes ins Wasser. Die Trägheit des Netzes reicht aus, um bei mittlerer Knotengeschwindigkeit die restlichen Teile für den Schleppeinsatz über Bord zu ziehen. Der Wirrwarr der ablaufenden Taue ist eine stete Gefahrenquelle. Die mannschwache Crew vertreibt uns aus Gründen der Sicherheit während der Arbeit auf ein Zwischendeck. Scherenbretter, groß wie Garagentore, halten den gefräßigen Schlund der Schleppnetze weit offen. Sie ziehen einer Pflugschar gleich über den Meeresboden und hinterlassen Verwüstung. Ein eingearbeitetes Seil oder massive Kettenteile kratzen über den rifflosen Sandboden. Im Wirbel der Trübung landen die verdutzten Bewohner im trichterförmigen Netz. Technisch ausgeklügelte Methoden ermöglichen das Umackern des Meeresbodens bereits in tausend Meter Tiefe. Plattfische flüchten meistens in die falsche Richtung oder werden durch die zügige Geschwindigkeit beim Schleppen in Etappen eingeholt. Die Augen des Kapitäns hängen unablässig am Bildschirm des Echolots. Er legt den Kurs fest. Seine Erfahrung und der glückliche Zufall bestimmen den Erfolg. Nach jedem Abschnitt liftet die Besatzung den Fangsack zur Untersuchung. Massive Umlenkrollen und eine kräftige Winde ergänzen das System mit dem praktischen Flaschenzug beim Einholen der Beute. Nach dem Öffnen des Fangsackes plumpst die meeresbiologische „Fischvariation" mit erdrückten Lebewesen, schleimigen Seegurken mit umgestülptem Magen und zappelnden Überlebenden, die sich mit jedem Schwanzschlag mehr vom Schütthaufen entfernen, auf das Deck.

Lang gestreckt und kaum größer als unsere Handteller sind die am Deck schlagenden Lammzungen. Grätenfrei ist ihr begehrtes Fleisch. Sie sind ein wahrer Leckerbissen, meint der Kapitän des Forschungsschiffes, als Trost wegen des schwachen Ausfanges. Grundschleppnetze stöbern nicht nur die platten Fische auf, auch Hummer und Garnelen landen im Maschensack. Seegurken, Seesterne, begehrte Rotbarben mit langen Barteln und der hervorragende Speisefisch Seehecht füllen als gemischter Beifang den Sack. Gequetscht, gedrückt und verstümmelt presst das Gewicht der Masse den ersten Opfern das Leben aus. Das Aufwühlen, das Umgraben der Lebensschicht am Meeresboden, zerstört nachhaltig die Fruchtbarkeit des Lebensraumes. Es beschränkt die Vielfalt der Geschöpfe. Nahrungsketten werden zerstückelt, Symbiosen getrennt. Lautlos sterben Arten aus und reißen andere mit.

Die leichte Wölbung des Decks begünstigt das nutzlose Schlittern der Flossenträger vom abgeworfenen Haufen weg. Im Kreise stehen die Teilnehmer der Exkursion und staunen über die zusammengekratzte Mischung. Die weibliche Begleitagentur hält sich vornehm die Nasen zu und verdrückt sich in die zweite Reihe. Gelernte Schwarzfischer und Interessierte sortieren als Gehilfen, mit Handschuhen vor dem Gift geschützt und mit ängstlichem Gesicht, vorwiegend Arten aus der Familie der Rochen in großräumige Transportbehälter. Diese Exemplare sind für die Bestandserweiterung im Haus der Natur vorgesehen. Speisefische wandern, falls nicht schon verendet, gütig erschlagen, nach Qualität getrennt in Steigen aus Kunststoff. Die Kiefer der Seehechte strotzen vor Zähnen wie Nadelspitzen. Sie finden Bewunderung. Schon in Gefangenschaft des Netzes vergriffen sie sich an Beute. Nun würgen sie an halb aus dem Maul ragenden Opfern.

Raritäten aus der Fisch- und Krabbenwelt fristen bunt gemischt in Kübeln ihrem Schicksal entgegen. Katzenhaie zum Präparieren und als Anschauungsmittel für die raue Haut, ähnlich den groben Körnungen von Schleifpapier, büßen mit dem Leben. Die Damen picken sich exotische Muschelschalen mit Perlmuttglanz sowie faszinierende Gehäuseformen von

Schnecken aus dem zerfließenden Berg von Meeresfrüchten – Schmuck-stücke halt. Bunte Bierflaschen und rostige Dosen glänzen zwischen der Hauptmasse des Fanges. Seegurken! Groß wie Laugenwecken, nur etwas breiter, liegen sie im eigenen Saft. In Panik stülpen diese primitiven Bo-denbewohner das Innerste nach außen. Lebenszähe See- und Haarsterne in poppigen Farben winden sich vielarmig im Schleim der Nachbarn. Mit großflächigen Schaufeln schöpfen Genötigte die Mischung des unappetit-lichen Beifanges über Bord. Kreischende Möwen erjagen futterneidig im Sturzflug die fliegenden Leichen.

Damit alle die Köstlichkeiten des Fanges – vom Chaos auf dem ver-wüsteten Meeresboden und von den Opfern des Beifanges schweigt der Exkursionsleiter – als Abendschmaus genießen können, entscheide ich mich für die küchenfertige Vorbereitung der Seehechte. Barteltragende Meerbarben und die platten Lammzungen übernimmt mein Freund Günter gemeinsam mit einer Verehrerin. Ein Fisch ist ein kaltblütiges, schleimiges Schuppentier, das sich im Lebensraum Wasser mit den Flossen fortbewegt. Mit Hilfe der Kiemen löst es den Sauerstoff aus dem nassen Element. So ähnlich reimt sich der gemeine Bürger die Vorstellung über dieses Vieh zu-sammen. Plattfische hingegen sind wahre Meisterleistungen der Evolution. Schwimmblasenlos hausen die Elternfische flach am Boden. Weder Wurm noch Schnecke ohne festes Haus oder Krebsgetier ist vor den Fleischfres-sern sicher. Ein winziges Öltröpfchen in der Hülle der befruchteten Eier erzeugt den nötigen Auftrieb und Strömungen transportieren das getrennte Gelege in die Weite.

Einem utopischen Film mit skurrilen außerirdischen Wesen gleich, erscheint mir die Metamorphose der Plattfische. Ihre symmetrische Lar-venform gleicht ganz der barschartigen Verwandtschaft. Das Wunder der Veränderung ist als genetisches Erfolgsprogramm festgelegt und zeigt die Kreativität der Schöpfungskraft. Die noch weiche und tren-nende Knochenverbindung zwischen den Augen wird aufgelöst und ab-gebaut. Je nach Art der Plattfische wandert ein Sehorgan im Halbkreis auf die andere Seite des Kopfes. Von der rechten Körperseite aus be-trachten „Zungen" ihre Welt. Während der Wanderschaft des Auges auf die Oberseite plattet sich der Körper zunehmend ab. Die Schwimmblase degeneriert und der Jungfisch nützt die Nische am Meeresboden. Schol-len und Zungen lieben es, sich zur Tarnung in den Sand am Meeresbo-den einzubuddeln. Ihre sehr beweglichen Augen können die Fische wie das Periskop eines Tauchbootes in die Höhe recken und auf diese Weise Fressbares verfolgen.

Rücken- und Afterflosse verlängern sich als Saum bis zum Kopf. Mit dem wellenförmigen Flossenschlag huschen die Plattfische über den Untergrund. Als Entschädigung für den Aufwand verkümmert die Brustflosse auf der dem Boden zugewandten Seite. Das Ausströmen des Atmungswassers auf der aufliegenden Bodenseite ist physikalisch betrachtet ein Problem. Ein faszinierender Trick aus der Kiste der erfolgreichen Mutationen löst verblüffend einfach diese Schwierigkeit. Nach dem Entzug des Sauerstoffes strömt das Atemwasser über einen Verbindungskanal von der Bauchseite zur Rückenkieme und wird ausgepresst. Der blinden Unterseite fehlen die Pigmente. Schneeweiß blitzt der Bauch. Durch die Verschiebung der mobilen Farbpunkte auf der Oberseite sind viele Plattfische perfekt in der Lage, sich der Umgebung ihres Reviers anzupassen.

Der Smutje schätzt unseren Einsatz und die Mithilfe beim Filetieren. Nach der Abspeisung der Arbeitsscheuen im Schulungsraum des Instituts mit den wenigen frittierten Fischen und Bergen von Weißbrot sind wir an der Reihe. Wir paar Gehilfen haben die Ehre, in seiner engen Schiffsküche die zurückgelegten Lammzungen bis zum Platzen zu verschmausen.

NAPOLEONFISCH

Ein friedliches Monster

Wie Sterne blitzen die Strahlen der Sonne auf der leicht gekrausten Oberfläche des türkisgrünen Wassers. Positive Empfindungen weckt das Licht
und vertreibt die Schwere der Nacht. Mit Flossen geschützt, stehe ich
bis zur Hüfte auf einem Korallenstock im Roten Meer. Auf keinen Fall
möchte ich auf ein Tier mit giftigen Stacheln treten. Mit der Handleine
fische ich auf die Vielfalt der neugierigen Fische. Die Schnur ist auf einer
Spule aus Kunststoff mit großem Durchmesser aufgewickelt. Auf kleinen Haken aufgespießt, verführen Happen von Jausenwurst aus Dosen
und die weichen Teile der Innenseite einer Orangenhaut die bunte Palette der Schuppenträger. Ausgezeichnet widersetzen sich die Lockmittel der
Lösungskraft des Wassers. Sie sind ein vorzüglicher Ersatz für das vom
Fischvolk begehrte Fleisch der Miesmuscheln. Im Stil eines Lassowerfers
hole ich Schwung. Unbeschwert schwebt der Köder nach dem Wurf in das
Reich der Kiemenatmer. In hockender Stellung gewähren mir der Einsatz
von Brille und Schnorchel unglaubliche Szenen aus dem Beißverhalten des

Schuppenwildes. Die gezielte Befischung auf die mir bekannten Speisefische wie Brassenarten, Meeräschen und Hornhechte ist schier unmöglich, denn aus allen Verstecken und Löchern des Riffs stürzen sich Vertreter der Lippfische auf die neuen Köstlichkeiten. Berauschend ist die Artenvielfalt. Leider ist mein Wissen über die Giftigkeit der Stachelträger beschämend gering. Immer wieder stehe ich trotz Einsatz meiner praktischen Arterienklemme als Lösegerät vor dem Problem, dass die temperamentvollen Tiere in der letzten Phase des Einholens meine nackten Beine wie Hunde an der Leine umkreisen.

Jeder unbekannte Fisch erzeugt einen Nervenkitzel. Starke Fische am Haken vermitteln durch den direkten Kontakt eine unglaubliche Fluchtenergie. Es gelingt mir kaum, ihren Anfangsschwung durch Bremsen auf dem ablaufenden Spulenrand zu drosseln. Mit Anstrengung lege ich die Schleifen um den Kern der Spule und hole mir den Fisch aus dem tiefen oder weiten Wasser zum Abhaken oder Abschlagen zurück. Die vorzüglichen Fische garen später am Lagerfeuer.

Ein Schiff wird kommen und die gesamte Mannschaft von einer spartanisch anmutenden Anlegestelle aufnehmen. Entlang der kahlen Küstenregion tuckert der Kahn im Schongang. Der bescheidene Blasenteppich auf dem pfeilgeraden Kielwasser beweist die orientalische Zeitauffassung. Eine abwechslungsreiche Ufergalerie, wie von kreativen Steinmetzen in den Felsen gemeißelt, begleitet uns eine Weile. Sandstürme und die Wucht der Wellen nagen diese Muster in die aufstrebenden Felsen. Abweisend, schroff und menschenfeindlich wirkt der Küstenabschnitt. Ein Riffstock vor Ras Mohammed, am südlichsten Zipfel der Sinaihalbinsel, ist unser Ziel. Auf einer Klippe, die senkrecht aus dem Wasser springt, steht zerstört der Rest einer biederen Absperrung. Der Platz, das „Shark Observatory", gilt als gelobte Aussichtskanzel mit schwindelerregendem Tiefblick.

Mit respektvollem Abstand steuert die erfahrene Crew das Schiff in die Nähe eines physikalischen Schauspiels. Rasselnd läuft die Ankerkette von der Winde. Das schwere Gewicht zieht in die Tiefe, um sich in den Korallen zu verkeilen. Mit mäßiger Motorkraft rotiert die Schraube im Rückwärtsgang und spannt die Verbindung. Die angenehme Brise richtet in Zeitlupe den umgebauten Fischkutter mit dem Bug gegen den Wind. Staunend stehen wir alle an der Breitseite der Reling und beobachten das ungewöhnliche Naturereignis. In sanften Buckeln drängen die Wellenzüge Richtung Land. Freistehend wächst aus der Tiefe ein wuchtiger Korallenstock bis unmittelbar unter die Wasseroberfläche, vergleichbar mit einer Barockkirche mit dominierender Kuppel. Die moderate Bewegungsenergie der Dünung genügt, um die Wogen an der harten Grenze zu peitschen. Mächtig spritzt die Gischt. Urplötzlich schießen Fontänen in die Höhe. Der Schaum entfernt sich vom Hindernis in die Weite des Golfes von Aqaba oder Suez.

Weitum verschmilzt das satte Blau des wolkenlosen Himmels mit dem Farbton des Wassers. Nur an der Luvseite des Geisterriffs bricht sich der Wellengang mit Wucht und schleudert das Weißwasser wie Springbrunnen hoch in die Luft. An den zerstäubten Tropfen bricht sich das gleißende Licht. Es zeigt im raschen Wandel das bunte Spektrum wiederkehrender Regenbögen. Das Riff ist ein berühmtes Kleinod. Fischschwärme in unglaublichen Massen lockt der Korallenturm unwiderstehlich an. Auch die Räuber aus der Tiefe drehen ihre Runden entlang der Wände bis zum lichtdurchfluteten Dach der Polypenwelt. Tagsüber, so erzählt die Besatzung glaubwürdig, halten sich die Schwarzspitzen-Riffhaie in Bodennähe auf, und auch die größeren Verwandten mit den weißen Flecken an den Flossenspitzen greifen sich ihre Beute erst mit Einbruch der Dämmerung.

Ich bin kein feiger Hund. Aber ich möchte nicht als Erster über Bord in das bekannte Haigewässer springen, nur um als Angeber in die Geschichten am nächtlichen Kochfeuer einzugehen. Der ersehnte Blickkontakt mit dem Herrscher des Riffs steht nicht mehr im Vordergrund. Landratten und Wüstenfüchse schwimmen in engem Abstand zum Schiffsrumpf ihre Runden. Gar ungelenk klatschen ihre Flossen auf die Oberfläche des türkisgrünen Wassers. Wenn Haie einen Mittagsschlaf halten, dann sind sie durch den Lärm sicher gestört. Eine Gruppe entfernt sich vom Schiff Richtung küstennahes Flachwasser. Sie machen sich einander durch witzige Bemerkungen und Kommentare Mut. Ich vertraue lieber dem erfahrenen Taucher, dem Sohn des Exkursionsleiters, und begleite ihn mit gemischten Gefühlen zum Riffpilz. [Wenige Jahre später ist er mit seinem Tauchgefährten im Roten Meer, unweit vom Sinaispitz, beim Drifttauchen im Revier der Hammerhaie spurlos verschwunden. Die Schiffsbesatzung und die begleitenden Freunde haben tagelang jeden Winkel abgesucht. Absolut kein Zeichen. Beide Männer sind bis heute verschollen.]

Das Leben ist ein buntes Chaos. Kein Gewissen quält die Viecher. Das Weiterleben der Art hat Vorrang. Mittels unglaublicher Rituale prüfen die Geschlechter tauglichen Genaustausch. Sie betreiben einen gewaltigen Aufwand, um ihren Nachkommen den besten Start zu verschaffen. Trotz

Vererbungsgesetzen schafft der Zufall phantastische Veränderungen. Selektion, Mutation und Isolation sind die Spielkarten für genetische Versager oder Erfolgreiche. Erbmaterial, Lebenserfahrung durch Versuch und Irrtum und positiver Energieumsatz der Elterntiere sind wesentliche Voraussetzungen für das Gedeihen der Brut.

Der Hai verkörpert schlechthin das Böse. Schreckensgeschichten ranken sich um das Ungeheuer aus der unzugänglichen Tiefsee. Er ist der Sendebote aus der Unterwelt in Tiergestalt. Was nützt ihm die Darstellung seines wahren Wesens, wenn die Urangst im Menschen ständig die Phobie schürt? Sein Stammbaum reicht in die Zeit der Urmeere zurück, lange noch bevor die ersten Wirbeltiere das Land eroberten. In Hunderten von Millionen von Jahren schuf die Natur in erfolgreichen Schritten perfekt an den Lebensraum angepasste Geschöpfe. Die Erbanlagen sichern die Fortsetzung der Erfolgsstory, außer der Mensch setzt Bibelsprüche wie „Macht euch die Erde untertan" um und zerstört in beschränkter Kurzsichtigkeit die eigene Basis des Lebens. Unausrottbar geistert der Irrglaube, dass Haie nur ruhelos durch die Weltmeere schwimmen, um sich, vom Zwang getrieben, von Menschenfleisch zu ernähren. Es gibt praktisch keinen Grund, sich derart zu fürchten, und schon gar keinen, Haie einfach abzuschlachten. Haie erfüllen als Endglied der Nahrungskette eine wichtige Funktion als Regulator des Ökosystems und müssen deshalb geschützt werden.

Die bunten Schwärme aus glitzernden Körpern huschen über die Korallen und zupfen sich ihre Nahrung. Sie akzeptieren mich als harmlosen, im Oberflächenwasser liegenden, vegetarischen Riesenfisch, der auf der Leeseite des Unterwasseratolls ihr Treiben nicht stört. Eine eigene Wunderwelt ist der Artenreichtum. Unmittelbar vor dem Schaufenster meiner Taucherbrille tut sich eine unbeschreibliche Farbenpracht auf. Es lockt mich nicht mehr, die tieferen Stockwerke eingehend auf ihre Symbiosen zu erforschen. Die Jäger des Riffs können ungestört im dunklen Wasser den Tag vor dem abendlichen Fressausflug in höhere Schichten genießen. Immer wieder taste ich zur Beruhigung an meine rechte Wade, wo abenteuerlich kühn ein fixiertes Tauchermesser Schutz und Abwehr vorgaukelt.

Die Muränen mit ihren grimmigen Gesichtern, die sich mit ihrem aalartigen Körper wie Seeschlangen durch das Wasser winden, sind mir unheimliche Bewohner der Rifflandschaft. Tagsüber glotzen die Räuber nur aus dem Versteck. Ihre pumpenden Kieferbewegungen ermöglichen tiefe Einblicke in das gespaltene Maul mit den spitzen Zähnen. Ich hüte mich davor, diese grantigen Nachtschwärmer in ihrem Loch zu reizen. Vor Torheiten schützt mich mein Respekt. Es gibt keine Versuchung, die zahlreichen Höhlen und Spalten auf ihre Geheimnisse hin zu ertasten. Unter den vielen Arten von Muränen befinden sich auch launische und giftige Vertreter, die grantig jedem Eindringling in ihre Räuberhöhle die Zähne in das Fleisch schlagen. Im asiatischen Raum sind sie als Speisefische sehr begehrt und liegen, vom Kopf mit den Giftdrüsen getrennt, zum Verkauf auf Eis.

Allmählich verlieren auch die Haie ihren Platz in meinen Gedanken, und voller Bewunderung sauge ich die Fülle der großartigen Reize auf. Eingehüllt in Wolken von schillernden und glitzernden Schwärmen wünsche ich mir, für einen überschaubaren Zeitraum, ein Fisch zu sein. Entspannt und hellwach gleichermaßen betrachte ich in Nahaufnahme die Ausbreitung einer Fächerkoralle.

Ich kann es nicht deuten, nicht erklären. Ein sechster Sinn oder auch nur ein biederer Zufall lässt mich nach meinem Tauchpartner umschauen. Statt meinem tauchenden Partner nähert sich ein Monster von einem Fisch. Das Ungeheuer schwimmt mit zartem Achterschlag seiner Brustflossen direkt auf mich zu. Seit Wochen fiebere ich der Chance einer realen Begegnung mit einem Hai entgegen und nun lähmt mich die Mächtigkeit des unbekannten Wesens. Immer wieder stülpt der Riesenfisch seine beweglichen Lippen vor, als ob er mich küssen möchte. Die Neugier treibt das Tier in meine Reichweite. Ein trächtiges Landschwein kann dem Fisch nicht an Masse reichen.

Meine Gefühlswelt gerät aus den Fugen. Die Unkenntnis über den großen Rifffisch, die Ahnungslosigkeit über sein Verhalten und seine arttypischen Ernährungsgewohnheiten sorgen für Unruhe in den Nervenleitungen. Hinter dem Wulst der unförmigen Lippen verläuft eine blasse Zone mit Falten. Diese elastische Haut samt Muskelpartie ermöglicht die verblüffende Beweglichkeit seines Lippenspieles. Im wuchtigen Schädel verlieren sich beinahe die knopfgroßen Augen. Aus der Stirn wächst ein gewölbter Höcker. Der Wulst erinnert an die steilen Frisuren der Punks, und den Hinterleib könnte sich der sanfte Riese von einem Nilbarsch geklaut haben. Er lässt mich nicht aus den Augen. Er beobachtet, ich bilde es mir zumindest ein, jede meiner Bewegungen. Im unergiebigen Rückwärtsgang schiebe ich mich aus der Kussdistanz. Mein Freund muss dieses Wesen auch bewundern. Ich brauche einen Zeugen für diesen sensationellen Kontakt mit dem Lippenspieler.

Auf der Gehaltsliste des Hauses der Natur steht Ingrid, die leidenschaftliche Meeresbiologin. Das zarte Wesen schleppt die schwersten Sauerstoffflaschen auf der hageren Wirbelsäule und braucht beim Tauchen wenig Luft. Sie gerät angesichts meines Erlebnisses mit dem kapitalen Fisch in wissenschaftliche Aufklärungseuphorie. Über die Familie der Lippfische hält sie mir und Adabeis einen temperamentvollen Vortrag. Mein Monster gehört zu dieser Sippe und steht in der Unterordnung der barschartigen Vertreter. Diese Schuppenträger glänzen durch ihre wunderschöne Farbenpracht und schwimmen nahezu in allen Meeren. Manche Typen erobern sich gar Nischen in kühleren Gewässern. Die Haut zeigt unglaubliche Farbvariationen während der Entwicklung. Laien ist es unmöglich, die Geschlechtstiere zu bestimmen.

Zahlreichen Arten gemeinsam sind die wulstigen Lippen. Häufig sind die Fische in der Lage, ihre dicke Lippe wie einen Saugrüssel einzusetzen und bei Bedarf auszufahren. Kleinere Vertreter übernehmen die Arbeit von Putzerfischen. Sie kümmern sich um die Reinigung fremder Schuppen. Parasiten, Würmer und Schmarotzer sowie abgestorbene Zellen und Abfall entfernen sie gar zwischen den scharfen Zähnen im fremden Räubermaul. Die Kundschaft wird vom juckenden Übel befreit, außerdem liefert sie als Gegengeschäft die Kost persönlich an den Reinigungstrupp ab. Quasi Essen auf Flossen. Die Garde der Putzer und ihr Arbeitsplatz sind den großen Fischen vertraut. Eine beispielhafte Symbiose zum Nutzen aller Beteiligten. Eine Ecke an der untergetauchten Steilküste, eine markante Struktur oder ein ungewöhnlicher Korallenstock sticht aus der Umgebung hervor und entwickelt sich zur Servicestation. Großmäulige Riesen nähern sich bei Bedarf dem Areal. Sie schweben geduldig in der Nähe des Riffes, bis die schwimmende Reinigungsflotte zum eigenen Vorteil übernimmt.

Die Verbundenheit der zusammengestellten Kochgruppen pflanzt sich auch bei der Verpflegungsaufnahme am Schiff fort. Zwischen den Bissen und den Schlucken bauschen sich die Beobachtungen und Erlebnisse zu blumigen Geschichten auf. Ausgelassen ist die Stimmung und der Schmäh läuft wie geschmiert. Trotz des Wirbels auf Deck gelingt es Sonnenanbetern, sich einen Platz zum Ausstrecken zu erobern. Der Lotse des Schiffs steht unermüdlich mit seiner Spinnrute am Heck des Bootes und bemüht sich um ein Fangergebnis von Nutzen für die Küche.

„Georg, der Napoleonfisch ist achtern!", schrillt plötzlich sein Schrei. Wir rappeln uns aus dem Schatten des Sonnensegels und eilen zur Stelle.

Mein Fisch steigt gemächlich aus der Tiefe und nähert sich dem Kiel. Angeblich ist er das Maskottchen des ungewöhnlichen Riffpilzes und erwartet sich von seinem Besuch eine Delikatesse. Mindestens ein rohes Ei. Der Fischer holt aus der Kombüse zwei Eier, stülpt sich noch im Gehen die Taucherbrille über den Kopf und hastet über die Sprossen der Leiter in die Tiefe. Wir stellen beeindruckt fest, dass „Napoleon" mit seinem Gardemaß bei weitem die Länge des Tauchers übertrifft. Unglaublich nahe schiebt sich das Tier an den Leckerbissen in der gestreckten Hand des Mannes heran. Nur kurz schwebt das rohe Ei im Wasser und wird durch den Sog der geschürzten Schmachtlippe blitzschnell in den Mund gerissen. Wenige Flossenschläge später öffnet sich der Lippenwulst, und mit einem Schwall prustet der Fisch die zerdrückten Schalen wieder aus. Der friedliche Riese spielt in Erwartung weiterer Leckerbissen die Begleitagentur des Lieferanten. Er bedrängt den auftauchenden Mann noch beim Verlassen des Wassers. Wir fürchten um seine Beine.

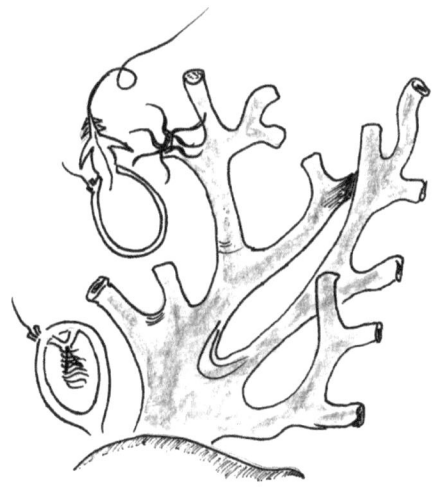

POLYPEN

Korallenpracht

Die weichen Hautschichten der Polypen mit ihren Tentakeln sind durch die harten Panzer geschützt. Eingelagert in die Fangarme ist die Nesselwaffe. Die Tiere scheiden Kalk aus und bauen sich ihre eigene Burg. Wir tragen als Stütze unseres Bewegungsapparates im Inneren das Skelett. Für die Hohltiere ist es von strategischem Vorteil, ihren Schutz nach außen hin zu verlagern. Außerdem ist es einfacher, mit dem Nachbarn innig zu verwachsen und gemeinsam das Gerüst zu errichten. Bei Bedrohung ziehen sich die Tiere blitzschnell in ihre stabilen Röhren zurück.

    Die Hohltiere erzeugen ihre Nesselkapseln in unglaublichen Mengen. Diese wirkungsvolle Form der abwehrenden Fangorgane werde ich mein Leben lang nie mehr vergessen. Der schlauchförmige Polyp ist mit seiner Fußscheibe fest mit der Unterlage verwachsen. Er liebt es, in Gesellschaft, in der Kolonie, zu wachsen. Am gegenüberliegenden Pol öffnet sich die Mundscheibe mit dem Tentakelkranz. Festgewachsen bilden die Tiere einen mächtigen Teil des Riffs und ihre Verwandten, die Quallen, driften vorwiegend mit der Strömung durch die Weltmeere. Die gallertartige Masse der Medusen steht im hohen Kontrast zur Kalkbildung vieler Polypenarten und ist wiederum ein Beweisstück für den Einfallsreichtum der Evolution. Hochsensible Waffen zur Betäubung der Nahrung sind die Nesselzellen. In den eiförmigen Bläschen steckt ein effizientes System für Angriff und Verteidigung. Berührt die Beute oder ein Feind den Außenfühler, eine Art von geißelförmiger Sinnesborste, dann löst der Kontakt in Bruchteilen von Sekunden eine Kette von Reaktionen aus. Ein Deckel klappt wie eine Falltüre auf. Der spiralförmig verpackte Nesselschlauch entspannt sich und bohrt sich in den Verursacher. Unterschiedliche Ausführungen wie Stacheln, Spitzen mit Widerhaken oder gar winzige Stilette verschärfen den Wirkungsgrad der Schleuder. Klebrige Substanzen erleichtern das Andocken. Arteigene Eiweißverbindungen wirken für den Gegner tödlich.

Die schrecklichen Bilder von Unfällen im Straßenverkehr bestätigen leider die Gesetze der Physik. Nicht die Masse ist in erster Linie für das Ausmaß der Katastrophe zuständig, sondern die Geschwindigkeit. Sie fließt mit dem Quadrat in die Berechnung der Wucht ein. Die Natur nützt das Prinzip der Beschleunigung schon seit Milliarden von Jahren. Schlagartig fetzt mit hohem Tempo die Waffe am Nesselfaden durch die schützende Haut des Betroffenen. In das geschlagene Loch des Beutetieres erfolgt die Infusion des lähmenden Giftes. Abgeschossene Pfeile müssen ersetzt werden. Die entladene Nesselzelle zersetzt sich. Der oberflächlich als primitiv eingestufte Tierstamm rüstet sich rasch mit Ersatz. Flächigen Entladungen ihrer Batterien, weil unwirtschaftlich, beugen die Tiere vor, indem sie auf Schwingungen oder chemische Signale des Opfers reagieren. Wehrt sich die Beute, ist das Opfer zu groß, dann reagiert der Polyp nach Bedarf mit weiteren Salven.

Feuerquallen, Feuerkorallen, Rotfeuerfisch oder Großer Roter Drachenkopf sind mir aufgrund der Namensgebung bereits Alarmsignale genug. Meine Vorstellungen und Erwartungen von der Artenvielfalt im Roten Meer werden weit übertroffen. Der Reichtum der riffbildenden Korallen und ihrer Bewohner erzeugt pure Begeisterung. Ich halte wegen der Warnung der alten Taucherhasen einen Respektabstand von dem Stamm der wehrhaften Nesseltiere. Es liegt mir nicht, großflächige Zielscheibe ihrer Nesselbatterien zu sein. Oft führen die infizierten Wunden in der Haut zu lebenslangen Andenken in Form von Narben oder das Gift in den umgebildeten Flossen bringen dich in den Grenzbereich zwischen Leben und Tod.

Der Formenreichtum der Korallen reicht von Platten über Oberflächen wie Hirnwindungen bis hin zu filigranen, zerbrechlichen Gewächsen. Andere erinnern an die Geweihe der Rentiere. Oft gleicht die Wuchsform ihres harten Mantels einem versteinerten Fächer. Bizarre Verzweigungen und Muster täuschen gar Ziergemüse unter Wasser vor. Peitschenartige Auswüchse ragen wie Fühler in den Raum und fangen sich das Plankton. Jede Kolonie entwickelt sich aus treibenden Larven. Die wuchernde Lebenskraft überzieht gar die Kanonen versunkener Kriegsschiffe.

Aufgelöst mit der Umgebung verschwindet der gefährliche Drachenkopf oder Steinfisch. Übergangslos sind die Konturen, nur der mich verfolgende Augapfel verrät den getarnten Fisch. Mit dem Kalk verwachsen, stecken kleine Ausgaben von Mördermuscheln im Boden. Es genügt der Schatten der Hand, um den gewellten, ineinandergreifenden Schalenrand verblüffend rasch zu schließen. Wehe, ein Unvorsichtiger tappt oder greift gar in so eine kraftvoll schließende Presse. Hauslose Schnecken geistern wie Fabelwesen durch die Traumwelt. Putzergarnelen warten auf ihre Kundschaft. Feuerfische mit zerfransten Flossen in Rot oder gestreift wie Zebras stehen giftig mit kaum merklichem Fächerschlag am Riff. Meine vorsichtige Annäherung mit dem durch Neopren geschützten Zeigefinger empfinden die Tiere als Belästigung. Ich habe das Gefühl, dass sich die Fische der Störung widersetzen und ihre Position zum Feind hin verlagern. Bunte Vertreter der Lippfische und Schwärme glitzernder Körper füllen das Umfeld im Übermaß. Ich fühle mich wie eine vom Met berauschte Biene, die über den Blumenteppich schwirrt. In zunehmender Tiefe lauern hungrige Riffhaie auf ihre Beute.

Bewusst hüte ich mich vor jeder unvorsichtigen Berührung von Korallen-Gewächsen. Ich fürchte die Roten wie die Pest und respektiere ihre Waffen. Der Mangel eines Bleigurtes bedingt, dass beim Erforschen von Schlupflöchern in tieferen Etagen das vorsichtige Anhalten an den abfallenden Wänden notwendig ist, um dem Auftrieb ein Schnippchen zu schlagen. Ein kleiner Korallenstock, leicht verzweigt, ähnlich einer Rentierflechte, leuchtet mir in ockergelber Farbgebung harmlos entgegen. An den Mundlöchern der kleinen Röhrchen sehe ich keine Tentakel nach Nahrung im Wasser fuchteln. Abgestorben starrt das Kalkgerüst. Winzige Löcher überziehen das Gerüst. Nur ein kleines fingerlanges Stückchen für die Sammlung wünsche ich mir. Ein geringer Eingriff im Vergleich zu den verursachten Schäden durch die gesetzten Anker.

Mein bescheidenes Belegstück soll mir bei Betrachtung ein Leben lang die prächtigen Bilder aus dem Gedächtnis zaubern. Außerdem bedarf die Lehrmittelsammlung ohnehin einer kostenneutralen Aufwertung. Mit geringem Hebeldruck knacke ich das Stück aus dem Stock und verwahre es als Faustpfand. Inmitten von glitzernden Schwärmen fühle ich mich als Lungenatmer wie ein außerirdisches Wesen. Ich wünsche mir keine Sauerstoffflasche auf dem Rücken mit dem Blubbern der ausgeatmeten Luft, sondern schlichte Kiemen. Damit ich nicht durch die Macht der Gewohnheit unabsichtlich die Hand zum Steuern öffne und das zierliche Röhrenwerk der Expolypen in die Tiefe torkelt, packe ich die Kolonie in meine Badehose, in ein netzartiges Innentäschchen. Meine Halswirbel können keinen Rost ansetzen. Unablässig drehe ich meinen Kopf von einer Seite zur anderen, um die geheimnisvolle Welt wie eine Panoramakamera zu erfassen. Unmerklich zieht mich eine sanfte Strömung über den pulsierenden Lebensraum. Entspannt abgewinkelt, schweben meine Arme in Nähe der Badehose. Die Schwimmlage stabilisiere ich durch leichten Flossenschlag aus dem Unterschenkel heraus. Zur Orientierung strecke ich meinen Hals und richte den Blick in die Übergangszone zum tiefen Wasser. Barrakudas. Ein grimmiger Trupp von Räubern starrt mich unheilvoll an. Im engen Verband versperren sie mir den Weg.

Ein Adrenalinschub sorgt für einen Schweißausbruch im Salzwasser. Sie ahnen meine Unsicherheit und riechen die Angst. Zur Flucht im Kraulstil rät die überschwappende Panik. Uneinig sind das Bauchgefühl und der Verstand. Lähmend wirkt der Schock. Bewegungslos drifte ich auf die tiefen Maulspalten zu. Vielleicht haben mich die eleganten Jäger des Meeres schon eine geraume Strecke als sattmachende Beute verfolgt. Sie warten nur mehr auf ein Signal zum Angriff. Der Schwarmführer hat möglicherweise bereits erfolgreiche Attacken auf Menschen ausgeführt und reißt als Wiederholungstäter seine Blutsbrüder mit. Meine Reste, falls überhaupt entdeckt, dichten die Pseudoexperten den Haifischen an die Zähne und die üble Meute der Barrakudas erfreut sich wie die menschenfressenden Tiger in Indien an der schmackhaften Erweiterung ihres Nahrungsspektrums. Steif wie Holzscheite stehen die getigerten Fische im Wasser.

Im letzten Viertel wächst die dreieckige Rückenflosse aus dem Körper und stabilisiert die pfeilschnellen Torpedos. Räumlich versetzt, starren mich viele Augen an und registrieren mein Verhalten. Unberechenbar und falsch erscheint mir der Charakter der Großaugen. Das Anstarren der Augentiere empfinde ich als ein Mustern auf Ergiebigkeit des Happens. Immer wieder reißen die Tiere abwechselnd ihre Kiefer auf. Sie zeigen mir ihr tödliches Gebiss. Leiden sie unter dem Mangel des Sauerstoffes im Oberflächenwasser, dehnen sie bereits vorbeugend ihre Kiefer vor der Attacke oder sind sie satt und faul, das wage ich nicht zu beurteilen. Verdammt unangenehm ist mir die Situation. Ich wage es nicht, den mehr als einen Meter langen Fischen den Rücken zu kehren. Nicht verleugnen lässt sich ihre Ähnlichkeit mit unseren heimischen Süßwasserhechten.

Barrakudas lauern gerne an Riffkanten. Sie schnappen sich durch blitzschnelles Vorstoßen unvorsichtige, verletzte oder altersschwache Fische. Nach dem Angriff ziehen sich die Jäger wieder auf ihre Lauerstellung zurück. Für das menschliche Auge sind die gebänderten Flanken ziemlich auffällig, für die Palette der Beutetiere scheint das Schuppenmuster hingegen den Körper aufzulösen. Mit Bedacht und sanften Bewegungen strebe ich einen gesünderen Abstand an. Wie beim Synchronschwimmen drehen sich ihre Körper und blockieren meinen Kurs. Angriff ist die beste Verteidigung. Soll ich der Übermacht entgegenschwimmen und ihr Verhaltensmuster auf den Kopf stellen? Meine Idee kann den Reflex zur Flucht auslösen, aber auch ihre Angriffslust schüren. Ist meine Entscheidung falsch, dann graben sich viele scharfe Dolche, groß wie die Reißzähne von Wölfen, in mein Fleisch. Das Blut fördert die Raserei und im Nu haben mich die Hyänen des Meeres aufgearbeitet. Noch während sich meine Gedanken um Fressen und Gefressenwerden drehen, setzen sich wie auf ein geheimes Zeichen die Vertreter der obersten Nahrungspyramide in Bewegung. Der Abstand wächst erfreulich. Mit geschlossenem Mund atme ich auf. Zunehmend unscharf wird die Räuberbande und löst sich allmählich wie ein Spuk im Nebel auf.

Für die Verarbeitung des ungewöhnlichen Erlebnisses brauche ich Zeit, und erst allmählich gelingt es mir, meine weitere Aufmerksamkeit der Lebensgemeinschaft Riff zu widmen. Die Farbenpracht und die Vielfalt rufen keine Sättigung hervor, bis ein jäher stechender Schmerz mein Glied durchzuckt. Im Reflex reißt es mir die Faust zum Penis. Ein einziger Gedanke quält mich und zwar: „Ein hinterhältiger Barrakuda hat mir meine Männlichkeit abgebissen. Fortan werde ich als Eunuch die erzwungene Enthaltsamkeit bedauern!" Der Griff an den Hodensack und die haptische Untersuchung beseitigen rasch die Befürchtung. Erfreulich ist der ertastete Befund, aber meine erogene Zone leidet unter feurigen Symptomen.

Neuerlich wechselt das Korallenstück aus dem Schambereich in die geschützte Hand. Aus dem Wasser auf das Land treibt eiligst mich die Qual. Die Untersuchung der Genitalien, ohne Zeugen versteht sich, hat Vorrang. Eine große Fläche ist durch die heftige Entzündung schrecklich gerötet. Die Schwellung des Gliedes reißt mir beinahe die Vorhaut ein. Ich könnte mich kratzen wie ein verlauster Affe, der Juckreiz ist unbeschreiblich.

Das Korallenstück, irrtümlich als abgestorben eingestuft, hat mit ein paar Restpolypen mein Geschlecht unfreiwillig zur unangenehmen Pracht anschwellen lassen. Es gibt keine medizinische Versorgung. Das Urinieren ist eine Folter. Bei der Befragung der wenigen Experten um Behandlungsvorschläge verlege ich aus Diskretionsgründen den Brandherd einfach auf weniger delikate Hautstellen. Keiner hat in seiner Reiseapotheke Vorsorge getroffen. Nur die Zahnpasta bleibt als mildes Desinfektionsmittel. Heißes Teewasser zum Abtöten des Nesselgiftes ist mir wegen der Verbrennungsgefahr nicht geheuer. Auch das Baden im feinen Negevsand und das anschließende Abschaben mit dem Rücken des Tauchermessers oder den steifen Kreditkarten scheinen mir an dieser Stelle zu riskant. Die intime Pflege meines Unterleibes zieht sich beinahe über eine Woche, bevor ich einer Entwarnung zustimme.

Nach der Besteigung des Mosesberges kehrt unsere Truppe noch in dem abgelegenen Katharinenkloster ein, um frisches Wasser aus der Zisterne zu kurbeln. Vor einer Ikone in Gedanken versunken, erflehe ich mir, in stiller Andacht und Reue, gänzliche Heilung und das Ausbleiben von Folgeschäden.

FLIEGENHUCHEN

Blamage

Als gelernter Tormann wage ich mich beim Kräftemessen zwischen einer Schülerauswahl und dem Lehrerkollegium zu weit aus meinem Gehäuse. Prompt werde ich von einem Stürmer unabsichtlich gelegt. Das Luftduell nach der Flanke gewinne ich, dafür steigt mir der potente Kerl nach der Landung so unglücklich auf die Ferse, dass ein kleiner Knochenteil samt Sehnenansatz reißt. Schmerz und Frust gesellen sich zum ungläubigen Staunen, denn die Schwellung wächst vergleichbar einem aufgehenden Brotteig. Ohne Betreuerkontakt schleppe ich mich humpelnd zum angrenzenden Badesee. Das Kühlwasser lindert den Schock. Besorgte Mienen der Freunde sowie Ratschläge erfahrener Kicker bezüglich Auswahl der umliegenden Krankenhäuser verkürzen die Zeit bis zum Eintreffen der Rettung.

Aufgrund meiner Knochentuberkulose in meiner frühen Jugend ist es viel zu riskant, im Zuge einer Operation die Teilfraktur des Knöchels mit Schrauben zu fixieren. Die beratenden Ärzte in Schwarzach wagen es nicht, den im Kalk schlummernden Bazillus zu stören. Nach der gröbsten

Abschwellung des ohnehin schon geschundenen Beines verpasst man mir einen Gips ohne Gehfunktion. Auf Krücken kämpfe ich mich über die treppenreichen Stiegen im Elternhaus. Mein im Wesen gutmütiger Vater schimpft und flucht in seiner Not über die sinnlose Sportverletzung, denn er braucht meine Arbeitskraft in der Landwirtschaft wie einen Bissen Brot. Anstehende Schularbeiten und die Notenkonferenz belasten zusätzlich.

Auf der häuslichen Therapiecouch lässt sich durch Schonung der Krankenstand aushalten. Kaum mühe ich mich in die Senkrechte, klopft und pocht es zum Stöhnen. Die Erledigung unaufschiebbarer menschlicher Regungen, die Organisation von Naturalien zur Verpflegung oder Tausch von Lesestoffen sind eine Marter. Zuerst spiele ich den harten Mann. Leider habe ich die Rechnung ohne mein Schmerzzentrum aufgestellt. Statt Linderung und Dämpfung der rhythmischen Symptome entsteht die Platzangst um den Knöchel im Gipskorsett. Die Qual treibt mich ins Spital. Die Herren in Weiß hören sich meine Leidensgeschichte mit gespielter Souveränität an – unterbesetzt ist die Unfallstation, und der Eilschritt herrscht am Gang – und lassen von einem Krankenpfleger mit einer schwingenden Trennscheibe ein Loch für den Lokalaugenschein, direkt an der Druckstelle, aus der Hülle schneiden.

Meine laufenden Bemerkungen bezüglich Temperaturanstieges dienen dem Gesellen als Einschätzung für die verbleibende Wandstärke des Gipsmantels. Grob legt der Mann die gipserne Zwangsjacke frei. Reihum fühlen sich die Anwesenden verpflichtet, mit ihren steifen Zeigefingern die sackartige Schwellung um das Sprunggelenk herum mehrmals anzutippen. Die feine Hautverletzung bleibt unentdeckt von allen Beteiligten. Gipsfaschen, frisch getränkt, versiegeln neuerlich das Fenster. Wohl ist ein Teil des steifen Verbandes neu, aber bereits nach wenigen Tagen treibt mich der anhaltende Schmerz zur Notlösung. Wohltemperiertes Wasser in der Badewanne weicht die Mumie auf, und mittels Gebrauch der Geflügelschere zerlege ich allmählich die Enge in Fetzen.

Rot wie ein Pavianhintern zeigt sich das Bein. Ein Blick des alarmierten Hausarztes genügt, um die bakterielle Infektion zu diagnostizieren. Ausgangspunkt des Übels ist der feine Hautkratzer, ausgelöst durch die schlampige Ausführung der „Fenstermethode“. Rotlauf ist sein erschreckendes Urteil. Ein mögliches offenes Bein bis hin zur notwendigen Amputation schiebt er als Verstärker zur Panikmache nach. Postwendend packt meine Frau die üblichen Utensilien für den Aufenthalt im Krankenhaus und liefert mich, fein gebettet auf dem Liegesitz, mit angelegter Schiene ein. Schlagartig erhöht sich der Aufwand und ständig schwirrt Personal mit besorgten Blicken um das Bettgestell. Endlich, verschont vom dritten Eingipsversuch, liege ich mit fixierter Fußstütze, zwecks Erhaltung des Gelenkwinkels, im Bett und bin an die stinkende Leibschüssel gefesselt. Flaschenweise rinnen die Medikamente zur Bekämpfung der schweren Entzündung aus dem Tropf in meine Blutgefäße. Tagelang verweigere ich hartnäckig die peinliche Notdurft in die Schüssel, bis mir die hübschen Diplomschwestern mit dem Einlauf drohen.

Abenteuerliche Reiseberichte aus historischen Zeiten und Fachzeitschriften verkürzen mir die Zeit der Kallusbildung. Werbung weckt wahrlich Bedürfnisse. Die Fülle der Angebote erleichtert die gezielte Auswahl für einen Spezialurlaub an einem von Schuppen strotzenden Gewässer. Wenn ich die Gehhilfen nicht mehr brauche – exakt sechs Wochen lang humple ich in den Ferien Wege mit zunehmender Steigung –, dann fahre ich mit den speziellen Stützschuhen zum Fliegenfischen auf Äschen an die Gail, schwöre ich mir. Mit Ausdauer und sportlichem Ehrgeiz erhöhe ich die wöchentlichen Übungseinheiten, um den Bewegungswinkel der Fußschaufel zu verbessern. Hohe Schnürstiefel, nach Art jener der Boxer, und eine keilförmige Einlage aus Kork festigen das Gelenk. Sie verringern die Unsicherheit bei seitlicher Belastung. Das Herantasten an die Gelenksperre ist mit teuflischen Schmerzen verbunden. Irgendwann schaffe ich es schließlich, mit dem betroffenen Fuß den Widerstand des Kupplungspedals zu brechen. Fortan steht der Ausweitung der Mobilität nichts mehr im Wege.

Die Wirtsleute regeln freundlich die üblichen Formalitäten mit Meldepflicht, Lizenzausgabe sowie Zimmerzuweisung. In überzeugenden Tönen preisen die Leute die Schönheit ihrer Gewässer und den beeindruckenden Fischbestand. Die Verquickung von Naturerlebnis und Fliegenfischerei trifft genau meinen Geschmack. Auf Anhieb fühle ich mich als Gast und nicht als geschröpfter Tourist, einfach gut aufgenommen. Mit Überwindung zwänge ich meine lädierte Fußschaufel durch die enge Röhre des Watstiefels aus Neopren. Der labile Bänderkomplex wird durch die Überdehnung des Gelenkes gereizt. Er reagiert mit stechendem Schmerz. Die Unsicherheit bei der Überwindung der steilen Böschung, das schräge Auftreten mit der weichen Filzsohle und das Rutschen über veraltete und bucklige Steine behindern die lustvolle Pirsch. Wohl fühle ich mich auf flach überspülten Schotterbänken, die in schmalen Zungen auslaufen. Unbehindert vom Ge-

hölz des Ufersaumes übe ich die Tricks der Meister am laufenden „Fisch"
und vergesse das Problem mit dem Bein, bis neuerlich ein nicht druckreifer
Fluch auf das spontane Überdrehen des behinderten Fußes folgt.

Der Mensch ist ein Gewohnheitstier. Es braucht seine Zeit, bis ich es
schaffe, so wie ich es mir angelesen habe, den Köder seitlich wegzuziehen.
Oft attackiert eine Forelle meinen Streamer – während trostloser Winter-
tage habe ich mir verschiedene Muster mit klingenden Namen wie „Grey-
Ghost", „Taupo-Tiger", „Fuzzy-Wuzzy" oder „Mallard" in unterschied-
lichen Größen gebunden – aus dem Hinterhalt heraus. Vom erhabenen
Standpunkt aus ist der verfolgende Fisch mit der Bugwelle und dem aufge-
rissenen, hellen Maul leicht zu beobachten. Der Angriff auf das Haar- und
Federbüschel ist Spannung pur. Am erfolgreichsten hat sich der Schwenk
des Köders zum Ufer hin, und nicht ins offene Wasser, herausgestellt. Der
Reflex des pfeilschnellen Räubers wird provoziert, bevor das Imitat eines
Fischleins scheinbar in den Spalten und Löchern der Flussbausteine ver-
schwindet.

Das Lebewesen Fisch ist ein hochwertiges Nahrungsmittel und kein
Spielzeug. Wenn die Entnahme zum Verzehr nicht gestattet ist, dann verdient sich das Schuppenwild das Zurücksetzen mit größtem Respekt und
Behutsamkeit. Es liegt im wahrsten Sinne des Wortes in meiner Hand, wie
ich dem Tier nach dem Stress des Fangens die besten Überlebenschancen
biete. Es gefällt mir nicht, wenn Zunftkollegen mit extrem feinen Schnüren
den Flossenträgern zwecks Lustgewinn nachstellen, die Drillphasen über
Gebühr in die Länge ziehen und die Fische bis zum Herzinfarkt schinden.
Die gewissenhaften Zeitangaben vom Biss bis zur Landung sind eine abar-
tige Entwicklung. Die Ausdehnung des Zeitraumes ist ein Maßstab für die
Tierquälerei: Jede Minute länger belastet den Fisch enorm durch die Über-
säuerung der Muskulatur. Mit jeder Faser versucht der Gehakte sein Leben
zu retten. Oft endet das Zurücksetzen mit einer völligen Erschöpfung des
Tieres. Taumelnd treibt es kieloben in den Tod auf Raten. Es ist ein Kin-
derspiel, dem Fisch im Wasser mit der Arterienklemme den bartlosen Stahl
aus dem Maul zu drehen, ohne seine schützende Schleimhaut zu zerstören.
Häufig genügt bereits das Nachgeben der Spannung und das Geschöpf
schafft, ohne Feindberührung, die Flucht aus eigenen Kräften. Statt sich
als Chirurg mit heiklen Operationen tief gefasster Haken zu beschäftigen,
ist es für die Gesundheit des Fisches allemal besser, nur das Vorfach samt
Fliege abzuschneiden.

Erfolgreich fische ich mit kleinen Streamergrößen auf die wild in der Strömung kämpfenden Forellen. Allein von dem schnurgeraden Verlauf des Abschnittes der Gail bin ich enttäuscht. Mein kreativer Kopf hat mir eine ökologisch wertvolle Flusslandschaft vorgegaukelt, ohne die irreparablen Folgeschäden durch die Regulierungsmaßnahmen. Dem grellen Licht und der Bissflaute entziehe ich mich durch die gemütliche Überbrückung im schattigen Gastgarten des Wirtshauses. Hochgelagert und bequem ruht der geschwollene Fuß, befreit vom Druck und dem scharfen Geruch des Stiefels. Der Durst ist gelöscht und der knurrende Magen durch Kärntner Spezialitäten befriedigt.

„Beißen meine Äschen?", schreckt mich die Stimme des Wirtes, der unbemerkt aus dem Haus auftaucht und mich vom Sinnieren zurückholt. Ungläubig schaue ich dem Seniorchef ins Gesicht. „Wieso Äschen", frage ich ihn, „ich habe nur Forellen erwischt?"

Der Mann rückt sich einen Sessel zurecht. Bestellt sich im eigenen Betrieb ein kühles Bier und erzählt mit Herzblut von seinen geliebten „Fahnenträgerinnen". Er hat es nicht nötig, seinen Gästen Fischschleim ums Maul zu schmieren. Seine Betrachtungsweisen über die Fischerei finden meine Zustimmung. Auch wischt er meine Klage über die teilweise harte Gailverbauung nicht vom Tisch. Trotz Altersunterschied finden wir viele Gemeinsamkeiten über die Bewirtschaftung von Fließgewässern. Wir verstehen uns prächtig. „Komm, ich zeige Dir meinen Lieblingsbach", sagt er und verschwindet in die Küche. Ich warte im Vorhaus und sehe durch die offene Türe, wie er sich aus dem Kühlschrank einen Brocken Käse greift und ihn mit dem Reibeisen in feine Flocken raspelt. Anschließend wischt er den Krümelberg von der Arbeitsfläche in einen Tiefkühlbeutel. Mit seiner freien Hand deutet er zum verdreckten Geländefahrzeug im Hof.

Ein typischer Bildstock leistet mir nützliche Orientierungshilfe, als er querfeldein zwischen den zaunlosen Ackerstreifen seinen naturbelassenen Bach ansteuert. Es ist ein Lauenbach. Glasklares Wasser quer durch die Jahreszeiten. Die Temperatur ist das ganze Jahr über ziemlich gleichmäßig. Auch der Pegelstand unterliegt nur minimalen Schwankungen. Vom einfachen Steg aus, wie auf einem Pirschstand zu ebener Erde, beobachte ich, wie sich Grundwasser mit Druck durch das Bodensediment drängt. Blubbernd steigen Blasen allerorts zur Oberfläche und platzen. Übersät ist das Bachbett mit ringförmigen Trichtern, aus deren Zentrum Quellwasser sprudelt. Flutender Hahnenfuß, noch mit weißen Blütenköpfen geschmückt, beherrscht als Wasserpflanze den krummen Lauf des herrlichen Baches. Wasserschlangen gleich rudern die Zöpfe in der sanften Strömung.

Der Wirt genießt meine Bewunderung. Sparsam lässt er einige Krümel aus weichem Käse ins Wasser fallen. Das Element ist Lösungs- und Transportmittel zugleich. Mit ungläubigem Staunen beobachte ich, wie sich Äschen unterschiedlichster Jahrgänge aus den Zonen der Wasserpflanzen lösen und wie dressiert der Futterquelle entgegen schwimmen. Vorzüglich schmeckt den Fischen die Nahrungsergänzung der Marke Emmentaler. Unablässig vermehrt sich der Schwarm. Immer mehr Fischleiber schieben sich bis unmittelbar zum Steg vor, sodass der Dompteur kaum mehr mit seinen Fütterungsgaben nachkommt. Ich danke dem Wirt für die unglaubliche Zirkusnummer und erfahre auf dem Rückweg noch von Stellen am Hauptfluss Gail, an denen sich Prachtäschen in größerer Menge finden lassen.

Das Abendrot schimmert auf den ruhigen Abschnitten des Wassers in herrlichen Farbtönen. Richte ich hingegen meinen Blick nach Osten, dann zieht der behäbig strömende Fluss mit dumpfem Bleiglanz der Drau entgegen. Ein Felsenrücken bricht den Schwung des Wassers, drückt es an die Oberfläche und verdrängt die Masse ablenkend auf beide Seiten. Eine Walze schließt sich an. Sie reißt Sauerstoff mit in die Tiefe und schäumt als Weißwasser zurück an die Luft. Ansaugen, Schlucken und Spucken verlaufen im Kreis. Im langen Zug beruhigt sich schließlich der Wirbel. Ein Traumplatz. Der Kolk ist voller großer Schatten in der Tiefe und darüber, gut erkennbar, voller Äschen jüngeren Semesters. Die Fische schlürfen in Fresslaune die antreibenden Insekten aus der Driftlinie. Deutlich vernehme ich das Schmatzen der sich schließenden Äschenmäuler. Beim Abtauchen schneiden ihre prächtigen Fahnen, die Rückenflossen, noch die Oberflächenspannung. Mein ruhiger Schatten stört die Tiere nicht beim Steigen. Die kurze Wurfdistanz erlaubt mir ein genaues Aufsetzen meiner großen Trockenfliege, die aus den gesperberten Hecheln von Hühnern gebunden ist – quasi Riesengelsen als Abendessen. Der berühmte Abendsprung ist voll im Gange. Es stört das Beißverhalten der Äschen kaum, wenn ich den gehakten Fisch behutsam abseits des Schwarmes zum Ufer führe.

Ein lautes Platschen stört mich. Ich drehe meinen Oberkörper dem Geräusch zu und verlagere die Wurfebene während des Rückschwunges. Prompt landet das erfolgreiche Muster im Geäst. Vergessen habe ich die üppige Botanik im Hinterhalt. Die jäh gestoppte Fliehkraft lässt das Massepünktchen mit Schwung um ein Ästchen sausen. Es hilft weder Zerren noch Schütteln mit der Fliegenrute als verlängertem Arm. Kletterübungen traue ich meinem geschwächten Fuß nicht zu, deshalb trenne ich mich vom Kunstobjekt samt Vorfach durch allmähliches Spannen der Leine.

Ich habe keinen Erfolgsdruck. Aus purem Übermut wähle ich meine buschigste Riesentrockenfliege mit krausem Haar aus der Dose und verbinde sie geschickt mit der Spitze des Vorfaches. Das seltsame Wesen fällt wie ein Laubblatt auf das leicht gewellte Wasser und treibt über die vielen Köpfe der Äschen hinweg. Zur Oberfläche steigen der Reihe nach die Fische, begutachten und begleiten den ungewöhnlichen Happen ein Stück des Weges. Misstrauisch kehren sie wieder zu ihrem Stammplatz zurück. Ein aus dem Flussbett ragender Felsklotz teilt die Strömung. Ungewollt treibt der „Besen" zufällig auf der Schattseite des Hindernisses vorbei. Ehe ich mich wegen eines weiteren Missgeschicks bekümmere und die Leine aus dem Gefahrenbereich ziehe, durchbricht ein Schwall die Oberfläche der Gail. Das Großmaul schüttelt auffallend oft den Schädel mit der tiefen Mausspalte, in der die Monsterfliege hängt. Anschließend dreht sich die Forelle wie ein Spinnerblatt mehrmals um die eigene Längsachse. In rascher Folge blitzt die helle Bauchseite auf.

Während ich gebannt auf das Verhalten meines langen Fisches blicke, denke ich bereits an ein Filetstück, das mir die Wirtin als festlichen Abendschmaus zubereiten wird. Elektrisiert bis in meine Haarspitzen erfasst mich der urmenschliche Jagdtrieb: Diesen Fisch muss ich bändigen. Die Wirtsleute werden sich über das Ausmaß ihrer Rekordfische im Gewässer wundern. Mir wird der glückliche Erfolg Anerkennung bringen. Bartlos ist auch dieser Haken – ich habe vor dem Einsatz mit der Zange den Widerhaken angedrückt –, deshalb ist die stramme Verbindung zum Fisch bereits die halbe Miete. Die Belastung des Vorfaches liegt bei diesem Salmoniden schon im Grenzbereich. Halblaute Stoßgebete rutschen während der Drillphase über meine Lippen. Mit Hilfe einer flachen Rieselstrecke – der Fisch und ich haben bereits gemeinsam einige Meter flussabwärts zurückgelegt – und dem federnden seitlichen Zug der Rute gelingt es mir überraschend einfach, den Fisch zu stranden. Schon seitlich gekippt, schiebt er sich mit einigen heftigen Schwanzschlägen aus seinem nassen Element heraus auf das Trockene.

Ich werde das Leben des Fisches rasch auslöschen, ohne dass er Leid und Qualen aushalten muss. Zuerst abschlagen, dann die glorreiche Fliege aus dem Mauleck retten und nachher mit Muße das Prachtstück bestaunen, so sind meine Gedanken geordnet. Ich knie bereits neben dem zappelnden Fisch im Kies und hole zum Betäubungsschlag aus. Ein Geistesblitz erhellt den Verstand und rettet das Leben des Tieres. Erspart bleibt mir die unverzeihliche Dummheit. „Du hast mitten im Sommer einen Junghuchen mit der Trockenfliege erwischt. Du bist ein Glückspilz. Dieser Jungräuber verdient das Wachsen und nicht das Ende in der Pfanne!", pocht es begeistert im Kopf.

Fischfressende Vögel wie Kormoran, Gänsesäger und Reiher haben ihn im Schatten des Unterstandes übersehen. Und ich Narr hätte beinahe durch Unerfahrenheit sein Leben wegen meiner Genusssucht ausgelöscht. Nachdem ich mich von meinen mörderischen Gedanken gelöst habe und wieder gefasst bin – die Peinlichkeit sitzt mir noch tief in den Knochen –, fällt mir auch der rostige Farbton der Schwanzflosse auf. Außerdem vermisse ich auf den Flossen die typischen schwarzen Tupfen, die in Massen den Regenbogenforellen eigen sind. Eine ausgebüxte Seeforelle kommt mir erst gar nicht in den Sinn, zu spindelförmig und schlank ist mein Fang.

Nicht ungewöhnlich ist hingegen, ich darf es als Entschuldigung anbringen, die Vermischung des Erscheinungsbildes vieler Salmoniden. Längst verwässert ist das Schuppenkleid auf Grund der Missachtung der Stammformen und der geschäftstüchtigen Kreuzungen. Befruchtete Eier reisen um die Welt.

BARBEN

Der Krampf mit dem Riesenfisch

Der Klapotetz, das Wahrzeichen der südsteirischen Weingegend, schlägt den Takt. Schräg gestellt sind die vier langen Bretter, die, vom Wind getrieben, der Rotation der Lärmmaschine und dem Verschrecken der fressenden Stare in Schwärmen dienen. Das Holz ist zerschlissen von den Witterungseinflüssen und aschgrau. Der mächtige Besen am Schwanz der imponierenden Kultmaschine übernimmt als Symbol der Buschenschanken die Peilung der Windrichtung.

Aus einem unglaublich tiefen Kolk, kreisrund wie ein Kratersee, sprudelt angenehm temperiertes Wasser im milden Farbton der aufgehenden Sonne. Die blubbernden Blasen tragen als Auftrieb meinen nackten Körper. Das Spiel der Halbkugeln mit den schillernden Farben des Spektrums eines Regenbogens ist wunderbar. Sie platzen nicht nach ihrer Entstehung an der Oberfläche, sondern fließen von dem mich umgebenden Wulst nach allen Seiten der schrägen Ebene ab. Der Durchmesser der faszinierenden Gebilde bestimmt die Weite der kurzen Reise. Im Vergehen entstehen Klänge. Harmonisch klingt die Melodie einer ungewöhnlichen Wassermusik. Am Saum der Klangwolke ragen riesige Barben mit halbem Körper aus dem Wasser. Ihre edel geformten Brüste sind von wenigen, metallisch glänzenden Schuppen aus Titan bedeckt und ziehen, ich kann es nicht verhehlen, magisch meine Blicke an. Unzählige Barteln, lang wie Ringelnattern, wachsen aus dem kahlen Kopf. Flossenhände halten den Kreis geschlossen. Mit wachsender Geschwindigkeit dreht sich der Reigen. Mit jeder Runde schwächt er meinen Gleichgewichtssinn. Der Schwindel packt mich wie eine üble Seekrankheit.

Die Barbenfrauen verlangsamen ihr Tempo, stehen kurz still, lassen mich vom Rausch der Bewegung erholen. Anschließend jagen sie mit Beschleunigung in die andere Richtung. Neuerlich gewähren mir die komischen Nixen kurzfristig eine Atempause. Schweißgebadet, trotz den Annehmlichkeiten einer Wasser-Licht-Musik-Therapie, einem Tempel der Wellness gleich, fühle ich mich dem Tode nahe. Die Lust auf den Anblick der reizvollen Oberweiten ist längst der Sorge um mein eigenes Überleben gewichen. Der Tanz der Schimären steigert sich zur Ekstase. Voller Erotik, wild und berauschend, verrenken sich die Fischdamen. Die Metallschuppen klappern ähnlich den Münzplättchen auf den Rundungen der orientalischen Bauchtänzerinnen. Am Höhepunkt der Darbietung wachsen mir von den seltsamen Wesen aus die Tastorgane der Barteln entgegen.

Glitschig glatt wühlen sich die Fortsätze in alle meine Körperöffnungen. Ich habe keine Chance. Zwischen meinen zusammengepressten Lippen zwängt sich fordernd so ein dicker Wurm und windet sich ähnlich dem Schlauch bei einer Magenspiegelung in die Speiseröhre. Speiübel reckt es mich aus dem Albtraum. Wahrlich in letzter Sekunde gleite ich benommen aus dem Bett und würge mit katastrophalem Brechreiz die im Wein ersoffenen Reste der Schmalzbrote hervor. Schlapp, krank und vergiftet von den Proben meiner ersten öffentlichen Weinverkostung wälze ich mich, zum Fischen vorerst untauglich, auf der Liege.

Vor wenigen Tagen lockte uns das milde Klima zum Familienurlaub nach Kitzeck, dem nachweislich höchstgelegenen Weinbauort von Europa. Das Geschwisterpaar erduldet die kulturellen Ausflugsziele der Umgebung, einschließlich Graz, mit köstlichen Eisvariationen als Überbrückungshilfen. Prächtig eingefasst von der Weinbauschule Silberberg, dem Schloss Seggau und dem Wallfahrtsort Frauenberg, liegt inmitten der sanften Hügelwelt der trüb-warme Sulmsee, das Zentrum für unsere Wasserratten. Die Vielseitigkeit der Freizeitgestaltung, die Sprachmelodie des Dialekts sowie die Anziehungskräfte der Buschenschanken lassen nie das Gefühl von Langeweile aufkommen. Der Fluss streift, nur durch eine schmale Au getrennt, die längere Seite des Badesees. Barfuß treibt es mich zur Begutachtung an die Sulm. Trampelwege erleichtern den Zugang zum Ufer. Mein Schatten vertreibt ein paar schmucke Rotfedern, die mit den verwandten Rotaugen vor Schreck hektisch die Uferseite wechseln.

Der Bestand an Weißfischen ermutigt mich zur Verlängerung der Pirsch. Lautlos schleiche ich die reich strukturierte Uferzone entlang. Botanische Vertreter mit Dornen, stachelige Disteln oder Monokulturen von Brennnesseln umgehe ich lieber im seichten Wasser. Eine Kiesbank mit gleichmäßiger Verteilung der Schüttung juckt mich zum Uferwechsel. Trotz träger Strömung nimmt der Druck auf die Kniescheiben in der Mitte des Flussbettes allmählich zu. Ein neuer Kurs erleichtert die Peilung des Zieles. Zwecks Schwerpunktverlagerung stemme ich mich mit Rückenlage und tiefem Gesäß gegen die Kraft der Fluten und nütze den Schub flussabwärts. Aufwirbelndes Substrat trübt im geringen Maß den Niederungsfluss. Mit Interesse verfolge ich die ziehende Fahne, und der pure Zufall schenkt mir das Glück des Tüchtigen. Zwei kapitale Leitfische der Region, nämlich Barben, verlassen vorsichtshalber den Standplatz und flüchten. Der Anblick löst kurzweg den Wunsch aus, diesen prächtigen Fischen mit der vorsorglich im Kofferraum verstauten Reiserute nachzustellen. Das beschwingte Gedankenspiel treibt mich an das Ufer und zurück zur Familie. Meine Aufregung ist fühlbar. Das feine Gespür meiner Frau erahnt die Leidenschaft eines nicht ausgelasteten Urlaubers. Sie ermutigt mich zum Erwerb einer Tageskarte.

Die Pächterin des Kiosks schickt mich zu einem Karpfenfischer, der bereits seit Stunden in der Fischereizone des Sees auf einen Biss wartet. Mit Bedacht nähere ich mich dem älteren Herrn. Sein beeindruckendes Lebendgewicht hat kaum Platz im Klappstuhl. Stoisch beobachtet er die Bissanzeiger seiner parallel ausgerichteten Ruten. Eine geraume Zeit lang leiste ich dem Kollegen ohne Worte Gesellschaft. Allmählich sinkt die Hemmschwelle und ich erhalte auf meine vielen Fragen geduldig Antworten. Mein Informant hat schon oft erfolgreich auf die kraftvollen Barben geangelt. Ohne Neid und Misstrauen gibt mir der Einheimische – ich kaufe ihm vor Begeisterung ein kühles Bier und serviere es persönlich – seine Erfahrungen weiter. „Du musst", meint er, „den Barteln unbedingt den Köder auf dem Grund anbieten. Mit ihrem unterständigen Maul und der beweglichen Oberlippe saugen diese vor Kraft strotzenden Friedfische am liebsten fette Würmer wie ein Staubsauger auf. Diese Schlaumeier prüfen mit Vorsicht, was sie später schlucken. Am erfolgreichsten fischst du in der Dämmerung, und gehe mit dem Durchmesser der monofilen Schnur auf keinen Fall unter 0,30 Millimeter. Barben sind unglaublich bullige Fische. Sie ziehen am Haken wie ein Dampfer mit der Strömung. Mit wilder Entschlossenheit wühlen sie das Maul gegen Kies und Steine. Oft scheuern sie billiges Material auf und schwächen die Tragkraft. Nicht selten reißt das Vorfach, wenn der Fisch zu verzweifelten Fluchten ansetzt. Petri Heil, und probiere es ein paar Kilometer flussaufwärts von der Brücke aus." Die erworbene Lizenz verleiht mir Flügel.

Später genießen wir von der Terrasse des Gasthauses aus den weiten Blick über die Hänge voller Weinstöcke und das Abendessen mit den Kindern. Das Abendprogramm mit der Verkostung heimischer Tropfen ödet – wie erwartet – unseren Nachwuchs an. Sie wollen lieber mit den Gleichaltrigen der Gastgeber um die Buschenschank tollen. Auch haben sie bereits die kuscheligen Stallhasen als Streichelvieh ins Herz geschlossen. Ich erweitere mein chemisches Basiswissen über das Wunder assimilierender Blätter und der alkoholischen Gärung im Rahmen der örtlichen Präsentation.

Nach dem bewährten Regelwerk werden die angebotenen Weine der Region vorgestellt. Mit Schaumwein wird die Weinverkostung eröffnet. Auf den Weißwein folgt Rosé, von hübschen Winzerinnen, in Tracht gezwängt, serviert. Rotwein und Eiswein runden das Sortiment ab. Weinkulinarische Tipps, Intermezzi mit „volksdümmlicher" Musik und Gesichterschneiden des Dorfmusikanten sowie ergötzliche Leseproben zum Thema „Rebensaft" gewährleisten eine lockere Unterhaltung.

Gegen das Licht, höher als seinen Kopf, hebt der Sommelier das Glas mit dem Riesling. Der Farbton, so wird kryptisch verkündet, liegt zwischen Blassgelb mit Neigung zum Grünstich und Goldgelb wie Urin. Er versetzt das Glas in elegante Kreisbewegungen und nimmt neuerlich das Verhalten der Flüssigkeit bezüglich Adhäsion unter die Lupe. Oberflächlich glatt scheint die Glaswand nur für den Betrachter. In Wirklichkeit ist die Struktur eine grobe Angelegenheit unter dem Mikroskop. Die Inhaltsstoffe des Weines rutschen unterschiedlich über die Fläche und hinterlassen ihre Spuren. Die Analyse der Schlieren ist eine eigene Wissenschaft. Anschließend steckt der Fachmann seinen Riechkolben über den Rand des Glases und saugt mehrmals den Duft ein. Die Basis der Aromen besteht aus der fruchtigen Intensität einer Grapefruit mit einem Schuss Limone. Apfel, Pfirsich, eine spezielle Birnensorte und eine Spur der Passionsfrucht entweichen angeblich auch der Oberfläche. Seine Riechzellen eröffnen ihm das Bukett, was mir als Anfänger leider verwehrt bleibt. Vermutlich ist ein ausgeprägter Geruchssinn ein Erbgeschenk und kann bei Interesse geschult werden wie die Nasen von Hunden. Wahre Genussmenschen sind sicher in der Lage, Duftmarken zu speichern. Die Wahrnehmungen des Meisters auf seinem Gaumen entlocken mir ein höfliches Schmunzeln.

Statt mit einem Schluck die Qualität zu testen und den restlichen Inhalt des kleinen Probeglases in den Napf am Tisch zu schütten, schlucke ich als Barbar die Degustation. Mein ungeschulter Geschmackssinn versteht es nicht, die Gaumenfreuden des edlen Weines zu unterscheiden. Die Bissen verschieden belegter Brote und reichlich viel Mineralwasser können mich vor der Wirkung des Weines nicht mehr retten. Begeistert und benebelt von der Veranstaltung kehre ich zum Quartier unserer Gastgeber und meiner Sippe zurück. Mit Vergnügen kicke ich Fallobst, vorwiegend Äpfel, von der Straße in das Gelände. Auf dem Heimweg rede ich mit mir selber, finde alles umwerfend witzig und staune über den Mangel der eigenen Unbeweglichkeit. Viele Hunde sind des Hasen Tod, und reichlich genossener Eiswein ist Raubbau an der Gesundheit. Nur die bereits erworbene Tageskarte in der Tasche treibt mich, schwer gezeichnet von der Todsünde der Völlerei, um die Mittagszeit aus dem Bett. Mein kläglicher Zustand und Leidensdruck finden, als selbstverschuldetes Übel, vom fitten Rest der Kleinfamilie wenig Beachtung. Die Lust, den Barben nachzustellen, sinkt auf den Tiefpunkt. Nur um den Spott zu begrenzen und mich in meinem Unbehagen zu suhlen, lasse ich mich auf der Fahrt zum Badevergnügen im Bereich der empfohlenen Brücke aussetzen.

Die Barbe ist der Leitfisch des inzwischen zum Sulmfluss angewachsenen Baches. Sauerstoffreich ist noch immer das Wasser, aber gegenüber dem ursprünglichen Quellbach ist die Temperatur erheblich angestiegen. Der gesellig lebende Fisch schätzt klare Fließgewässer. Er stöbert bevorzugt während der Nacht den Boden nach Kleintieren um. Würmer, alle Arten von Insektenlarven, Schnecken und Muscheln stehen auf der Speisekarte. Kleinkrebse, im schütteren Bereich von Wasserpflanzen unterwegs, bereichern die Kost. Das Aufsaugen fremder Eier bringt der Barbe einen schlechten Ruf, und ausgewachsene Tiere vergreifen sich auch an kleineren Fischlein. Die Kiesbänke bieten ausgezeichnete Laichbedingungen für den Namensgeber der Fischregion. Ihr giftiger Laich schützt den schlanken Fisch nicht vor der Begehrlichkeit der Angler. Angeblich verursacht der Rogen heftigen Durchfall und andere Vergiftungserscheinungen.

Das Erscheinungsbild eines Flossenträgers lässt auf einfache Art Rückschlüsse zu, die auf Grund der Anpassung an den Lebensraum viele Dinge verraten. Die kugelförmige Linse der großen Fischaugen erweitert den Sehwinkel. Sie nützt dem Räuber aufgrund ihrer Leistungsfähigkeit auch bei schlechtem Licht oder Dämmerung bei seiner Attacke. Fische mit schlecht entwickeltem Sehsinn sind im Regelfall am geringen Durchmesser des lidlosen Auges erkennbar. Die Evolution ist gerecht. Sie stattet diese optisch benachteiligten Tiere mit hervorragendem Tast- und Geschmackssinn aus. Was nützt dem Fisch ein ausgezeichnetes Auge, wenn er seine Aktivitäten – durch die Erbanlagen programmiert – vorteilhaft in die Dunkelheit verlegt. In eutrophierten Gewässern ist bereits in wenigen Metern Tiefe der Lichteinfall so gering, dass dem Tier nur die Ausprägung des Tastsinnes Vorteile verschafft. Die Anpassung wird durch das freie Spiel der Genkombinationen und durch Selektion gefördert. Mutanten mit Defekten sind Außenseiter in ihrer nassen Welt. Sie haben nur geringe Chancen, bis zur Geschlechtsreife zu überleben.

Tatsächlich steht wenige Meter flussabwärts im Auslauf des tiefen Zuges, vom Halbschatten der Brücke getarnt, ein Barbentrio. Breit gespreizt sind ihre großen Flossen. Kein Zeuge kann mir die geschätzte Länge der größten Bartelträgerin bestätigen, aber ich traue dem Fisch einen dreiviertel Meter zu. Den Leitfisch mit Eigenbaufliegen zu überlisten, das hebt meine Laune merklich an und verdrängt das Sodbrennen. Der Trupp ruht sich in unmittelbarer Nähe von einem Zopf aus schmalen, bandförmigen Wasserpflanzen aus, die mit eleganten Pendelbewegungen in der Strömung schwingen. Wie festgewurzelt stehen die Fische tief am Boden, und an den wulstigen Lippen wedeln die Barteln.

Verteilt auf mehrere Taschen der Fliegenweste, steckt auf Mikroschaum in den Boxen ein buntes Sortiment untauglicher Kunstköder. Spezialitäten für dieses Schuppenwild fehlen. Meine kleinen Muster sind vortrefflich auf die flinken Bachforellen und die heiklen Äschen in den Hohen Tauern abgestimmt. Auch die schweren Goldkopfnymphen und die fängigen Streamer mit den Kugelaugen scheinen mir angesichts der heiklen Tiere nicht die geeignete Wahl zu sein. Nur die großen Steinfliegen mit den markanten Schwanzborsten aus Fibern der Fasanfedern nähren die Hoffnung, meine erste Barbe mit der Fliegenrute zu bändigen. Mein schlechtes Gewissen hält sich in Grenzen. Über das Brückengeländer gelehnt, ziehe ich mit der linken Hand rasch die Hauptschnur von der Rolle. Immer wieder blicke ich mich nach heimlichen Beobachtern um. Gänzlich verzichte ich auf den Rückschwung, um die Verkehrsteilnehmer nicht zu stören. Einen Radfahrer zu haken, das wäre auch kein Ruhmesblatt. In Gedanken ist der erste Drill mit einer Kapitalen bereits durchgespielt. Über den holprigen Trampelweg erreiche ich das Flussufer. Und auf dem feinen Kiesbett der Innenkurve werde ich meine erste Flussbarbe stranden lassen.

Hilfreich zieht mir die Strömung das viel zu dicke Vorfach mit der prächtigen Steinfliege außerhalb des Sichtfensters der Barben in den kritischen Bereich. Es ist ein Leichtes, bei Tageslicht die Distanz zum Fisch abzuschätzen. Die torpedoförmigen Körper mit ihrem moosig-grünen Rücken sind trotz glitzernder Effekte der reflektierenden Oberfläche gut wahrnehmbar. Der hohe Blickwinkel von der Überführung aus erlaubt mir die Beobachtung der Mäuler und die Einschätzung der Position des Kunstköders. Mit Vorsicht lenke ich durch das Schwenken der Rute und ein paar Schritte entlang der Brückensicherung den Köder unmittelbar vor das Maul des Anführers. Zug um Zug füttere ich Schnur nach und warte gespannt auf das Aufsaugen meiner handgemachten Larve.

Stur verharren die Barben am Standort, obwohl bereits die gefärbte Leine über ihre Rücken driftet. Neuerlich führe ich mit erzwungener Beherrschung die treibende Flugschnur aus dem unmittelbaren Gefahrenbereich und wiederhole, ohne Erfolg, das Spiel. Meine Taktik und die bewährten Gewohnheiten beim Fischen auf Äschen und Forellen sind nutzlos. Unbeeindruckt von meinen Bemühungen schwänzeln die Barben brav in der Strömung und erlauben mir, meine Versuche zu verbessern.

Viel zu dick ist das Vorfach, hämmert es unablässig in meinem Kopf. Der Restalkohol verzögert die Erkenntnis. Am strammen Vorfach bewegt sich das gebundene Kunstwerk steif und unnatürlich. Die schlauen Friedfische stören sich nämlich am ungewöhnlichen Verhalten des Leckerbissens! Zudem fehlt der verführerische Lockstoff einer Lebendbeute. Der Entscheidung, mit hauchdünnem Material den Fisch zu verführen, steht die Sorge des Verlustes bei der ersten Flucht gegenüber. Ich stecke in der Zwickmühle. Über den Durchmesser der Schnur lässt sich vortrefflich streiten. Hängt der Fisch an grober Leine, braucht sich der Petrijünger wegen der Kampfkraft des Schuppenwildes keine Kniffe überlegen. Mühelos und schnurstracks kurbelt der Fänger seine Beute fast bis auf das Festland, schleudert das Tier aus dem Wasser oder liftet gar das arme Geschöpf über die Hindernisse von Wehranlagen. Ist hingegen das Zeug nicht angemessen auf die zu erwartende Fischart abgestimmt, dann droht Ungemach bei kräftigen Fluchten. Den Zeitvertreib mit dem gehakten Geschöpf zum Spaß auszudehnen, ist ein unnötiger Akt der Tierquälerei.

Die Barben ahnen meine verderblichen Gedanken. Sie entziehen sich flussabwärts der weiteren Nachstellung. Nur kurz währt meine Verfolgung. Die Wehwehchen drängen sich wieder in den Vordergrund. Mangels entsprechender Köder, wegen der Unerfahrenheit im Umgang mit großen Friedfischen und des noch immer grellen Tageslichts gebe ich mich geschlagen. Das Eingestehen der Niederlage ist ein heilsamer Lernprozess. Ein Sonnenplatz zum Nachsinnen verkürzt mir die verbleibende Zeit bis zur Ankunft des Familientaxis. Einer Eidechse gleich genieße ich die Ruhe faul, auf einem Stein ausgestreckt. Ohne Trubel durch die Badegäste und mit abklingenden Kopfschmerzen lässt sich die gefühlte Niederlage leicht ertragen.

Und dann fällt es mir wieder ein: In den heißen Monaten finden die Barben besonderen Gefallen an verschiedenen Käsearten und Leberkäse. Der Haken muss jedoch gut versteckt werden, weil die Fische sehr vorsichtig beißen.

BÄREN

Eine haarige Angelegenheit

Mein Herr Vater gleicht einem kranken Tier, das sich in die Dunkelheit und Geborgenheit einer Höhle zurückzieht. Im Halbschatten der wattschwachen Glühlampen dämmert er in der Wohnküche seinem Lebensabend entgegen. Dürftig ist die Programmwahl der zwei einzigen Fernsehkanäle mit flimmernder Qualität, aber sie locken ihn aus dem Schneckenhaus. Hin und wieder huscht ein müdes Lächeln über sein Gesicht, wenn sich die heimischen Politiker wie Narren in den Parlamentssitzungen gebärden. Sein Kinn berührt im Sitzen schier das Brustbein. Mit glanzlosen Augen fixiert er einen magischen Punkt im Raum. Die hochgelagerten Beine rasten auf einem Schemel. Die bequeme Lage unterstützt den Fluss des Blutes durch die ausgeleierten Venenklappen. Aufgedunsen ist sein Gesicht und vernarbt die Arme von den vielen Stichen.

Die defekten Nieren schaffen den Abtransport der Wasseransammlung in den stark geschwollenen Beinen nicht mehr. Schleichend vergiftet sich der Körper. Nur die Blutwäsche samt Ernährungsumstellung kann sein

Leben verlängern. Geistig hat er bereits sein Leben aufgegeben. Die regelmäßige Fesselung an die Maschine lastet schwer auf seinen Schultern. Aufgelöst ist der Viehbestand, verscherbelt sind die landwirtschaftlichen Maschinen und verpachtet sind die Felder und Wiesen. Einzig der obligatorische Haustiger erhält das Bleiberecht am Hof. Zwerghasen, Meerschweinchen und ein zitronengrüner Wellensittich ersetzen die Großvieheinheiten zum Vergnügen unserer Kinder.

Als Dialysepatient auf Dauer – die Wartelisten für Nierentransplantationen sind elend lang – fehlt ihm die Perspektive und er schlittert in eine tiefe Depression. Seinen Lebtag lang hat er schwer geschuftet. Statt nun als Pensionist mit seinem Urschmäh die Gäste zu unterhalten, verkriecht er sich ohne lautes Jammern in die Einsamkeit. Auch die Tarockfreunde im nahen Stammgasthaus lässt er im Stich, nur um nicht in Gesellkeit der Versuchung einer Halben Bier anheim zu fallen. Der Rückzug löst Betroffenheit aus. Machtlos stehen wir Familienmitglieder dem Phänomen des Zerfalls gegenüber. Besonders die Kinder mit ihren feinen Antennen spüren das grenzenlos tiefe Loch seiner Traurigkeit. Verbraucht ist seine Kraft.

Das Schicksal und das Krankheitsbild meines Vaters graben sich tief in mein Gedächtnis ein. Mir, so rede ich mir unablässig in einer Art Selbsthypnose ein, geschieht nicht so ein erbärmliches Ende. Ich pfeife auf das Verschieben meiner teuren Reisen auf die ferne Zeit der Pension und riskiere bewusst den Unmut meiner Frau. In Vollbesitz meiner Kräfte möchte ich mein Traumland Alaska auf rauen Wasserwegen befahren und wie ausgetrocknetes Moos die großartige Naturkulisse aufsaugen. Das Ich in der Auseinandersetzung mit der Wildnis zu erfahren, die Ursprünglichkeit einer faszinierenden Tierwelt zu erleben und mich als Jäger und Fischer von der Natur zu ernähren, ersehne ich mir.

Bedenklich vermehren sich die Ausgaben für die Fachzeitschriften. Mit Ausdauer und wachsendem Vergnügen blättere ich mich durch die Seiten der Inserate. Jeder Veranstalter lobt sein Angebot über die Maßen und verspricht mit Hinweisen auf seine scheinbar jahrzehntelangen Erfahrungen Fanggarantien bis zur Erschöpfung. Die bescheidene Notiz über eine Mitfahrgelegenheit auf einem landschaftlich reizvollen Fluss zur optimalen Aufstiegszeit sticht mir ins Auge. Am Telefon versteht es der Herr mit seiner angenehmen Stimme, mir das Maul wässrig zu reden. Freiwillig lasse ich mich von dem Geschäftsmann, studierten Betriebswirt, Fischzuchtbesitzer und Liebhaber von cholesterinarmen Wildschweinen im angrenzenden

Gatter rasch um den Finger wickeln. Es bedarf keiner Überredungskunst. Ohne Inkubationszeit springt der Alaskavirus auf mich über. Ende Juli bin ich der gesuchte vierte Mann und freue mich auf die kampfstarken Silberlachse, die meinen Fliegenmodellen nicht widerstehen können. Im Fluss wimmelt es zu dieser Jahreszeit von glitzernden Leibern, so sein Versprechen. Es ist ein Leichtes, den Verwandten Kostproben von köstlichem Graved Lachs zu versprechen.

Meine erfahrenen Partner versorgen mich als Greenhorn mit phantastischen Buschgeschichten. Bier und Whiskey, sündteuer für meine finanziellen Verhältnisse, lockern ihre Zungen und sie binden mir viele „Bären" auf die Nase. Zwei einheimische Jäger, so berichten sie mir glaubhaft, sind letzten Herbst das Opfer eines mächtigen Kodiakbären geworden. Auf einen Hund als vierbeinigen Puffer haben sie sträflich verzichtet. Rasend vor Schmerz und Wut stürzte sich das angeschweißte Tier auf die beiden Waidmänner. Im Nu war einer zerfleischt. Der Partner überlebte schwer verletzt, weil es ihm gelang, mit dem Mute der Verzweiflung seinen Dolch mehrmals in den Herzbeutel des Bären zu stechen. Das ist beeindruckend! Doch ich bezweifle stark den Ausgang des ungleichen Zweikampfes.

„Freund der Berge", meint der Chef der Partie und klopft mir mit seiner Pranke als Bestätigung heftig auf die Schulter, „überrascht dich beim Fischen ein Grizzly, dann laufe auf keinen Fall vor Angst weg. Es ist die schlechteste Überlebenschance. Klettere nie auf einen schwachen Baum, er schüttelt dich wie eine reife Frucht aus der Krone. Lass dich auf keinen Kampf mit dem Ungeheuer ein, sondern stelle dich einfach tot. Flach am Boden, die Hände schützend im Nacken verschränkt, bist du für den Braunen meistens keine Bedrohung mehr. Beißt das Vieh auch in den Arsch, hast du noch immer relativ gute Chancen, aus der beschissenen Lage zu entkommen. Beherrsche, wie ein richtiger Mann, deine Schmerzen. Stöhne nicht, sonst reißt er dich blitzschnell in kleine Stücke! Meide jeden angefressenen Kadaver. Die Braunen zeichnet die unangenehme Gewohnheit aus, dass sie in unmittelbarer Nähe gerne ihr Verdauungsschläfchen genießen. Sie reagieren wie ein Pulverfass mit schwellender Lunte. Aggressiv verjagen die Petze jeden Konkurrenten!"

Ein kräftiger Schluck Bier unterbricht nur kurz die Belehrungen meines erfahrenen Alaska Guides. Er wischt sich mit dem Handrücken den Schaum aus dem Gesicht und ergänzt die Überlebensregeln. „Hat dich ein Baribal im Visier, dann fuchtle wild mit den Armen und schreie in verschiedenen Stimmlagen aus Leibeskräften. Riskiere, trotz Bärenscheiße in der Hose, einen Gegenangriff. Haue dem schwarzen Teufel deine Fischstange oder den Fotoapparat über den Schädel. Vergiss das grausame Spiel mit dem ‚toten Mann‘, denn Schwarzbären finden wehrlose Menschen zum Anbeißen gern!"

Wie Schrotkugeln prasseln die begründeten Empfehlungen auf mein Gemüt. Tief dringen die Warnungen in mein Gedächtnis, denn der ausgestopfte Riese im Foyer des Hotels, direkt am größten Wasserflughafen der Welt, verstärkt nachhaltig die Wirkung. Laut sorgfältig geführter Rekordlisten gehört er zu den Top-Ten-Trophäen. Beträchtlich reduzieren sich während des unterbrochenen Winterschlafes die angefressenen Fettreserven. Außergewöhnlich ist der Muskelberg mit Herbstspeck allemal, denn sein Geburtsgewicht bringt gut ein halbes Kilogramm auf die Waage.

Eingraviert auf einer Messingtafel am Podestsockel steht folgender Steckbrief: Kodiakbär. Gewicht: Eine dreiviertel Tonne. Körpergröße: 312 Zentimeter sowie Datum der Erlegung und Name des mutigen Schützen.

Das Ausmaß seiner mächtigen Tatzen entspricht dem Umfang von Schneetellern. Auf Augenhöhe der Betrachter recken sich die sichelförmigen Krallen wie Krummdolche aus den Zehen. Haarlos und nackt ist die zähe Ledersohle. Ausgestattet mit dieser animalischen Grabmaschine ist es kein Wunder, dass Erdhörnchen, tief in ihren Bauten, in kürzester Zeit freigelegt sind. Brut und süße Waben der Wildbienen in Baumstämmen oder Erdhummeln sind in ihren Nestern den arbeitenden Krallen ausgeliefert. Außer es gelingt ihnen, den Honigdieb durch massiven Gifteinsatz rund um die empfindliche Nase zu vertreiben.

Bären sind Allesfresser. Gemächlich trotten sie durch ihr riesiges Territorium. Die hochsensible Riechschleimhaut in den überlangen Nasen lockt die Aasfresser meilenweit zum Kadaver. Hoch aufgerichtet nehmen die Tiere die Duftinformationen wahr. Zielsicher folgen sie der zunehmenden Konzentration der Botenstoffe. Vor allem die Grizzlybären ziehen oft über weite Strecken Wolfsrudeln nach. Dank der körperlichen Überlegenheit ist es ihnen ein Leichtes, die knurrende Meute von ihrer frischen Beute zu vertreiben. Aggressiv schnappt der König der Wildnis auch nach den gefiederten Aasdieben, die seine blutige Mahlzeit stören. Die Bären sind außerhalb ihrer kurzen Paarungszeit Einzelgänger. Sie streifen wie Nomaden durch ihr Reich. Mit ihrer unglaublichen Beschleunigung überraschen sie im Sprint auch das leichtfüßige Schalenwild. Die niedlichen Ohren lassen nicht vermuten, dass Bären ausgezeichnet Laute und Geräusche wahrnehmen. Zufällige Begegnungen von Führenden und Jährlingen sind bei einem gewissen Lärmpegel eher ungewöhnlich, obwohl Wildwechsel parallel zu den Lachsflüssen beiderseits der Ufer so normal sind wie das Amen im Gebet.

Oft brechen die Pelzträger mit ihrer rohen Kraft ganze Tunnelsysteme durch das dichte Unterholz. Unverwechselbar ist ihre Losung: Die üppigen Naschereien der Bären machen durch ihren Fruchtzuckergehalt während der herbstlichen Erntezeit die Exkremente sehr dünnflüssig. Heidelbeeren färben den dunklen Fladen und noch unreife, zellulosereiche Preiselbeeren garnieren wie Sommersprossen unverdaut den Haufen. Frische Bärenscheiße und mächtige Prankenspuren in unmittelbarer Zeltnähe sorgen stets für Gesprächsstoff beim Frühstück.

Die mächtigen Fangzähne zwischen den Lefzen besiegeln meinen Entschluss: Ich schwöre mir und meinem persönlichen Schutzengel, dass ich mich auf keinen Fall, sollte es tatsächlich zu einer brenzligen Situation kommen, auf den Boden werfe. Nie werde ich mich der Schmerzprobe aussetzen, um meine Haut, Fleisch und Knochen dem Bären zur Qualitätsprüfung anzubieten. Nie möchte ich den faulen Mundgeruch der Pelzträger im Nacken spüren. Ihre vorzüglichen Sinne, ihre Unerschrockenheit und die gewaltige Körperkraft flößen mir Respekt ein. Ich lege absolut keinen Wert auf Nahaufnahmen mit diesen Tieren in freier Wildbahn. Sie gewähren mir nur das Gastrecht in ihrem Reich. Allein sie bestimmen die Verhaltensregeln im Busch.

Die Vogelschau aus dem Buschflieger ist großartig. Die Stirn an das zitternde Fenster gepresst, erfreue ich mich an den ursprünglichen Landschaftsformen. Luftstöße schütteln die einmotorige Propellermaschine durch. Die Unruhe in meiner Magengegend beruhigt sich allmählich, nachdem der Pilot den Steuerknüppel ohne Sorgenfalten hält. Im Haupthaus mit uriger Bar – die Hocker sind aus krebsartigen Verwachsungen der Birkenbäume gezimmert – verhandeln meine Partner mit dem Lodgebesitzer. Der zähe Alte hat in der Einsamkeit des Busches schon drei Frauen überlebt. Laut denkt er nun über einen bequemeren Lebensabend in südlicheren Bundesstaaten nach.

Nur einen Whiskey lang hält es mich im heimeligen Blockhaus. Ins Freie lockt mich die großartige Natur. Heldenhaft kämpfe ich gegen den ersten Angriff der blutgierigen Moskitos an. Die europäischen Insektenbekämpfungsmittel scheinen ihre Nasen auf den Antennen wenig zu beeindrucken. Ich träume, faul in einer Mulde der Uferböschung eingenistet und dicht vermummt, von der Flussbefahrung. Im traumhaften Licht des hohen Nordens werfen magere Sitkafichten pastellfarbige Schatten auf den ruhigen Auslauf des Alexander Lakes. Viele Nadelbäume erreichen mit ihren Wipfeln kaum normale Raumhöhe. Dennoch tragen die obersten Äste reichlich Früchte in Form von Zapfen. Während des Hochsommers fördert Licht rund um die Uhr die Assimilation und den Wachstumsschub. Dicht gedrängt sind die Jahresringe des Holzes und harte Arbeit verlangt das Schnitzen eines zu verzierenden Kochlöffels. Eine liebliche Kulisse bildet der Mischwald am gegenüberliegenden Ufer. Hinter dem Vorhang liegt faszinierender Urwald, menschenleer und Lebensraum der gefährlichen Krallen. Bärenland!

Die unnatürliche Bewegung eines Gebüsches schreckt mich auf. Die Wirklichkeit verdrängt das Sinnieren. Ein putziger Kuschelbär in Schwarz, mit heller Nase, schnüffelt in meine Richtung. Zögernd tappt das Tier ein paar Tatzenschritte zu einer Abrisskante. Trotz Zoomen reicht der Kerl aufgrund der Entfernung nicht für ein formatfüllendes Bild. Mein Kurzzeitgedächtnis ist zum Heulen. Vergessen sind die eingebläuten Verhaltensregeln und die Angst. Mit gezähmter Eile löse ich den wirren Knoten des am Steg festgezurrten Ruderbootes. Listig richte ich den Bug des brettflachen Alubootes in die Weite des moorigen Sees hinaus, um das Vieh nicht zu vergrämen. Nach Einschätzung der moderaten Strömung und der Peilung zum Ziel drifte ich ohne Ruderschlag dem Jungbären entgegen. Sanft drückt der schwache Wind das Boot aus der gedachten Kurslinie.

Einem Wendehals gleich muss ich mich auf der unbequemen Sitzbank verdrehen, um die Schussposition mit der Kamera halbwegs einzuhalten. Das tollpatschige Kerlchen fesselt meine ganze Aufmerksamkeit. Total sicher fühle ich mich im Boot. Außerdem liegen reichlich viele Bärensprünge Wasser zwischen mir und dem „Blacky". Dass im Hinterhalt seine Mutter mit erregten Instinkten lauern könnte, um mir in einer günstigen Gelegenheit mit einem plötzlichen Angriff das Fürchten zu lehren, kommt mir nicht in den Sinn. Näher drängt es mich zum Fotomotiv.

Gerade den Boden meines Traumlandes Alaska betreten, da trifft mich schon das unglaubliche Glück des Tüchtigen – reich beschenkt mit dem ersten bärigen Anblick in freier Wildbahn. Freudig erregt pocht mein Herz. Meine aufdringliche Nähe und das Klicken der Spiegelreflex sind dem Jungtier nicht geheuer. Nach einer lässigen Wende auf den Hinterbeinen schlägt es sich geräuschvoll ins Dickicht. Einen Wimpernschlag später verschwindet „Blacky" im Zwielicht.

Kaum treibe ich am Standort des gesichteten Tieres vorbei, da raubt mir ein bestialischer Gestank schier die Luft zum Atmen. Zuerst denke ich an einen Durchfall des kleinen Schwarzen, aber aufgerichtet im Boot, entdecke ich in einer Bodensenke direkt am Böschungsabbruch einen verstreuten Haufen mit Fischabfällen. Lachs und Hecht, ohne Filet, sorgen für den scharfen Geruch. Bären schätzen den Luderplatz. Ohne Aufwand fällt Nahrung an. Begeistert und etwas enttäuscht von der pelzigen Begegnung, poltere ich in die Buschbar. Die Männer sind in regen Geschäftsverhandlungen versunken. Letzte Tropfen am leicht gewölbten Boden der Whiskeyflasche bestätigen mir das geistige Raumklima im geduckten Blockhaus. Mit einem selbstgefälligen Unterton in der Stimme beseitigt mir der Lodgeinhaber mein Unbehagen bezüglich Fütterung des Jungtieres. Dann zeigt er mir, um die lästige Angelegenheit endlich abzuschließen, die tiefen Kratzspuren an der Außenwand zur Vorratskammer und deutet mit der gestreckten Hand über die holprige Landebahn für die Buschflieger mit Rädern.

Das erlegte Muttertier liegt unförmig im Schatten einer kleinen Baumgruppe. Die hinteren Keulen fehlen. Das anstehende Fleisch ist dunkel wie das stumpfe Fell und bereits mumifiziert. Grausig enden die Beine in Stumpen. Die vorderen Tatzen mit den begehrten Krallen sind abgehackt. Grob ausgeschlagen sind die Eckzähne. Die Freiheit des Baribals, seine geringe Scheu vor den Zweibeinern und das Umherstrolchen im Bereich der Lodge haben ihn das Leben gekostet. Die mögliche Gefährdung der wenigen Touristen – es ist nicht lustig, wenn der Schwarze in der Nacht vor der Latrine hockt – rechtfertigt den Abschuss der Bärin. Aber mich bekümmert die Entwicklung des Jungtieres, das in die Abhängigkeit der regelmäßigen Fütterungen, zumindest während der Fischsaison, schlittert. Am Ende der Saison muss das Tier sich auf eigenen Tatzen durchbeißen. Vermutlich blüht dem Halbstarken in wenigen Jahren das Schicksal seiner Mutter.

Mutig haben die Ureinwohner auf dem nordamerikanischen Kontinent, die Indianer, mit Pfeil und Bogen die Bären bejagt. Fleisch und die begehrten Kuschelfelle für den Eigenbedarf oder als wertvolles Tauschgut auf den Handelsstationen sind Überlebensgründe. Außerdem genießen heldenhafte Bärentöter den Respekt ihrer Stammesbrüder. Ihre Taten beschleunigen den Aufstieg in den Kreis auserwählter Krieger. Heute sterben jährlich zigtausende Bären im Feuer der Sportschützen.

SILBERLACHS

Traum der Fliegenfischer

Uli, Chemiker von Beruf und mein Kapitän, beherrscht als Chiemsee-Fischer blind die Handhabung des Bootes. Um meine Fertigkeit im Gebrauch des Stechpaddels auszuloten, besteht er darauf, dass wir mit dem beladenen Schlauchboot einige Manöver durchführen. Problemlos drehen und wenden wir das Fahrzeug, wechseln die Richtung, beschleunigen oder bremsen im Vorwärts- oder Rückwärtsgang. Spannend wird das Raften ohnehin erst unter den wechselnden Strömungsverhältnissen während der vielen Richtungsänderungen des Flusslaufes. Querliegende Bäume und markante Felsen erhöhen den Nervenkitzel.

Im Oberlauf des Creeks, knapp vor dem Übergang in den durch Huminsäuren gedrückten pH-Wert des Alexander Lakes, schlagen die knallroten Königslachse schon seit Wochen ihre Laichgruben aus. Die ersten Fische, ermattet vom Geschäft der Genweitergabe und der Bewachung der befruchteten Eier, vermodern bereits gestrandet auf den flachen Schotterinseln. Mit zerkratzter Haut und oft verletzt bis tief ins Fleisch, erreichen die Lachse unfehlbar ihren Geburtsort. Ihre schützende Schleimschicht ist an vielen Stellen abgewetzt. Während der Wanderschaft nehmen sie keinen Bissen auf. Die im Meer angefressenen Energiereserven reichen für die anstrengende Reise des Aufstieges und werden gleichzeitig für die Reifung der Geschlechtsprodukte herangezogen.

Das Fischen auf Laichtiere im Oberlauf ist keine Heldentat. Sie beißen nicht und schnappen höchstens verärgert nach der Belästigung vor ihrem Maul. Im Pulk der dicht gedrängten Leiber verfängt sich mit hoher Wahrscheinlichkeit der Haken zwischen den Flossenstrahlen oder sticht in die zähe Haut. Ein Schock für jedes Tier ist der scharfe Drill. Roggen und Sperma ergießen sich nutzlos auf den Sandbänken.

Pilze in verschiedenen blassen Farben greifen lautlos die zähe Schuppenhaut an, während auf den älteren Leichen ein wimmelnder Madenteppich das mürbe Fleisch bis auf die Gräten putzt. Der Aasgeruch lockt in Heerscharen Fliegen magisch an. Die Sicherung der Nachkommenschaft ist ihr Zwang. Anstelle der sprichwörtlichen Maden im Speck leben die gefräßigen Larven von dem ehemals lachsroten Fleisch wie im Paradies. Ein feines Rauschen begleitet die wichtige Arbeit der Zersetzer, wenn sich ihre Körper im Gedränge reiben. Angefressen von Raubzeug, zersetzt und aufgelöst von Pilzkulturen und Bakterien schließt sich die Nahrungskette. In der Natur gibt es keine Vergeudung der Ressourcen. Das Sterben der Elterntiere sowie die Rückführung ihrer organischen und anorganischen Bestandteile in den Nährstoffkreislauf ist die beste Grundlage für ihre Brut. Keine grausame Laune der Natur ist das Vermodern der Alten, sondern eine Erneuerung des Zyklus.

Trotz schwindendem Wasserstand reicht die Kraft der Strömung allemal aus, um die toten Leiber zu bewegen. Die stromlinienförmigen Körper trudeln, schleifen und wälzen sich flussabwärts, bis sich die ins Wasser hängenden Äste der Uferbotanik die Leblosen per Zufall fischen. Auch an Schwemmholzhaufen stranden die stinkenden Verwesungskörper zuhauf. Bereits mumifizierte Lachse hängen wie Putzfetzen – baumelndes Lametta von Christbäumen ist ein treffender Vergleich – von wehrhaften Zweigen über der Wasserlinie. Die Eiweißschwemme klebt an der Stirnseite flacher Steine, verstopft die Lücken zwischen den Verklausungen durch Schwemmholz oder verkeilt sich in trichterförmig verengten Abschnitten. Schichtenweise sammelt der Tod in beruhigte Mulden seine Ernte. Schädelknochen, Kieferbögen mit scharfen Zähnen bestückt und verkrümmte Wirbelsäulen mit den Rippenbögen reflektieren das schräge Licht. Das schwindende Zahnfleisch am Kieferbogen betont das grimmige Gebiss. Unübersehbar ist das Heer der sich auflösenden Fische. Kein Ende scheint das Sterben zu nehmen, denn die Laichwanderung zieht sich gestaffelt über mehrere Wochen hin. Während sich die ersten Wellen der Wanderfische zum Nutzen des Kreislaufes auflösen, graben die Neuankömmlinge schon wieder die alten Laichgruben ihrer Vorgänger um.

Schier unerträglich ist der Verwesungsgeruch im lang gezogenen Friedhof. Trotz keimtötender Pillen im Gepäck, denke ich mit Grausen an die Verwendung des Kochwassers. Bakterien sorgen schließlich als Zersetzer für das Verschwinden der Kadaver. Ihr Verdienst ist es, dass der Leichenberg abgebaut und die mineralischen Bestandteile der Lebewesen wieder in die Nährstoffbilanz zurückgeführt werden. Quasi Doping für das mikroskopische Flussbettleben. Der Kreislauf der Stoffe ist im fast unbemerkten Kleinen genauso ein wunderbares Naturgesetz wie der unglaubliche Orientierungssinn der Lachse im Meer und die Wanderung zu ihrem Geburtsgewässer. Meine aufgestaute Jagdleidenschaft auf den ersten Lachs erhält durch das Massensterben der Geschöpfe einen argen Dämpfer. Außerdem möchte ich bei meiner watenden Pirsch nicht die befruchteten Eier zwischen den Hohlräumen der Kiesel zerquetschen. In den tiefen Gumpen staut sich förmlich der Betrieb mit den erschöpften Laichtieren und den Neuankömmlingen. Sie graben die alten Gelege wieder aufs Neue um und wirbeln die befruchteten Eier in die gierigen Mäuler der lauernden Regenbogenforellen und arktischen Äschen.

Der treibende Schatten des „Rafts" spaltet den Schwarm der Laichfische einem Keil gleich. In Panik weichen die Tiere, je nach ihrem Verfallsstadium, oft ins flache Wasser aus. Manche peitschen sich noch mit kräftigen Schwanzschlägen durch das maultiefe Element und über trockene Kieszungen. Andere torkeln, bereits am Ende ihres Lebens, nur gefühllos auf die Seite. Viele reagieren überhaupt nicht mehr auf die Bedrohung durch das Boot. Die Betrachtung des Massensterbens weckt in mir den Vergleich eines Krankenhauses für „Rothäute". Dunkelrot sind die Körper der ehemals königlichen Fische, rabenschwarz die massigen Schädel mit den Geierschnäbeln. Ein ekelhafter Pilzrasen, leichenblass und in anderen hellen Farbtönen, säumt schon die Flossen. Kreißsaal, Intensivstation und die aus allen Nähten platzende Leichenhalle liegen ohne Trennwände nebeneinander.

Frische Bärenspuren mahnen zur Vorsicht. Ihre gewaltigen Abdrücke im Uferschlick und die Hinterlassenschaft in unmittelbarer Zeltnähe bereiten mir Sorgen. Das vom Chef angeordnete Probeschießen – er hat auf seinen Flussabenteuern gefährliche Situationen erlebt – ist kein kindischer Zeitvertreib. Waffen sind gefährlich. Ihre sichere Handhabung bedarf Übung. Schon als Kind hat mich das Schießen begeistert. Der Vater eines Freundes besaß ein Luftdruckgewehr. Auf dem Berg der stinkenden Dorfdeponie tummelte sich ein ganzer Stamm von Ratten. In lauen Vollmondnächten lagen wir auf der Lauer. Erfolgreich hielten wir den Nachwuchs der pelzigen Kulturfolger in Schach. Anschleichen, ansprechen, zielen und treffen erlebte ich im Pflichtschulalter als aufwühlendes Naturerlebnis. Die eingetrichterten Vorurteile über die Seuchenträger und Krankheitsverbreiter überdeckten bei weitem das Mitleid über angeschossene Tiere. Das Vergiften mit Lockködern, das langsame Auflösen der Blutgefäße und das allmähliche innere Ausbluten schienen mir das grausamere Übel zu sein. Ratten, Flöhe und Beulenpest waren mir in der Jugend eine schreckliche Vorstellung, die es zu bekämpfen galt.

Meine Erfahrung als Jugendlicher mit dem Luftdruckgewehr ist ausschlaggebend, dass ich die schwere Bürde als „Pump-Gun-Schütze" übernehme. Als Greenhorn kneift man nicht. Freiwillig gezwungen drückt mir der Tourboss den schweren Vorderschaftsrepetierer samt Munitionsschachtel in die Hände. Wenig Ehre, aber eine hohe Bürde ist mir diese Verantwortung. Das Probeschießen am ersten Camp-Platz entwickelt sich zum zweifelhaften Vergnügen. Ein morscher Wurzelstock auf einer flachen Sandzunge liegt in der optimalen Reichweite. Breitbeinig, in Laufrichtung geerdet, den Schaft fest an die Schulter gepresst, visiere ich das ruhende Ziel. Die Wirkung der Schrotkugeln ist enorm. Holzfetzen fliegen durch die Luft. Sie prasseln wie schwere Regentropfen wieder auf das Wasser. Die Ladung soll im Ernstfall den anstürmenden Bären kurz stoppen, um den Augenblick mit dem massiven „Bleipatzen" für den tödlichen Schuss zu nützen. Mein Trainer Reini treibt mich mit Geschrei zu einer rascheren Schussfolge an. Vier Patronen liegen insgesamt im Röhrenmagazin. Auf einer Schiene läuft der Vorderschaft und stellt die Verbindung mit dem Verschluss her. Durch die Bewegung des gleitenden Schaftes wird nach dem Schuss die leere Hülse seitlich ausgeworfen und die nächste Patrone zugeführt. Zu zögerlich fällt meine „Slide-Aktion" aus. Die mangelhafte Verschlussbetätigung verhindert die Funktion der Waffe.

Mit Schaudern denke ich an einen nur verwundeten Bären. Der Zeitverlust durch meinen Versager genügt, und das rasende Tier erreicht meinen Standort. Die intelligenten Sohlengänger wissen genau, wer ihnen die Schmerzen zugefügt hat. Es bedarf keines weiteren Geschreis durch meinen Lehrmeister. Neuerlich fasse ich wild entschlossen den beweglichen Schaftteil und reiße ihn heftig zurück. Bevor der Schuss bricht, bekämpfe ich mit Tränen in den Augen den stechenden Schmerz des gezwickten Fingers. Der Volltreffer lindert nicht mein Leid. Um die Peinlichkeit zu vertuschen, übernehme ich heldenhaft die eigene Wundversorgung. Reichlich Desinfektionsmittel und ein enger Pflasterverband als Kompresse ersetzen den Buscharzt. Trotz Handicap darf ich aufgrund meiner Treffsicherheit die Repetierflinte zum Schutz der Mannschaft schleppen. Die Auszeichnung verliert an Wert, wenn man weiß, dass zwei Partner ohnehin durch erhebliche Sehschwäche und dicke Augengläser benachteiligt sind.

In den klassischen Wildwestfilmen schnitzen die Revolverhelden zarte Kerben in das Griffholz ihres Colts. Jede Vertiefung entspricht einem umgelegten Menschen. Ich übernehme ihre Gedächtnisstütze, aber nur mit wasserfesten Strichen auf dem Korkgriff meiner kräftigen Steckrute. Meine Opfer sind die gelandeten Kings. Nach statistischer Schreibweise breiten sich die Zeichen täglich aus, allein der „gebuchte" Silberlachsaufstieg lässt auf sich warten.

Die längste Serie von Markierungen mit halber Länge stellt den Fisch als Sieger dar. Ihre Fluchtenergie erhöht sich mit Hilfe der Strömung enorm. Ausgeschlitzte und aufgebogene Haken minderer Qualität sowie das peitschenartige Geräusch beim Reißen des Vorfaches beweisen den erfolgreichen Freiheitskampf der Fische. Obwohl sie keinen Bissen mehr schlucken, ist im mittleren Flussabschnitt der Kräfteverschleiß der Fische noch gering. Sie zehren von ihren Fettreserven.

Das Verbreitungsgebiet der Silberlachse, von den Einheimischen respektvoll als „Coho" oder „Silver" bezeichnet, deckt sich mit jenem der Königslachse. Unverwechselbar ist das helle Zahnfleisch der kleineren Lachsart. Der kampfstarke Fisch lebt durchschnittlich halb so lange wie sein größter Verwandter, dafür zieht er in Massen auch in küstennahe Kleingewässer, die vom „King" abgelehnt werden. Sein geringer Kräfteverschleiß während des kürzeren Aufstieges, seine langen Aktivphasen und sein explosives Drillverhalten verleihen dem Fisch höchste Anerkennung, nicht nur unter den Fliegenfischern.

Rund 1.000 Stück Eier produziert der Rogner, bezogen auf ein Kilogramm seiner Körpermasse. Der Lachskaviar stammt auf Grund des edlen Farbtones und der Qualität nur von dieser Lachsart. An der Küste stauen sich im Brackwasser in Massen die Laichfische. Allein der Start zur Wanderschaft im Süßwasser verschiebt sich aus unerklärlichen Gründen. Passt den Fischen der gegenwärtige Luftdruck nicht, oder verzögert sich der Run durch die herrschende Windrichtung? Heftige Luftströmungen sorgen für eine Umwälzung der Wassermassen und verändern die Schichtung. Die Zunahme der Ölschlieren auf den Routen der Tankerflotten wäre eine glaubhafte Erklärung für die Unpünktlichkeit des Laichaufstieges. Lachse sind eben keine „Ölsardinen".

Ahnen die Tiere die Mühsal, die ihnen durch Niedrigwasser in den Flüssen ihre genetische Bestimmung erschwert? Eigentlich genügen wenige Schläge mit ihrer kräftigen Schwanzflosse, um sich vom Schub der Flut in ihre Geburtsgewässer drücken zu lassen. Pumpen ihre Kiemen einmal Süßwasser, dann gibt es ohnehin kein Zurück mehr. Eigen ist den „Silvers", dass sie von allen fünf pazifischen Lachsarten den Aufstieg zögerlich angehen. Immer wieder verweilen sie längere Zeit in tiefen Pools. Während dieser Phase steigt der Reifungsgrad des Rogens. Halbe Portionen mit verwirrten Instinkten, die sogenannten „Jacks", lassen sich von den ausgewachsenen Tieren zum Aufstieg mitreißen. Die Masse des Schwarmes verführt die Halbstarken.

Mit kaum merklicher Strömung schiebt sich unser klarer Fluss dem milchig-trüben Hauptstrom Susitna entgegen. Im Wirrwarr von Überschwemmungsinseln, Schotterzungen, Verklausungen mit entwurzelten Baumstämmen und verzweigten Gerinnen – sie erinnern an Krampfadern in gewaltiger Ausdehnung – ist es eine phänomenale Leistung der Lachse, wenn sie ihre Abzweigung zum Hochzeitsplatz und Geburtsgewässer riechen. Rasch aufkommender Gegenwind bremst den Schub unseres Flusses. Der aufgeblähte Wulst unseres Schlauchbootes wirkt wie ein gerafftes Segel. Schweißtreibende Knochenarbeit ist notwendig, um die schwer beladenen Boote überhaupt zum ausgemachten Abholplatz zu treiben. Der Zeitpolster erlaubt einen allerletzten Lagerplatz auf einer feinen Sandinsel. Gegenüber fällt die Uferböschung steil ab und bildet die Begrenzung eines tiefen Poolzuges. Die Steilwand ist durchlöchert wie Schweizer Käse. Die Kolonie der Uferschwalben versorgt hier ihre Brut mit Stechfliegen in Massen. Der geringe Wasserstand öffnet teilweise den Blick auf die Unterwelt. Ein kräftiger Ast einer versunkenen Baumleiche reckt sich in die Luft. Leicht federnd wippt der Fangarm durch den Druck. Am Holz hängen die buntesten Blinkermodelle, Bleigewichte als Tiefenlift, Wirbel und Karabiner samt Schnursalat unterschiedlichster Durchmesser. Es juckt mich, diese Objekte als begehrte Sammlerstücke zu bergen. Die permanente Hitze erleichtert das Begehren. Außerdem ist während der Wassersafari ohnehin die Körperpflege zu kurz gekommen. Das stinkende Mückengift, die stets feuchten Wathosen und der Körperschweiß würden gar die Nase eines Stinktieres beleidigen.

Nicht Schamgefühl, sondern eine Art Schutzbedürfnis gegenüber den rostigen Haken ist der Grund, dass ich mit der Unterhose bekleidet eine Furt zur Annäherung an den „Christbaum" suche. Der Blick hinter die Kulissen des gedehnten Hosenbundes zeigt, rein organisch betrachtet, die aktuelle Temperatur des Flusses an. Bibbernd gelingt es mir im Schwimmen, den „Trophäenast" zu fassen.

Mein Anker ist der Ast. Während des einarmigen Tauchganges entdecke ich neben weiteren Hängern ein paar große Fischschatten im Schutz des versunkenen Baumes. Reichlich ist die Holzleiche mit glitzernden Metallwaren und bunten Mustern von Lachsfliegen garniert. Mit der Beute am angebrochenen Ast und der erfreulichen Beobachtung schwimme ich, beinahe steif vor Kälte, zum Flachufer zurück. Meine Mitteilung reißt Günther aus der Trägheit. Ihm ist es gelungen, einen Klebestoff zu entwickeln, der die Lichtbrechung der berühmten Figuren aus der Kristallstein-Produktion nicht beeinträchtigt. Er freut sich wie ein Kind über einige Exemplare meines letzten Fanges als Erweiterung seiner Sammlung.

Einer nackten Schlange gleich liege ich eingebettet im warmen Sand. Nur das Aufladen meiner Betriebstemperatur habe ich im Sinn. Trotz meiner Warnung über die Lage der Baumleiche gelingt es Günther schon nach wenigen Würfen, seinen „Pixi", ein amerikanisches Blinkermodell, am Holz festzumachen. Sein Jammern über den Verlust weckt meine Hilfbereitschaft. Er übergibt mir seine Rute und ich wate neuerlich bis zum Bauch in das saukalte Wasser. Der veränderte Winkel genügt, um den Hänger zu lösen. Ein kräftiger Schlag unterbricht das Einholen der Schnur. Wie ein Torpedo schießt der Silberlachs aus dem Wasser und schlägt nach einem halben Salto mit einem gewaltigen Klatscher in sein Element zurück. Anfangs lähmt die Verblüffung meine Reaktion. Wunderbar ist das Geräusch der Bremsscheiben. Sie bändigen den flüchtenden Fisch. Ich drücke dem rechtmäßigen Besitzer seine Rute und das Risiko in die Hände. Unser erfreuliches Alarmgeschrei lockt den Rest der Mannschaft aus dem Schatten des Zeltes zum Ort des Geschehens. Jeder sorgt sich um den erfolgreichen Abschluss des Drills und geizt nicht mit Ratschlägen. Der einzige Coho während der gebuchten Silberlachsreise wird als Festmahl zelebriert. Wachgeküsst vom Erfolg, flammt der Jagdtrieb neuerlich auf. Weit nach Mitternacht stehen wir vier am Pool und erwischen als schwachen Trost noch einige kapitale Regenbogenforellen, aber keinen zweiten „Silver". Ich wünsche mir, einen blitzblanken Silberlachs, noch behaftet mit schmarotzenden Meerläusen, mit meiner eigens zugelegten Lachsrute zu drillen. Vielleicht war es ein Wink des Schicksals, dass mir der Traum versagt blieb. Trotzdem hat mich das Alaska-Fieber, als virulenter Wegbegleiter, voll erwischt. Als Flussnomade fühle ich den Puls der großartigen Naturlandschaft.

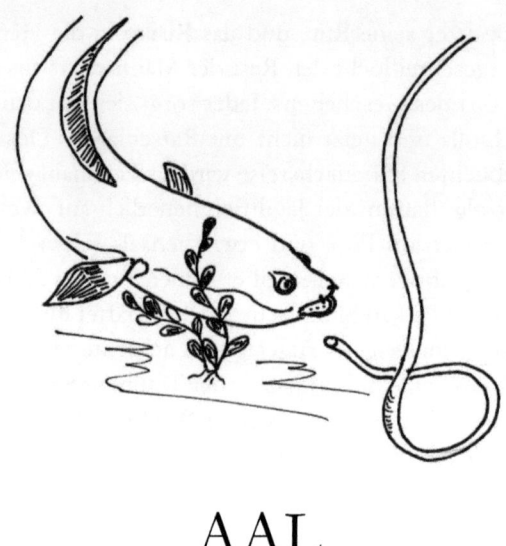

AAL

Musikalisches Nachtfischen

„Wer sich keine Zeit für Freunde nimmt, dem nimmt die Zeit die Freunde." Dieses Sprichwort aus dem Schatz russischer Weisheiten ist ein Leitmotiv unserer Familie. Gerne nehmen wir die Einladung für ein paar Tage an. Meine Sippe ist zu Gast bei meinem Freund Günther. Das prächtige Jugendstilhaus, beste Hanglage, ist unser Domizil. Badevergnügen in der Ache und im alten Rhein bei Fußach steht als Hauptattraktion für den Nachwuchs auf dem Programm. Die Frauen dürfen, von der Last der Aufsichtspflicht befreit, ungeniert in den Geschäften bummeln. Uns Männern gehört die Nacht. Günther ist mit allen Wassern des Bodensees gewaschen. Seit seiner Kindheit stellt er von der Aalmutter bis zum Zander der Vielfalt an Bodenseefischen nach. Trotz seiner Jugend wird er von den ergrauten „Molefischern" anerkannt. Er weiht mich in die Geheimnisse des nächtlichen Aalfanges ein.

Das Erscheinungsbild des Aales verknüpft mein Hirn unweigerlich mit dem Wesen von Schlangen. Sein walzenrunder, langgestreckter Körper und die verkümmerten Bauchflossen – Rücken- und Afterflossen sind zum durchgehenden Saum verwachsen – lassen oberflächlich betrachtet nie vermuten, dass der Räuber ein Kiemenatmer ist. In den geöffneten Leibeshöhlen der Speisefische haben die Menschen immer Geschlechtsprodukte in unterschiedlichem Reifungsgrad festgestellt. Rogen und milchige Stränge aus Sperma sind klare Beweise für die Fortpflanzung der Art. Aber die „Schlangenfische" scheinen geschlechtslose Lebewesen zu sein. Keinem Fischer ging je ein laichreifer Aal an den Haken. Die blühende Phantasie ersetzt schlüssige Erklärungen. Legenden ranken sich um den Flussaal.

Der Urschlamm am Gewässergrund, meinten gar Naturforscher aus historischen Zeiten, sei die Basis des Lebens. Mit Hilfe der göttlichen Lebenskraft würden sich aus der faulen und stinkenden Masse die primitiven Erdwürmer entwickeln. Sie würden schließlich die faszinierenden Flussaale gebären. Auch wurde die Mär verbreitet, dass sich der Nachwuchs aus abgeschabten Hautfetzen oder gar aus Haaren des Pferdeschweifs entwickele. Jahrmillionen folgen die Aale ihrem Zwang zum Wandern. Machtvoll treibt sie der Instinkt flussabwärts. Aale sind Nachträuber, und diese Gewohnheit lässt die Tiere vorwiegend während der Dunkelheit ziehen. Viele Fische schwimmen passiv mit der Strömung, und die Schaufeln der Turbinen zerstückeln ihre Körper. Regennasse Wiesen oder stark von Tau benetztes Gras genügen den unheimlich zähen Lebewesen, um geschlossene Gewässer zu umgehen. Ihre angefressenen Energiereserven – auch die Lachse verweigern die Nahrungsaufnahme beim Aufstieg in die süßen Laichflüsse – reichen den „Wasserschlangen", um im Atlantik rund siebentausend Kilometer lang der untergehenden Sonne nach zu schwimmen. In schlängelnden Schwärmen mühen sie sich mehr als ein halbes Jahr lang ab, um den berühmten Treffpunkt Sargassomeer zu erreichen. Auf der Strecke verkümmern gar ihre Kiefer. Der Abbau des Fressapparates verläuft nicht ohne Nutzen und dient der späteren Entwicklung der Geschlechtsprodukte.

Im „Bermudadreieck" verschwinden nicht nur Schiffe und Flugzeuge samt Besatzung, auch der europäische und amerikanische Flussaal gehen auf Tauchstation. Denn südöstlich der Bermudas liegt die Sargassosee. Freischwebende Wälder aus Tang mit Auftriebsblasen sind die Namensgeber des Bereichs. Im Gewirr der mehrere hundert Meter langen Ausläufer und Verzweigungen der Pflanze fühlen sich vor allem die Krabben wie im Paradies, aber auch die kulinarischen Liebhaber dieser Scherenträger. Die Geographen vergleichen diese Zone des Atlantiks, der vom Golfstrom in eine große Wirbelströmung versetzt wird, etwa mit der Flächenausdehnung von Mitteleuropa. Die Drehbewegung der Wassermassen nimmt Treibgut aller Art am Rande auf und leitet es auf Kreisbahnen in das ruhige Zentrum des Riesenstrudels. Allein das Laichgeschäft der vereinten Aalfamilien ist noch immer ein ungelöstes Naturgeheimnis. Eines ist gewiss: Die aalartigen Fische haben ein feines Gespür für den Salzgehalt in der entsprechenden Tiefe. Der Auftrieb der befruchteten Eier entspricht genial dem Gewicht der winzigen Pünktchen. Sie schweben in der sicheren Zone. Die Eltern der neuen Generation haben ihre biologische Bestimmung erfüllt und taumeln sterbend auf das Massengrab am Meeresboden.

Durchsichtige, klitzekleine Larven entwickeln sich aus den Eiern. Mit zunehmendem Wachstum – die Brut ernährt sich ausschließlich von Plankton – streckt sich der Körper in eine lanzettliche Form. Zierliche Weidenblätter gleichen ziemlich genau dem Aussehen der später im Golfstrom driftenden Brut. Die warme Meeresströmung trägt und schiebt die fingerlangen Glasaale, quasi als Treibgut, in massigen Schwärmen in die brackigen Mündungen der europäischen Flüsse. Vortrefflich gewählt ist der Vergleich mit dem Glas, denn nur die Wirbelsäule schimmert wie ein Reißverschluss durch den Körper der Aale. Ebbe und Flut ackern im Gezeitenrhythmus die flachen Küsten um und bieten den Wanderfischen Nahrung in Fülle. Die Finsternis ist das Metier der Räuber. Sie verlassen ihre Deckung zwischen den Wasserpflanzen und verfolgen, geführt von der unglaublichen Leistungsfähigkeit ihrer Nase, die Beute. Die Strategie der Natur, mit überwältigenden Nachwuchszahlen den Feinden zu trotzen, garantiert die Erfolgsgeschichte der Aale. Allmählich lagern sich in die Haut Farbpigmente ein. Die Durchsichtigkeit bringt laut Erfahrung der Evolution keine Vorteile mehr für die weitere Entwicklung. Ein goldenes Gelb prägt den neuen Lebensabschnitt und ist gleichzeitig Namensgeber für den „Gelbaal".

Überleben die schlangenhaften Tiere diesen Lebensabschnitt, dann bildet sich das bewährte Tarnkleid aus – dunkel die Rückenpartie und hell die Bauchseite. In die Flüsse rücken nur die Weibchen auf, deshalb schien die Vorstellung der „Jungfernzeugung" denkbar. Die Männchen verzichten auf den Aufstiegsstress. Sie halten sich lieber in Küstennähe auf. Genetisch festgeschrieben im Entwicklungsprogramm ist auch das sehr unterschiedliche Längenwachstum der beiden Geschlechter. Die weiblichen Tiere überragen ihre Partner mindestens um das Doppelte. Während der Wanderschaft bis in die kleinsten Bäche bezeichnen die Fachleute die Fische trefflich als

„Steigaale". Die Ausprägung der Schädelform hängt ausschließlich mit dem Angebot der Nahrungspalette zusammen. „Spitzköpfe" ernähren sich bevorzugt von Insektenlarven, Muscheln, Schnecken, Würmern und Krebsen, die sie angeblich bis in ihre Wohnhöhlen hinein verfolgen. Kommen sie auf den Geschmack der Fischkost, dann bilden sich muskulöse Kiefer aus. Der Spezialist mutiert zum „Breitkopfaal". Sie entwickeln sich zu hervorragenden Fischjägern, die im Schutzmantel der Dunkelheit ihren Jagdeifer bis an die Oberfläche der Gewässer ausleben.

Der „Blank- oder Silberaal" ist der letzte Entwicklungsschritt des Fisches, bevor er als leckere Räucherware endet oder sich wieder zu seinem Geburtsort auf die Flossen macht. Frische Leber lockt die Fleischfresser unwiderstehlich an. Ihre Nasenlöcher sind wie kleine Röhrchen gebaut, mit denen sie – Versuche mit Duftwässerchen beweisen es eindeutig – in der Lage sind, gar Geruchs- und Geschmacksmoleküle in unwahrscheinlich geringer Konzentration zu lokalisieren. Auf Aas verzichten die feinen Nasen, auch wenn es meilenweit stinkt. Die Fähigkeit der Fische, im dreidimensionalen Wasserkörper ihre Lebendnahrung mit den Nasenlöchern zu riechen und zu schmecken, wird als „stereoskopisches Riechen" beschrieben. Die Sinnesleistung der Aale und ihrer Verwandten, wie Muränen und Congas, ist unvorstellbar und übertrifft bei weitem die Fähigkeit unseres geliebten Vierbeiners Hund.

Würmer im weitläufigen Obstgarten sind leicht aufzustöbern. Im Eifer wühlen wir unter der Schutzschicht des verrottenden Rasenschnittes und füllen eine Schachtel mit den nützlichen Humusbildern. Reichliche Luftlöcher sind für die späteren Opfer bedacht. Wir zwei mischen uns unter das Volk der Festspielgäste, die gerade, dicht gedrängt, über die Gangway das Festland betreten. In elegante, bunte Roben gehüllt verlassen die Damen, an Jahren eher der Lebensmitte zuzuordnen, die angelegten Schiffe der Bodenseeflotte. Einheitlich dunkel sind die Anzüge der sie begleitenden Männer. Kaum einer wagt es, mit löchrigen Jeans und schräg gemustertem Pullover, die Massenbewegung zur Seebühne aufzumischen.

Mit beschleunigten Schritten überholen uns die Besucher, um sich bloß nicht mit dem Geruch biederer Fischer zu vermengen, und mustern uns verwundert bis herablassend. Dem Prinzip der Zwiebel liegt unsere bequeme Kleidung zugrunde, die in vielen Schichten dem prophezeiten Wetterumschwung trotzen soll. Nur die prall gestopften Rucksäcke mit den geteilten Steckruten – sie ragen wie Antennen in die Luft – verraten unsere

Mission. Alleine hätte ich vermutlich aus Scham ein anderes Zeitfenster gewählt, aber in Begleitung meines heimischen Guides spüre ich einen Hauch von provokanter Genugtuung. Es stimmt: Kleider machen Leute! Leider bleiben an der Oberflächlichkeit der Hüllen die Gedanken hängen, ohne tiefer zu dringen und den wahren Kern der Person zu ergründen.

Dauernd Glück hat nur der Tüchtige, und wir nehmen den achteckigen Pavillon am Ende eines Verbindungssteges als begehrten Unterstand in Beschlag. Nach alter Pfahlbautradition ist er auf Eichenpiloten errichtet. Das Lichtermeer der Bucht von Bregenz spiegelt sich in vielen Farbnuancen auf der aalglatten Fläche des „Schwäbischen Meeres". Nur der kleine Hafen mit den Leihbooten und am Ufer die Kronen der ehrbaren Platanen liegen zwischen unserem Platz und der Bühne. „Der fliegende Holländer" von Richard Wagner steht die zweite Saison auf dem Programm.

Ein paar Würmer zappeln aufgespießt als wirres Knäuel am Haken und fliegen vom Birnenblei gezogen an die Randzone eines vermuteten Tausendblattpolsters. Die Verteilung des vegetarischen Fleckerlteppichs wurde bei Tageslicht studiert und ist als Biotopkartierung im Hirn gespeichert. Nach der Bodenberührung beruhigen sich rasch die ablaufenden Wicklungen von der Spule. Durch das Einholen der Schnur mit Gefühl, nur ein paar Kurbelumdrehungen, spannt sich die Verführung in gerader Flucht zur abgelegten Rute. Aus dem Fundus eines betagten Bodenseefischers stammen noch die Aalglöckchen, die mein Freund Günther von einem bekannten Molefischer geerbt hat. Nach dem Prozedere der Köderauslegung klippst er die kleinen Schellen als akustische Bissanzeiger an die Spitzen der Ruten. Schräg ragen die abgewetzten Steckruten über die Brüstung des bekannten Pavillons hinaus. Hin und wieder reflektieren, je nach Betrachtungswinkel, die verchromten Steckhülsen und Ringbefestigungen der Fischstangen das matte Licht der Uferlaternen. Allein die Schnur verschwindet in der Finsternis.

Der Verbindungssteg trennt uns von der Uferpromenade, aber nicht von zwielichtigen Gestalten. Es besuchen uns harmlose Nachtschwärmer, kuschelnde, verliebte Paare und Alkoholisierte. Die Schnapsnasen riechen unsere geistigen Getränke in den Thermosflaschen. Streitsüchtig verlangen sie ein paar Schlucke oder schnorren uns mit fadenscheinigen Ausreden um ein paar Münzen, zum Telefonieren mit der im Spital liegenden Großmutter, an. Auch Gastarbeiter tauchen mit ihren alten Fahrrädern in regelmäßigen Abständen auf. Sie erwarten sich die klodeckelgroßen Brassen als Geschenk. Die Leute verstehen es, mit Hilfe des Fleischwolfes die vielen

Gräten der Weißfische zu brechen. Mit Brot und Eiern zu einer klebrigen Masse vermengt und gut gewürzt, werden aus dem Fischteig kleine Knödel geformt, die sich im heißen Fett zu Köstlichkeiten verwandeln. Die Qualität des Fleisches braucht den Vergleich mit den Edelfischen geschmacklich nicht zu scheuen.

An der Rutenspitze informiert uns der Minischellenbaum über Besucher am ausgelegten Köder auf dem Grund des Bodensees. Das Rucken bei der Aufnahme überträgt sich blitzschnell auf die Alarmanlage. Konzentriert warten wir auf das Klingeln. Immer wieder flattern Fledermäuse lautlos durch die Lichtkegel der Uferlaternen. Die Wellenlängen der Lampen locken die Insekten aus der Botanik der gepflegten Parkanlage. Eine Fledermaus streift trotz ihrer phantastischen Sonaranlage auf der wilden Jagd nach Nachtfaltern eine Schnur und löst unfreiwillig den Alarm aus. Ich sitze bildhaft betrachtet auf einem akustischen Nadelkissen und bin als Musiker – jahrzehntelang leistete ich als Holzbläser in der zweiten Reihe meinen Beitrag für das Brauchtum und die Dorfkultur – schon in der Lage, die Klangfarben meiner beiden Glöckchen herauszufiltern. Mit meiner Vorstellungskraft verlängere ich einen Gehörgang wie einen Wasserschlauch und parke die Ohrmuschel in unmittelbarer Nähe der Schellen ein.

Mit gespielter Gelassenheit ersehnen wir die süßen Klänge der Aalglocken. Alte Geschichten, gemeinsam erlebt und aufgewärmt wie Gulasch, erheitern das Gemüt und vertreiben das Warten. Gemeinsames Lachen verbindet. Die klassische Musik im Hintergrund und die Effekte des sporadischen Leuchtfeuers auf der Turmspitze bilden einen stimmungsvollen Rahmen. Sinnliches Vergnügen bereitet uns der Ansitz auf die fetten Aalweibchen. „Biss!", schreit Günther und haut mir mit dem Ellbogen frech in die Rippen, weil meine Konzentration dem „Holländer" gehört. Als Anfänger habe ich das Gebimmel der Glocke verträumt. Auch das Geräusch der Knarre treibt zur Eile. Sein Ratschlag lässt mich rasch die Schelle von der Spitze nehmen. Mein zögerlich gesetzter Schlag sitzt. Fisch!

Meine vorauseilende Einbildungskraft gaukelt mir – die kräftige Gegenwehr am Ende der Leine nährt die Hoffnung – einen armdicken Aal vor. Die kräftige Schnur erlaubt es ohne Rücksicht, das Opfer aus dem Gefahrenbereich der Wasserpflanzen zu kurbeln. Wie eine Faust aufs Nasenbein trifft mich später die Enttäuschung. Statt dem Zielfisch hängt ein großer Weißfisch am Haken.

Brassen oder Blei, wie sie auch genannt werden, sind sehr vorsichtige Fische. Fast im Kopfstand nehmen sie mit Bedacht und vorgestülptem Maul die Nahrung vom Boden auf. Der eingesaugte Schlamm wird von Fressbarem getrennt, der Rest wieder ausgespuckt. Eigentlich verdiene ich angemessenes Eigenlob. Ich habe meinen ersten „Hochrücken" erwischt, bevor er die Würmer in den Schlund würgte. Erschöpft vom Drill liegt der Fisch platt wie eine Scholle im dunklen Wasser. Ungebeten hat sich das Vieh vorgedrängt und am Köder vergriffen. Der Fang stört den Betrieb und löst wenig Freude aus. „Petri Heil", wünscht mir mein Freund mit spitzbübischem Lächeln als Draufgabe. Respekt zolle ich jeder Kreatur, aber die grätenreichen Brassen, die mir vor dem Zuschnappen der begehrten Aale die Würmer wegsaugen, sind mir ein arger Spielverderber.

Unvermutet tauchen aus dem Halbschatten der Parkanlage drei Männer mit einer Einkaufstasche auf. Die Gastarbeiter – die slawische Klangfarbe ist unverwechselbar – müssen unser Treiben beobachtet haben. Sie erbetteln sich den Brotfisch. Es hat sich als Gewohnheitsrecht eingebürgert, dass sie ohne Aufwand und Ausgaben für Lizenzen erfolgreich am Fang teilhaben.

Westwind kommt auf. Ungemütlich zieht die Luftströmung in Böen durch die einfache Bauweise des „Wasserhauses". Lichtquellen verzerren sich als bunte Streifen auf dem See. Zunehmend schaukelt sich das Kräuseln auf. Das regelmäßige Klatschen der Wellen an die Kaimauer nimmt an Lautstärke stetig zu. Dichte Wolken klumpen sich zusammen. Immer mehr verstecken sich die Sternbilder. Ein Vorarlberger Ableger des gefürchteten Salzburger Schnürlregens setzt noch während der Vorstellung auf der Seebühne ein. Die feinen Tropfen zerschmettern an den harten Aufschlagsflächen und zerstäuben mit Glitzern. Allmählich verblassen die Positionslichter der Lindauer Hafeneinfahrt am gegenüberliegenden Bodenseeufer. Tiefziehender Nebel löscht das Licht. Nächtliche Gewitterstimmung und raue See steigern bekanntlich die Fressgier der Aale. Das Wetter lockt uns sicher die schmackhaften Fische an den Haken.

Das düstere Bühnendrama und die tatsächlich aufziehende Gewitterfront verschmelzen sich zu einem unglaublichen Klang- und Naturerlebnis. In Schüben rieselt die Gänsehaut über den Rücken. Die Musik ergreift uns Fischer. Längst schweigen wir. Die Macht der Melodien saugt uns in den Hörstrudel, und das Klingeln der Aalglöckchen reißt uns oft viel zu spät aus der Traumwelt. Meine Fische hängen häufig unrettbar im Filz der Wasserpflanzen oder verabschieden sich nach kurzem Kontakt. Die Opernhelden sterben vermutlich ohne ihren wohlverdienten Applaus auf den nassen Planken, denn das Kulturvolk auf der Tribüne scheut die Nässe. Ein köstliches Bild bietet die noble Gesellschaft, die in hektischem Aufruhr, fluchtartig, den wartenden Transportmitteln am Hafen zustrebt. Andere hasten im Eilschritt über die Gleisanlagen im Molebereich, den Kneipen, Lokalen und Gasthäusern der Altstadt zwecks Schutz und Einkehr entgegen.

Regen ist der Todfeind der üppigen Frisuren und der Falten tarnenden Kosmetik. Nur die Pessimisten, geschützt vom vorsorglich mitgeschleppten Regenschirm, umgehen gelassen die sich bildenden Pfützen. Allmählich verebbt der Wirbel. Ruhe legt sich um Mitternacht über das Hafengelände. Der Regen – inzwischen schüttet es heftig – verbindet als Grauschleier Licht und Schatten. Ständig verlängern wir nach Kontrolle der wärmenden Flüssigkeitsreserven das Warten auf die gesellig lebenden Aale.

Die fetten, köstlich geräucherten Fische, frisch von der Nordsee oder direkt am Stand der Marktschreier am Hamburger Fischmarkt verspeist, rutschen mir als grätenfreier Gaumenschmaus mit Genuss in den Magen. Am verschluckten Haken, mit den im Maul spurlos verschwundenen Regenwürmern, sind mir die aalglatten Fischverwandten höchst unheimlich. Der gierige Schluckreflex des Spitzkopfaales ist sein Todesurteil. Vergeblich ist sein Aufwand, es gibt kein Entkommen.

„Lass den Schwachsinn!", meint mein Lehrmeister, als ich im guten Glauben und hilfsbereit den Unterfangkescher über die Brüstung des Steges schwinge. Seine Erfahrung im Umgang mit den Aalen hat ihn gelehrt, dass diese Kreaturen sich wie Wahnsinnige in den Maschen des Netzes gebärden. Sie winden sich wie Schlangen und richten am Vorfach reines Chaos an. Seine Aufforderung unterbricht jäh meinen Einsatz. Damit ich keinen Augenblick des Aalfanges übersehe, stolpere ich in der Hast über die von mir ungeschickt abgestellte Thermosflasche. Ehe ich im Zwielicht den Behälter erwische, rollt er unter dem Geländer durch und verschwindet mit einem Platschen im Wasser.

Aus der Gefahrenzone der Pflanzendeckung kurbelt Günther rasch den Fisch. Noch im Wasser erfasst der Lichtkegel der vorsorglich eingepackten Taschenlampe das Opfer. Die Knotenfestigkeit der Schnur ist reichlich ausgelegt, deshalb landet der zappelnde Spitzkopf ohne Umschweife auf dem Steg. Daumenbreite Spalten trennen die verlegten Bretter. Das Regenwasser, das durch den Abstand rascher abfließt, beugt dem Faulen der Stoßzonen vor. Mit dem Schwanz verkriecht sich der Aal im Rückwärtsgang, ganz nach Manier der Krebse, zwischen den Brettern. Mit unglaublichen Verrenkungen sucht er eine Rückzugsmöglichkeit aus der tödlichen Situation. Aus dem Rucksack reiche ich dem Aalmeister den gewünschten Fetzen zum sicheren Halten der Beute.

Es schmerzt mich schier bei der Beobachtung, wenn mein Freund dem gelenkigen Tier mit der griffigen Schuhsohle auf das Schwanzende steigt. Sein zunehmender Zug am Vorfach streckt das Tier, und mit dem Tuch hält er den Fisch hinter den Kiemen. Niedrige Handreichungen sind meine Mittäterschaft während der Tötung des unglaublich zähen Tieres. Günther langt nach meinem Dolch und setzt die Klinge im Bereich des Genicks an. Unnatürlich verrenkt er dabei seinen Oberkörper und wendet das Gesicht auf die Seite. „Was ist los, wird dir schlecht beim Morden?", frage ich erstaunt. „Kein Problem", meint er gelassen, „aber ich mag keine Blutspritzer in meine Augen bekommen. Frisches Aalblut ist giftig. Es gibt nur Ärger, wenn das toxische Eiweiß auf den Schleimhäuten oder in offenen Wunden landet. Entzündungen sind die Rache der Toten. Lass dir den Genuss trotzdem nicht verleiden, denn bei der üblichen Zubereitung zersetzt sich das Serum." Hinter dem eiförmigen Kopf zieht er einen tiefen Schnitt bis ins Rückgrat. Schlapp baumelt der Kopf am zuckenden Rumpf. Ein paar Zentimeter von der Schwanzspitze entfernt sticht er neuerlich das Messer ins Fleisch, damit der Aal gut ausbluten kann. Rein von der Menge des Blutverlustes aus betrachtet, müsste der Fisch seine Lebensgeister längst aushauchen. Unglaublich lange windet er sich im Kübel im Todeskampf.

Einen Tag später erzählt mir ein ergrauter Fischer eine rein biologische Methode über den Aalfang: Dabei wird ein sich bereits verwesender Schaf- oder Ziegendarm vor einem Gewitter ins Wasser gehängt. Der Geruch zieht den Aal an. Dieser beginnt, das Ende des Darms gierig zu schlucken. Das Zucken und Rucken überträgt sich auf den Darm. Dann muss man kräftig Luft in den Darm blasen, sodass das aufgeblähte Fischmaul mit seinen spitzen Zähnen stecken bleibt und der Aal leicht an Land gezogen werden kann.

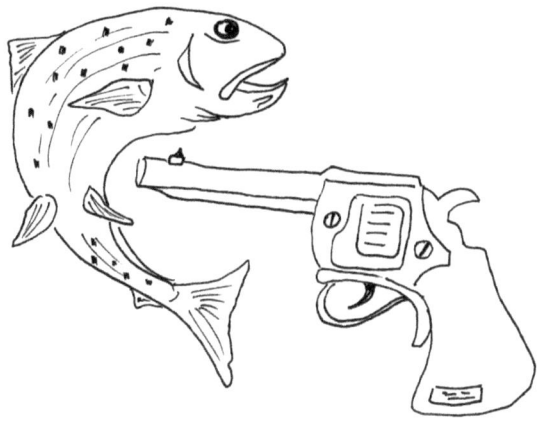

SEESAIBLING

Scharfschützen

Regenbogenforellen vom Grill stehen als Verpflegung für ein Familientreffen fest. Die ausgezeichnete Bewirtung hat sich bei den lieben Verwandten längst herumgesprochen. Keiner schlägt leichtfertig eine Einladung aus.

Die Beschaffung der hohen Stückzahl aus dem eigenen Teich scheitert, deshalb plane ich mit meinem Sohn als Helfer einen Ausflug ins Seidelwinkeltal. Mundpropaganda verspricht einen guten Besatz. Das Vergnügen, die Speisefische eigenhändig zu erbeuten, und der anständige Preis sind mir der Männerausflug allemal wert.

Nach Herzenslust angeln und die Beute mit nach Hause nehmen, versprechen die Wirtsleute vom „Weixen". Gar Leihruten stehen den Besuchern gegen eine bescheidene Gebühr zur Verfügung. Vom „Eismeersaibling" bis zur gefräßigen Regenbogenforelle schwimmt eine bunte Mischung von Fettflossenträgern in den Teichen. Äschen fehlen, ihnen behagt der Wirbel nicht. Ein paar nacktschneckenfressende Laufenten und andere Wasservögel verkoten leider nicht nur die Wege. Zahlreiche Federn treiben wie winzige Segelboote auf dem Wasser. Sie zeigen die Drift auf dem Still-wasser an.

Beinahe jeder Köder, wie Mais, Käse, mitgebrachte Maden und Regen-würmer, frisch gefangene Heupferde und einfache Kunstköder aus dem Fliegensektor, dürfen zur Geschäftsbelebung eingesetzt werden. Allein die schweren Blinker und Wobbler mit Mehrfachhaken – so steht es auf dem Informationsblatt – sind nicht gestattet. Abgerechnet wird strikt nach dem erbeuteten Gesamtgewicht, wobei die Fischart die gestaffelte Preisgestal-tung vorgibt.

Gregor holt sich in kurzweiligen Abständen mit vegetarischen Lecker-bissen die Forellen aus dem Teich. Zuckermais aus der Dose – ein kleines Klemmblei am Vorfach erleichtert das Auswerfen – verführt die bereits degenerierten Allesfresser. Trotz seiner Jugend reagiert unser Sohn blitz-schnell, wenn sich eine unerwünschte Lachsforelle dem getarnten Haken nähert. Ausgefuchst unterbricht er mit einem kurzen Ruck das Fressvorha-ben des Fisches und verscheucht die Kapitale.

Natürlich reizt es mich gehörig, den anwesenden Gastfischern und dem Publikum die Überlegenheit der Fliegenfischerei durch erfolgreiche Anwendung zu beweisen. Mit dem Nagelzwicker schneide ich mir die Bors-ten einer Köcherfliege aus braunem Rehhaar zurecht. Die Größe des ver-stümmelten Kunstobjektes entspricht etwa dem verwendeten Fischfutter. Am zumutbaren dünnen Vorfach, frei von Hindernissen ist der Teichbo-den, klatsche ich eher grob den vermeintlichen Happen aufs Wasser. Der Futterneid der Forellen lässt sie schier blind und ungestüm nach dem irr-tümlichen Pressling aus Fischmehl schnappen. Schlag auf Schlag landen die Portionsforellen in unserem geräumigen Kescher. Auch der Wirt reibt sich vor Freude die Hände. Er denkt an den Gewinn. Allmählich erlahmt die Gier der Fische und ich greife zum berühmten Trick des spärlichen Futter-einwurfes mit Tücke. Der Geschäftsmann stellt mir gerne eine Hand voll Fischfutter zur Verfügung. Vom Sohn stammt der benützte Kaugummi. Um den Körper einer kleinen Nymphe modelliere ich die klebrige Masse. Ein paar eingeworfene Körner aktivieren den Fressreflex. Aus allen Him-melsrichtungen lockt es die Tiere zur Einschlagstelle. Das Ritual der Füt-terung verwässert die Vorsicht der Fische, und sie übersehen im Neid die tödliche List mit der „Kaugummifliege".

Nach wenigen Fischen wechsle ich meinen Platz als Rechtswerfer be-quem dem Uhrzeigersinn entgegen. Dabei stöbere ich unerwartet einen ausgewachsenen Seesaibling auf, der, durch die Erschütterung des schwammigen Bodens gewarnt, seinen Unterstand verlässt. Überwuchert mit einem flauschigen Rasen des ekelhaften Wasserschimmels, torkelt der einst so prächtige Fisch dahin. Das erbärmliche Erscheinungsbild des schwimmenden Seuchenherdes bereitet mir Kopfzerbrechen. Die äußerste Hautschicht beherbergt die wichtigen Schleimzellen. Sie bildet den glitschigen Schutzmantel der Fische. Sie erschwert den Angriff der Krankheitserreger und wehrt sich gegen die giftigen Verunreinigungen im Wasser.

Vielleicht hat ein Reiher den Seesaibling angegriffen und sich überschätzt. Oder Anfänger schleiften den Setzling am Haken bereits über den Rand der Teichanlage und über den gekiesten Wirtschaftsweg. Zu klein fanden sie das Fischlein. Ohne Zeugen fällt es leicht, das Zurücksetzverbot zu umgehen. Unwissend zerstörten die Leute dabei die Schleimhaut. Tod auf Raten statt Weiterwachsen ist der üble Ausgang.

Gut möglich, dass der Salmonide ursprünglich an zahlreichen Geschwüren litt. Den defekten Hautstellen und Flossenansätzen fehlt der Abwehrschleim und als Folgeerscheinung, für jedermann leicht erkennbar, breitet sich der Pilzrasen aus. Schwimmen „Glotzaugen" mit schwärzlichen Hautpigmenten mitten im Schwarm, fällt der Verdacht ohnehin auf die gefürchtete „akute Furunkulose". Verenden die Fische der Reihe nach und liegen ohne Möglichkeit auf Entsorgung am Teichgrunde, dann breiten sich Viren, Bakterien und der Wasserschimmel aufs Neue aus.

Inzwischen überzieht den Kopf des Tieres von der Verletzung ausgehend eine wattcartige Verpilzung mit gelblich gefärbten „Schimmelbüscheln". Total unappetitlich! Einer Schnecke gleich bewegt sich der geschwächte Fisch zur Teichgrenze. Er frisst vermutlich schon lange keinen Bissen mehr. Die Pilzfäden durchwuchern das Gewebe und greifen auch die Sinnesorgane an. Klatschen in seine unmittelbare Nähe die Köder aufs Wasser, zeigt der Wildfangsaibling lediglich einen müden Kurswechsel.

Mir scheint es unvorstellbar, dass der Bewirtschafter wegen ein paar kranker Fische gleich beim Amtstierarzt einen Seuchenalarm auslöst. Seine Teiche stehen mit der Ache nur über den Abfluss in Verbindung. Ein Aufstieg von laichwilligen Bachforellen ist nicht möglich, dafür könnte durch die Verbindung mit dem natürlichen Gewässer der Virentransfer zum Unterlieger leichtfertig riskiert werden. Nur ablassbare Teiche gewähren eine sichere Desinfektion nach der Trockenlegung. Zahlreiche kranke Fische sind kein Lob des Gewässers. Die Beseitigung der Kranken und Leichen ist unerlässlich, um die Unbedenklichkeit der Speisefische zu gewährleisten. Ein dichter Besatz ist oft die Ursache des Übels. Die Fische schwimmen in den flachen Teichen eng beieinander wie die Hühner in einer Legebatterie. Der dreidimensionale Lebensraum drängt sich leider zusammen und erhöht die Gefahr der Ansteckung. Seuchen finden im „Forellenstall" beste Voraussetzungen. Die bewusst karge Fütterung der Speisefische – sie stürzen sich ausgehungert auf alle Köder und gewährleisten den Umsatz – trägt mit Sicherheit keine Schuld an der Infektion vereinzelter Flossenträger. Eine reine Preissache ist hingegen die Qualität der Besatzfische. Oft wird durch eine stressige Transportsituation die Kondition der Tiere geschwächt. Das ist häufig der Grund für eine Anfälligkeit und öffnet die Schuppen für die mikroskopisch kleinen Todfeinde.

Der Vorschlag, der Besatzfischlieferung ein Unbedenklichkeitszertifikat der Wasserqualität beizulegen, scheiterte bis jetzt am massiven Widerstand der Zuchtanstalten. Erkrankte Fische bedrohen nicht unsere Gesundheit, behaupten sie überzeugend. Der Wirt ist von meinen Ansichten beeindruckt. Er verspricht mir, das anstehende Problem nach Abzug der letzten fischenden Gäste auf seine Art zu lösen. Mein Sohn und ich dürfen ihm beim Handwerk Gesellschaft leisten. In der geräumigen Fischerhütte steht eine uralte Kommode aus Zirbenholz. Sie birgt das Geheimnis in einer unscheinbaren, aber abgeschlossenen Schublade. Eingeschlagen in eine weiche Haut aus Rehleder liegt ein blitzblanker, großkalibriger Trommelrevolver. In seiner Nachbarschaft befindet sich eine bereits geöffnete Schachtel Magnumpatronen.

Wohl zehn Riesenschritte weit entfernt dümpelt flach unter der Oberfläche der todkranke Patient. Mit gestreckten Händen richtet er die Waffe auf das Opfer. Ein Donnerschlag zerfetzt die Abendstimmung. Das Echo rollt im engen Tal. Innerhalb eines kurzen Wimpernschlages, so bilde ich mir es ein, sehe ich Pulverrauch, Mündungsblitz und eine aufspritzende Fontäne. Die Wirkung der Waffe erschreckt uns Beobachter. Auch die Hausenten flüchten mit aufgeregtem Geschnatter Richtung Stallgebäude. Getroffen trudelt der Fisch eine halbe Schraube und schwebt allmählich an die Oberfläche. Das über den „Mönch" abfließende Wasser erzeugt einen leichten Sog mit zunehmender Strömung.

Allmählich driftet der Saibling in die Reichweite des langstieligen Keschers, den Gregor geschickt der Leiche entgegenstreckt. Die Leistung des Sportschützen, trotz der Erschwernis durch die Lichtbrechung, entlockt mir ehrliches Lob. Mein Sohn schüttelt immer noch ungläubig den Kopf und staunt mit offenem Mund. Er fischt den toten Seuchenüberträger aus dem Teich. Die Untersuchung setzt uns beide in Verblüffung. Trotz mehrmaligem Wenden finden wir keine Verletzung durch das Geschoß.

„Du musst stets tiefer zielen", meint der Jäger trocken. „Treffen ist nicht notwendig, Hauptsache, es zerreißt ihm die Schwimmblase durch die Druckausbreitung. Steil muss der Schuss fallen, sonst gellt die Kugel wie beim berühmten Preberschießen im Lungau aus dem Wasser. Noch am gegenüberliegenden Ufer hat der „Bleipatzen" eine tödliche Wirkung."

Die Gesetze der Optik bestätigen die Erfahrung des Weidmannes. Wechselt Licht von der Luft in das dichtere Medium Wasser, dann werden die Strahlen zum Lot gebrochen. Die Peilung mittels Augen verläuft schnurgerade zum Objekt, aber tatsächlich steht der Fisch tiefer. Aus der Neigung des Betrachtungswinkels ergibt sich der Unterschied. Angenommen, der Blick fällt von einer Brücke aus senkrecht auf einen zu beseitigenden Brutfresser, dann hängt der exakte Treffer nur von der Visierkunst des Schützen ab. Es gibt keine Abweichung, nur die Standtiefe entscheidet über den Erfolg.

Wahnsinn! Das Schlüsselerlebnis öffnet mir mit einem Schlag die Lösung für mein Problem im Baggerteich. Seit Jahren stehe ich mit einer kapitalen Regenbogenforelle auf Kriegsfuß. Sie treibt ihr Unwesen in meinem als Biotop gestalteten zweiten Teich. Ungeniert frisst sie mir das Lebendfutter für die Reiher weg und verschont auch nicht die durch den Rechen geschlüpften Forellensetzlinge. Schlau genug hat die Kannibalin jede Nachstellung überlebt.

Die fliegenden Fischfresser haben ein gutes Gespür und scharfe Augen für die im eigentlich zu kalten, klaren Wasser schwimmende Kost. Regelmäßige Kontrollbesuche – ich darf meine Forellen daheim nicht verhungern lassen – bestätigen die rasche Annahme der Verpflegungsstation. Bei meiner vorsichtigen Annäherung streichen ständig ein paar Vögel aus der Deckung des Schilfs. Sie ziehen gelassen zum nächsten Gewässer oder gleiten in der Nachbarschaft auf den feuchten Wiesen zu Boden. Die mit Stecklingen vermehrten Weiden am Ufer meiner Teiche sind noch zu schwach entwickelt, deshalb landen die Reiher auf dem Giebel des unbenützten Heustadels in unmittelbarer Wassernähe. Ihre flüssigen Exkremente überziehen als weiße Krusten das Betongrau der Dachziegel. Der Flugverkehr der eleganten Jäger ist eindeutig mit der aktuellen Besatzdichte der Weißfische gekoppelt.

Mein Nachbar ist ein alpenländisches Original. Mit verbissener Ausdauer werkt er am Aufbau riesiger Brennholzvorräte. Respektlos heult die Kreissäge auch während der Mittagsstunden. Die fast liebevoll genormten und gespaltenen Scheite schmücken das alte Haus in zwei Himmelsrichtungen und lassen nur die kleinen Fenster offen. Auf der obersten Schicht liegen genüsslich faul die vielen Katzen. Angelockt von üppigen Futtergaben in Suppenschüsseln vor der Haustüre, hält der Zustrom der Samtpfoten aus der ganzen Nachbarschaft unvermindert an. Sterilisieren kommt dem Mann aus Kostengründen nicht in den Sinn. Zur gelegentlichen Bestandskontrolle des Katzenvolkes greift der Kleintierfreund schließlich zum Kleinkaliber. Während des feierlichen Glockengeläuts von der nahen gotischen Dorfkirche regelt der Scharfschütze den überzähligen Viehbestand. Weder List noch Bestechung in Form von Naturalien sind notwendig, um meinen Nachbarn zur Eliminierung der Räuberin zu bitten. Seit Tagen verzichte ich vorbeugend auf die Futtereinwürfe, um den „Killerfisch" in die tödliche Falle zu locken. Er soll sich in Ufernähe hungrig auf die Pellets stürzen und dem Schützen ein leichtes Ziel bieten. Zwei große Wasserbausteine, mit konischer Flanke eng gesetzt, sorgen für einen Staudruck der Quellschüttung und durch den Düseneffekt für eine moderate Strömung im Folgeteich.

Auf chaotischen Wegen kreuzt der Todeskandidat den Baggerteich. Vielleicht ahnt er mit seinen Sinnen die ungewöhnliche Situation. Nie stehen bei der Fütterung zwei Schatten am Ufer. Instinktiv dreht der Fisch vor unserem Standort ab und schert seitlich aus. Mein organisierter Heckenschütze lauert mit der Waffe im Anschlag. Er verfolgt im Visier den ziehenden Fleischfresser. Der Lauf der Büchse irrt kreuz und quer über die Fläche des Teiches. Unermüdlich treibt es den gierigen Fisch zu den wenigen schwimmenden Futterhappen. Anstatt die Kost einfach mit offenem Maul auf kurzen Wegen von der Oberfläche zu schlürfen, taucht er nach jeder Portion blitzschnell ab, zieht kurz in das fließende Wasser und stößt aus der Tiefe kommend, ähnlich einem Hai, neuerlich auf die treibenden Lockmittel zu. Die stete Unruhe des hochaktiven Fisches nervt den Schützen. Flüche und laute Kommentare begleiten die Szene. Es kommt, wie es kommen muss.

Der Experte für entspannte Fellträger verlagert seine Waffe, ganz nach Art klassischer Westernhelden, auf Höhe der Hüften. Meine letzten Futterreserven schicke ich wie kostbare Perlen stückweise mit der Strömung in die Weite. Die Treiblinie der schwimmenden Nahrungskette soll dem

Kleintierjäger das Ansprechen erleichtern. Das driftende Trockenfutter im Auge, stürmt die wohlgenährte Regenbogenforelle mit aufgerissener Maulspalte dem Schützen frontal entgegen. Ihre Bugwelle versetzt die ersten „Presslinge" in eine Schaukelbewegung. Einen winzigen Tick zu spät zuckt der Finger am Abzug. Der Fisch dreht bereits wieder ab und mit Entsetzen höre ich den Einschlag des Geschosses auf der Informationstafel am gegenüberliegenden Ufer. Trotz aller Beteuerungen des Waffennarren sind der Druck und die Geschwindigkeit der Kugel zu schwach, um das Projektil in den Teich zu jagen.

Der gescheiterte Versuch und mein Respekt gegenüber der zähen Kreatur verschaffen der Kapitalen viele Monate lang Schonzeit. Sie frisst ungeniert weiterhin die regelmäßig eingebrachten Futterfische. Die gefiederten Fischjäger weichen aus. Sie vergreifen sich im ersten Teich an den Edelfischen und hinterlassen zahlreiche angeschlagene Opfer. Meine sprichwörtliche Geduld wandelt sich allmählich in Mordlaune. Vertrauensvoll klage ich dem befreundeten und aufgeschlossenen Gemeindejäger meinen Unmut über die Gefräßigkeit der „Killerforelle". Der sichere Abstand meiner Himmelteiche zu den ersten Häusern der Salzachsiedlung erleichtert seine Zustimmung.

Zweimal denselben Fehler zu machen liegt mir nicht, deshalb liefere ich mit offener Heckklappe eine Stehleiter zum Teich. Die Masse der Projektile aus einer Schrotpatrone, üblicherweise für Hasen eingesetzt, soll mir mit dem steilen Einschusswinkel, von der obersten Treppe aus abgefeuert, endlich das Übel aus der Welt schaffen. Ich pfeife auf den Umweltschutz und die Bleiverseuchung des Gewässers. Exakt zwei Millimeter beträgt der Durchmesser der Bleischrote und das Gesamtgewicht der Kugelmenge liegt bei 32 Gramm. Die Flächenabdeckung durch die Streuung der Schrote sowie die geringe Entfernung der schwimmenden Zielscheibe sind Bürgen für den Erfolg.

Mehr als hundert genormte Bleiperlen zerfetzen die Oberflächenspannung. Das Wasser brodelt und spritzt. Meine Wahrnehmung jubelt endlich über die Erlösung von dem Vielfraß. Mit weiter Pupille erfassen meine Augen hingegen ein völlig anderes Bild. Wirkungslos verebbt der Kugelhagel als Flächenbombardement. Der starke Fisch reagiert blitzschnell auf die Fortpflanzung der Druckwelle. Pfeilschnell strebt er, vermutlich ohne Verlust einer Schuppe, kraftvoll die tiefste Stelle des Baggerteiches an. Verdammt! Mein angeheuerter Schütze schaut ungläubig in seine Bockbüchsflinte – die beiden Läufe liegen aufgebockt übereinander montiert – und mit geballter Faust schwört er dem Vieh blutige Rache bei nächster Gelegenheit.

Der erfolglose Kampf mit untauglichen Waffen zwingt mich zum Aushecken eines neuen Schlachtplanes. Ab sofort müssen sich die Reiher mit frischen Besatzlieferungen gedulden. Dafür verwöhne ich den Fisch mit regelmäßigen Hungerportionen täglich zur selben Abendstunde. Heimtückisch baue ich neues Vertrauen auf. Stück für Stück plane ich den Leichenschmaus. Allmählich locken die mageren Futtergaben das Tier wieder in höhere Wasserschichten. Der geplante Einsatz des Teilmantelgeschoßes mit dreifacher Schallgeschwindigkeit löscht das Leben der Riesenforelle mit Sicherheit, ohne Wenn und Aber, aus. Mit rund 3.500 Kilometern pro Stunde erzeugt das Geschoß eine explosionsartige Ausbreitung der Schockwelle. In erster Linie hängt die Wirkung der Wucht von dem Tempo ab und wächst, physikalisch leicht zu berechnen, mit dem Quadrat der Geschwindigkeit.

Zäh wie eine Katze mit neun Leben kämpft die Killerforelle ums Überleben. Der hormonelle Ausnahmezustand treibt sie auf verrückten Wegen durch den Himmelteich. Springt sie einmal in wilder Serie mehrmals hoch aus dem Wasser, dann taucht sie anschließend bis zu den mit Algen überzogenen Steinen auf dem Boden und wühlt, aus der Schwimmachse gekippt, mit der Flanke den feinen Schlamm zu trüben Wolken auf, um sich postwendend wie ein Silberpfeil in den botanischen Dschungel der Laichkräuter zu stürzen. Rastlos verpufft sie ihre Energie. Ich zolle ihrer Lebenskraft ehrliche Bewunderung und spüre gleichzeitig reichliche Genugtuung über das ersehnte Ableben der jahrelang aktiven Kannibalin. Schließlich leben auch Maden im Speck nur eine begrenzt Weile in ihrem Paradies.

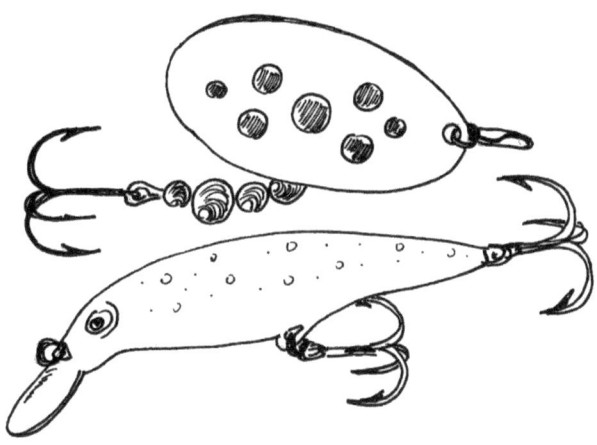

LACHSFORELLE

Zwiespalt

Von den Dächern blubbern es die Fische. Einer Springflut ähnlich fegt das Gerücht durch das Dorf. Eigentlich ist es nur mehr die Bestätigung redseliger Plaudertaschen, dass der Obmann der Fischereigenossenschaft Stubach rund zwanzig Stück kapitale Lachsforellen als Lockfische in den Stausee besetzt hat. Die Jahreskartenbesitzer schlecken sich die Finger. Die Lizenzwerber der Tagesscheine stürmen die Ausgabestellen. Fast einen Purzelbaum schlägt das hervorragende Geschäft. Zu Saisonbeginn ist der Bergsee von den Fleischfischern umzingelt. Unglaubliche Drillgeschichten mit den Kalibern kursieren in der Szene. Frühaufsteher und Spätheimkehrer, in einer Person vereint, belagern mit verbissener Ausdauer die Verdachtsplätze. Müll, leere Madendosen und klebriges Käsepapier, von respektlosen Zunftmitgliedern als unnötige Hinterlassenschaft entsorgt, erlauben Rückschlüsse auf deren Geisteshaltung. Rauchende Feuerstellen verraten den Ansitz fanatischer Kampffischer auch während der Nachtstunden. Andere Leute sprechen wiederum mit Verachtung von dem Forellenzirkus.

Ich müsste lügen, würde ich behaupten, dass mich der Zirkus mit den gemästeten Lachsforellen nicht berührt. Die schweren Brocken versprechen einen tollen Tanz am leichten Gerät. Eigentlich stehen meine Chancen eher schlecht, dass ich mit großen Nassfliegen oder Streamern einen kapitalen Fisch auf die Schuppen und in die Bratpfanne legen könnte. Zu gering ist meine Reichweite mit der Flugschnur. Spinnfischer erweitern gar mit Wasserkugeln als fliegende Bomben ihre Wurfdistanz und suchen fächerförmig den Stausee nach den hungrigen Fischen ab.

Den Tieren verbleibt keine Zeit, sich an den Schwellbetrieb und an den ausbleibenden Brauch der Trockenfütterung anzupassen. Verunsichert und unerfahren vergreifen sich die Neuen des Fischbestandes an den vermeintlichen Leckerbissen. Kaum der Enge der Haltungsbecken entronnen, die Weite des neuen Lebensraumes und der Selbstständigkeit noch nicht erfasst, endet ihre kurze Freiheit durch Unerfahrenheit.

Das strikte Verbot der Lebendköder findet bei einigen „Filetsammlern" wenig Verständnis. Fingerlange Pfrillen, raffiniert an der Oberlippe gehakt, hängen austariert an schlanken Schwimmern in der Nähe der Staumauer und des Grundablasses. Ganz verrückt sind die Leute auf die besetzten „U-Boote" mit Schuppen. Der Wirbel am See ist nicht nur geprägt von der Invasion von Fischern unterschiedlichster Motivation, sondern auch von einer erheblichen Verkehrsfrequenz. Regelmäßig tauchen Familienmitglieder gar mit Mountainbikes und Kleinmotorrädern auf, um angeblich ihre Angehörigen mit Verpflegung und Durstlöschern zu versorgen. Pralle Säcke wechseln die Hände. Häufig reisen Fische als Leergebinde getarnt, quasi als blinde Passagiere, die vielen Kehren der Bergstraße talwärts.

Der Beifang reibt sich stundenlang gestresst im Setzkescher. Stärkere Exemplare ersetzen die alten Gefangenen, die erschöpft in die neue Freiheit taumeln. Die Monsterforellen treiben viele Kollegen zur unglaublichen Ausdauer am Wasser sowie zur Missachtung des fremden Fischereirechtes.

Das Brittelmaß ist für die Ausübenden der Fischerei kein Fremdwort. Sie verstehen darunter eine schriftlich oder mündlich festgelegte Maßeinheit, unter deren Länge kein Fisch behalten werden darf. Untermaßige Fische finden oft den gewaltsamen Tod. Das bedauernswerte Opfer hat dann unvorsichtigerweise den Köder samt Haken geschluckt oder der Kleinfisch hat sich in seiner Gier überschätzt. Als Folge schaut ein Hakenbogen des übertriebenen Drillings gar durchs Auge. Das Pech zwingt den Fänger zur blutigen Operation, meistens am lebendigen Opfer. Um der Kreatur das qualvolle Verenden zu ersparen, so lautet die beliebteste Ausrede, schlägt der Gewitzte den Fisch ab und den behördlichen Bestimmungen ein Schnippchen. Erfahrene Aufsichtsfischer kennen die berühmten Geschichten zur Genüge. In krebsreichen Gewässern steht häufig die Empfehlung auf der Lizenz, dass Verletzte und Jungfische zumindest halbiert werden müssen, um mit ihrem unwiderstehlichen Duft als Frischfutter für die gepanzerten Ritter zu dienen. Angeblich stammt der Begriff Brittelmaß bereits aus dem Mittelalter. Die Verpflegung durch Fisch stand hoch im Kurs. Anhand eines genormten „Brettes" als praktischem Maßstab wurde den halbstarken Fischen das Weiterleben und Wachsen gewährt.

Als beeidetem Fischereischutzorgan steht mir laut „Salzburgs Fischerei in Recht und Gesetz" eine Reihe von Befugnissen zu, um die Beaufsichtigung des Fischwassers zum Nutzen der Fischerei zu gewährleisten. Eine Dienstwaffe zu beantragen, käme mir aber nie in den Sinn. Wahrlich am Herzen liegt mir der rechte Artenschutz. Es behagt mir nicht, wie ein Spion aus dem Hinterhalt Frevlern aufzulauern. Augenmaß, das Gespür für die aktuelle Situation und eine vernünftige Gesprächsbasis sind mir wichtiger, als wild auf dem Amtsschimmel zu reiten. Hält sich der Gesichtsverlust des Schwarzfischers in Grenzen, dann besteht nach der Schadensbegleichung Hoffnung auf Einsicht und Läuterung. Unbelehrbare sterben nie aus. Ich bin nicht der verlängerte Arm des befreundeten Bewirtschafters, auch stehe ich nicht in finanzieller Hörigkeit. Die Freiheit am nassen Vergnügen erhalte ich mir bewusst durch den regelmäßigen Erwerb der Jahreskarte zum regulären Preis.

Ich spüre nicht den Rausch der Macht, wenn ich mit meiner Unterschrift auf der Lizenz der Kontrollierten ihre rechtmäßige Ausübung bestätige. Lieber fische ich selber an freien und vielversprechenden Stellen und begnüge mich mit der Beobachtung von Verhaltensauffälligkeiten. Persönliche Freiheit gewährt mir der tolerante Abstand.

Eine Blockhalde aus mächtigen Steinen, sie sind schon lange wieder am Kopf mit Heidelbeergestrüpp und Polstern von Almrausch bewachsen, drängt den Weg direkt ans Steilufer des Speichersees. Die Neigung des Bergsturzmaterials setzt sich in den gestauten Bereich fort. Arbeiten die Turbinen das Wasser ab, dann tauchen vereinzelt wie Inseln oder Spitzen von Eisbergen markante Felsen auf. Die Eroberung der Minieilande bietet ausgezeichnete Standplätze. Sie gewähren Freiheit beim Rückwurf in alle Himmelsrichtungen.

Ein Kerl ist so beschäftigt, dass er bei meinem üblichen Gruß beinahe durch die Körperverdrehung von der felsigen Plattform strauchelt. Sein Fluch fällt mit meinem erstaunten Ausruf zusammen. Es ist mein uralter Kindergarten- und Volksschulfreund. Gemeinsam haben wir die harte Schulbank verziert und die Ausübung der Lausbubenstreiche in vollen Zügen genossen. Aus den Augen, aus dem Sinn, das trifft auch für unsere starke Kindheitsbeziehung zu. Ausbildung und Berufszweig sind die wesentlichen Gründe für das Zerbröckeln der alten Blutsbrüderschaft. Jahrzehnte liegen die unbeschwerten Tage zurück und die wenigen flüchtigen Kontakte hinterließen keine Spuren. Doch die Fischerei verbindet und wir führen ein längeres Gespräch.

Geduld ist nicht seine Stärke. Hektisch saugt er an seinen Zigaretten und hängt dabei einen Spinner mit Perlmutteffekt an den Karabiner. Seine Aufmerksamkeit gilt wieder der Jagd auf die „Besatzungeheuer". Das Gespräch verebbt zunehmend. Ich suche mir in seiner Nähe einen aufgeheizten Felsen als bequemen Lagerplatz. Brav wie ein wartender Jagdhund beobachte ich seine Bemühungen. In den Mastbetrieben dösen die kapitalen Forellen bewegungsarm direkt in Bodennähe. Sie brauchen keine Energie zur Futtersuche und fressen sich als versorgte Haustiere kugelrund. Die Beckentiefe beeinflusst das Schwimmverhalten in Besatzgewässern anfangs mit Sicherheit. Gletschermilch trübt das Wasser. Bestens getarnt erkunden die Fische ihre neue Grenze und halten sich in der gewohnten Tiefe auf. Unausgelebt und unerfahren ist ihr Raubfischinstinkt. Frustriert durch die ausbleibende Verpflegung, vergreifen sich die Ahnungslosen an den gröbsten Ködern. Sie haben keine Zeit zum Lernen. Tödlich endet jeder Irrtum.

Meine Anwesenheit bringt meinem Bekannten Glück. Tatsächlich greift eine Lachsforelle den flach geführten Spinnköder an. Bombenfest am erlaubten Drilling hängt der Fisch. Ohne viel Federlesen verläuft der kurze Kampf. Ehe der verdutzte Mastfisch seine bedrohliche Situation richtig versteht, zieht ihn der Fänger über den Ring des Keschers. Das Hakenungetüm hängt in der Maulspalte und klammert beide Kiefer zu. Noch im Wasser ist die Atmung eine Schinderei. Kaum zu bändigen ist das Kraftbündel an Land. Die Operation ist für das Tier quälend, das Ausdrehen der Haken hinterlässt tiefe Fleischwunden. Ich vermeine, Geräusche des Schmerzes gehört zu haben.

Vergleichbar mit der Hülle eines Wiener Schnitzels ist die Schleimhaut des Fisches bereits mit Schmutz und Sand paniert, ehe er im geräumigen

Setzkescher landet. Ich kann es anfangs nicht glauben, aber im Netzgefängnis krümmt sich vor Platzmangel bereits ein kapitaler Fisch und verdrängt mit seiner Masse zahlreiche Artgenossen der Regenbogenforellen im Portionsmaß. Die Situation ist mir unangenehm, aber ich möchte der Konfrontation auf keinen Fall ausweichen. Eingebettet in das schmale Hochtal, liegt lang gestreckt der Stausee, und neidvolle Zeitgenossen beobachten die Szene mit Argusaugen aus der Nachbarschaft oder vom gegenüberliegenden Ufer aus. Mein Hinweis auf die Fangbeschränkung und die klaren Regeln der Entnahme kümmern den Delinquenten nicht die geringste Flosse. Verärgert schnippt er seinen „Sargnagel" halb verqualmt ins Wasser. Ein Schwall von frustbeladenen Sätzen über die Gesetze sprudelt aus seinem verhärmten Munde. Hart wie das Urgestein, auf dem er steht, sind seine Bemerkungen. Meine Schlichtungsbemühungen scheitern und ich melde den Vorfall der Fischereigenossenschaft.

Weder Alpenlachs noch Lachsforelle sind eigene Gattungen. In Zuchtanstalten oder Mastbetrieben wachsen diese hybriden Saiblinge und Regenbogenforellen als Speisefische über den üblichen Tellerrand hinaus. Die Tiere werden weiterhin wie Schweine gemästet. „Astaxantin" gehört zur Familie der Carotine. Die Farbpigmente haben leider, wirtschaftlich betrachtet, keine lange Verweildauer im Muskelfleisch, deshalb erfolgen die gezielten Beimengungen zum Futter erst wenige Wochen vor dem Schlachttermin. Fettreiche Substanzen sorgen in den Pellets für den nötigen Auftrieb, damit ja nicht der Schlüssel zwischen Futtereinsatz und Fleischzuwachs durch das Vergammeln am Boden gemindert wird. Das prächtig gefärbte Fleisch lässt uns Verbrauchende vergessen, dass die Lachsforellen eigentlich nur alte und „geschminkte" Fische sind. Die Möglichkeit der künstlichen Farbstoffherstellung und die Beimengung zum Fischfutter erleichtern die augengefällige Fleischveredelung. Früher verwendeten die Produzenten Abfälle und Schalen von Krustentieren. Das appetitliche Orangerot in den Muskelfasern verführt die Kundschaft.

Das Leben läuft im Kreis. Scheinbar abgeschlossene Erlebnisse tauchen aus dem Unterbewusstsein unverhofft wieder auf. Ursächliche Zusammenhänge erhalten erst im Rückblick ihr Gewicht.

Ein Netz von kräftigen Venen überzieht die Euter der ausgemergelten Superkühe. Ob es den Rindviechern peinlich ist oder ob sie bereits an den ungesunden Rekorden der Milchproduktion leiden, ist mir unklar. Ausgeprägte Krampfadern auf meinen Füßen belasten nicht nur die Optik. Bewegungsmangel schließe ich persönlich aus, eher fällt der Verdacht auf ein nachteiliges Vererbungsgeschenk. Meine Mutter ist stolz auf ihre aalglatten Beine, hingegen litt mein Vater ständig an den Entzündungen der Varizen, trotz eines ausgefüllten Arbeitstages.

Eitelkeit ist nicht der Grund für meine Operation. Vielmehr belastet mich die Verletzlichkeit auf meinen naturverbundenen Reisen. Meine Stammvarizen zieren ungesund die Innenseite der Oberschenkel. Die Ausdehnung der venösen und zartwandigen Blutgefäße stört zunehmend die Aufgabe der Venenklappen. Gegen die Schwerkraft kämpft das Blut während der oft sitzenden Berufsausübung und sackt bis auf Höhe der Halbschuhe ab. Allenthalben die schlanken Fesseln vertuschen die geschwollenen Beine, welche das Wohlbefinden durch andauerndes Kribbeln beeinträchtigen. Der Leidensdruck muss erst ein gehöriges Maß überschreiten, damit ich die Warnungen des besorgten Freundes und Arztes ernst nehme. Geschwüre, offene Beine oder gar die Gefahr von Thrombosen könnten das Stillen meines Fernwehs urplötzlich verhindern. Deshalb lege ich mich im Winter, geläutert durch schmerzhafte Erkenntnis, freiwillig ins Spital, um das erste Bein zu operieren. In den kalten Monaten ist der Stützstrumpf, hoch bis in die Leiste, als Kompression leichter zu ertragen.

Totenstill ist es bereits im Spital. Ich kann nicht schlafen und trainiere im Stiegenhaus der Gefäßchirurgie das Bein. Eine mir bekannte Frau, bekümmert und mit feuchten Augen, schleicht mir entgegen. Der Zufall, ich spüre es, führt heimlich Regie. Verdutzt bleiben wir stehen und die Leidende klagt über ihr Schicksal. Ihr Mann, mein Kindergartenfreund, liegt, von Metastasen in lebenswichtigen Organen überwuchert, im Sterben. Zuerst behält sie die Fassung, dann fließen die Tränen und die Worte. Er hat, so erzählt sie, schon immer wie ein Schlot geraucht. Täglich eine Packung Zigaretten reichten nicht und die Bedenken bezüglich Lungenkrebs-Risiko hat er einfach in die Luft geblasen. Die jährlich erduldete Gesundenuntersuchung, auf Wunsch und Besorgnis der Kinder durchgeführt, lieferte überraschend gute Blutwerte. Er betrachtete das Laborergebnis als Freibrief. Mit Genuss qualmte er unbeeindruckt weiter. Vor rund einem halben Jahr, so erinnert sich die Frau, bekam er überraschend hohes Fieber, das ansatzlos und ohne Schmerzen als Vorwarnung vor allem während der Nacht für heftigen Aufruhr sorgte. Der Befund ist erschütternd. Er trifft die Familie wie ein Blitz aus heiterem Himmel: Lungenkrebs! Die Zellen der Schleimhäute in den Lungenbläschen sind durch die chronischen Entzündungen genetisch verändert. Die Warnungen auf den Zigarettenschachteln hat er immer ignoriert. Die Regulation des normalen Absterbens, die Erneuerung und das Wachstum der Zellen, sind nachhaltig zerstört. Aggressiv wuchern die Metastasen. Das Lungenkarzinom frisst schleichend das Organ. Für eine Operation war es leider zu spät, aber in die Chemotherapie hat seine Familie die letzte Hoffnung gesetzt.

Die Arbeiten auf den Baustellen haben ihn abgehärtet, meint sie ausholend. Weder sind ihm bei der Therapie die Haare ausgegangen, noch hat er unter den Nebenwirkungen wie Übelkeit, Durchfall oder Brechreiz gelitten. Er hat einen Saumagen. Hätte er abends Reißnägel gegessen, so wäre am nächsten Tag sein Stuhlgang trotzdem stinknormal. Die chemischen Bomben, eigentlich starke Zellgifte, haben den Durchmesser der Tumore erfolgreich schrumpfen lassen. Leider ergaben ergänzende anschließende Untersuchungen mit Hilfe der Magnetfeldresonanz und der Computertomographie bereits Tochtergeschwülste in der Bauchspeicheldrüse. Wahnsinnig rasch breiten sich die Wucherungen aus. Die Erweiterung der Behandlung mittels Strahlentherapie und des Einsatzes neuester Medikamente kann den raschen Verfall nicht mehr stoppen. „Wir beten bereits für unseren Papi um Erlösung durch den Tod", so ihre sinngemäßen Worte.

Die Frau erwirkt für mich beim diensthabenden Oberarzt eine Besuchsgenehmigung und ich darf den Todkranken, wenn ich es psychisch aushalte, im Einzelzimmer besuchen. Erschüttert verspreche ich den Freundschaftsdienst. Der Tod blickt mich an, als ich nach dem langsamen Öffnen der Türe das Wrack des Menschen in fast sitzender Stellung erblicke. Abgemagert bis auf die Knochen, eine Haut wie Meissner Porzellan und eingefangen in ein Gewirr von Technik. Schläuche, Leitungen und Kabel vernetzen das Leben in den letzten Zügen mit den Kontrollgeräten. Schwach und ausgemergelt vom langen Kampf gegen die zerstörerische Kraft falsch programmierter Zellen, hebt er kaum merklich zum Gruß die Finger von der Decke. Trotz einer dicken Vaselineschicht auf den Lippen kann ich anfangs das Gemurmel aus dem trockenen Mund nicht verstehen.

Er ist besorgt um meinen frisch angelegten Verband und bietet mir den Platz am Fußende seines Bettes zum Hochlagern an. Ich richte es mir gemütlich ein und bin berührt von seiner Anteilnahme. Geistig erlebt er bewusst seinen schrittweisen Zerfall und erträgt das Siechtum durch die Stärkung der letzten Ölung aus den Händen des ehemaligen Dorfpfarrers. Wir wärmen uralte Geschichten aus unseren gemeinsamen Kindertagen auf.

Zwischen seine flache Atmung wirft er ein paar ergänzende Wortbrocken ein und der Schimmer eines flüchtigen Lächelns verzieht seinen Mundwinkel. Mitten in meiner sanften Unterhaltung verdrehen sich seine Augäpfel, die weiße Haut nimmt den Platz der Iris ein und die Lider senken sich zart wie Schneeflocken. Neuerlich öffnet er unter Anstrengung einen Spalt weit seine Augen, um anschließend wieder minutenlang in den Traumzustand abzugleiten. Ich bin verwundert über meine Stärke angesichts des Todgeweihten. Es verunsichert mich. Die Gedanken kreisen um die Frage „Warum?", während ich am Sterbebett wache.

Der Schlaf ist der löbliche Gehilfe des Todes. Er überbrückt das Warten. Leicht wie eine Feder streichle ich seine knöcherne Hand. Ich wage es nicht, mich zu bewegen, um ihn in der Dämmerung heimlich zu verlassen. Immer wieder kehrt er für kurze Wachphasen zurück und knüpft sinngemäß richtig an das unterbrochene Gespräch an. Erst als das Häufchen Elend – nur die Impulse der Überwachungsinstrumente setzen das rhythmische Zeitmaß und ticken anstelle des schwachen Herzschlages – lange Zeit keine Reaktion mehr zeigt, schleiche ich mich aus dem Raum. Aufgewühlt werfe ich mich auf mein Bett. Die erlebte Hilflosigkeit gräbt Löcher in den Damm der eigenen Schutzmauer. Gott mischt sich offensichtlich im Leben nicht ein, wie Elend, Leid, Katastrophen und Kriege täglich beweisen. Heftig erschüttert wird mein religiöses Weltbild. Vereinzelte Tropfen benetzen die Wangen. Später fließen die Tränen hemmungslos und ohne falsche Scham. Schmerzfrei, so versichert mir die zufällig auftauchende Nachtschwester glaubhaft, ist sein letzter Kampf. Der Drogenmix aus der Infusionsflasche betäubt das Leid. Aber auch sie kann mich nicht trösten.

Das Schicksal, positiv betrachtet, hat mir die Chance gewährt, meine eigene Trauerarbeit nachzuholen. Irgendwie haben mich ständig eine Art von schlechtem Gewissen, moralische Verpflichtungen oder schlichte Schuldgefühle gepeinigt. Meine Familie erlebte hautnah den Zusammenbruch meines Vaters durch endgültiges Nierenversagen, trotz der regelmäßigen Blutwäsche. Ich vergnügte mich zur selben Zeit weit im Westen von Alaska auf einer abenteuerlichen Flusstour auf dem Stuyahok. Er ist ein wasserreicher Zubringer des berühmten Mulchata River. Im Busch funktioniert das Handy nicht, außerdem steht das Netz der Schüsseln und Satelliten in der Weite der großartigen Wildnis auf verlorenem Posten.

Einem einstürzenden Kartenhaus gleich prasseln meine phantastischen Erlebnisse in sich zusammen, als meine Frau mir in der Ankunftshalle des

Münchner Flughafens die schlechte Nachricht überbringt. Viele Untersuchungen bestätigen, dass Bewegung das Krebsrisiko erheblich verringert. Ein intaktes Immunsystem und ein reduzierter Fettgürtel um die Hüften regen den gesunden Hormonfluss an. Die in den Genen gespeicherte Entwicklungsgeschichte lässt sich vor dem Fernsehschirm nicht löschen. Auch Sportübertragungen leisten keinen Beitrag zur Kalorienreduzierung. Gravierende Einschränkungen des immer noch virulenten Jagd- und Sammlertriebes treiben uns auf Dauer schleichend in gesundheitliche Probleme.

Ich denke und grüble. Gott reicht mir kein Zeichen. Er antwortet mir nicht auf meine vielen Fragen über die Gerechtigkeit und den Sinn des Leids. Einem Vieh, sogar dem geliebten Wellensittich, erspart der wahre Tierfreund das Siechtum im Alter oder nach Flugunfällen. Das Gift der Spritze verkürzt die Qual. Warum müssen Menschen so jämmerlich und entwürdigend aus dem Leben scheiden? Ist der mit Geduld ertragene Darmausgang nicht schon Strafe genug?

Aus meinen Übungsschritten im Zimmer wird, ich kann es nicht erklären, allmählich eine rhythmische Bewegung zur Musik aus dem Lautsprecher am Kopfende des Bettes. Der Jazz-Walzer – ich habe die Melodie als Fagottist mit der Kapelle auch schon gespielt – knackt endgültig den eigenen Schutzmantel. Tränen gleiten salzig über die Wangen, als ich mich mit engen Bandagen um das frisch operierte Bein im Dreivierteltakt im Kreise drehe. Die moralischen Bedenken, dass ein alter Jugendfreund vermutlich die bittersten Stunden seines Lebens durchsteht und ich wie von der Tarantel gebissen das Tanzbein schleife, verblassen durch Gefühlswallungen. Der eigene Schmerz durch die überdehnten Narben und blutverklebten Tupfer stachelt nur meine zunehmende Wildheit an. Mein Körper drückt aus, was der Geist nicht begreifen kann. Ich kann es nicht beweisen, aber ich spüre das Makabre eines Totentanzes. Gefühlsmäßig erlebe ich mit allen Sinnen den Verlust des Menschen, der im selben Stock, nur einen Quergang weiter, an der letzten irdischen Schwelle steht.

Eine halbe Nacht später, an meinem Entlassungstag, wird mir der Besuch verwehrt.

TAIMEN

Pein am Polarkreis

In der zentralsibirischen Region Krasnojarsk liegt die Hafenstadt Igarka. Gut hundert Seemeilen trennen das Herzstück der Holzverarbeitung vom nördlichen Polarkreis. Zur Blütezeit wurden jährlich mehr als eine Million Kubikmeter Holz aus der Taiga auf die Hochseeschiffe verladen. Einige Male, so erzählt mir der Dolmetscher, wüteten katastrophale Feuer und vernichteten gewaltige Lagerbestände. Viele armselige Blockhäuser sind Opfer der verzehrenden Flammen. Kaputte Glasfenster stecken in den versengten Balken. Allein das zerstörte Dach liegt ausgetauscht als Haufen neben dem betroffenen Trakt. Der achtlose Umgang mit dem Feuer ist allgegenwärtig.

Einen Kontrast zu den schäbigen Holzhütten bilden die gesichtslosen Wohnblöcke der Neustadt. Die Fluglöcher unserer heimischen Bienenhäuser strahlen mehr Lebensfreude aus als diese faden Plattenbauten. Fünf Stockwerke hoch reichen die gestreckten Klötze auf Stelzen im Permafrost. Wie ein Ei dem anderen gleichen sich die hässlichen Gebäude.

Lächerliche fünfundzwanzig Meter Seehöhe trennen die als Sägewerk zwischen den beiden Weltkriegen gegründete Stadt am mächtigen Jenissej vom Meeresspiegel. Jede Vertiefung im Landschaftsprofil und jede sumpfige Wasseransammlung darf die in Massen anfallenden Rindenschnitzel und die Abfälle der Sägeindustrie bis zur Einebnung schlucken. Reicht der Platz nicht mehr aus, dann werden wahre Holzberge aufgetürmt. Entlang der von der Kraft des Permafrostes versetzten Straße aus massiven Betonplatten verläuft im parallelen Schwung eine breite Böschung aus Rindenmulch. Kunststoffzeug, Flaschen und Dosen sowie Sperrmüll säumen den rekordverdächtigen Komposthaufen. Der Niedergang des Umschlagplatzes für Holz lässt sich am rapiden Schwund der Einwohnerzahlen messen. Innerhalb weniger Jahrzehnte wanderte die Hälfte der Bevölkerung aus der trostlosen Region ab. Nur die Entdeckung neuer Bodenschätze oder die Ausbeutung der Erdölfelder in Wankor kann den Niedergang stoppen.

Igarka, in rund zwei vollen Flugstunden von Novosibirsk aus erreichbar, ist der Ausgangspunkt zur Taimenpirsch im sibirischen Niemandsland. Der Flughafen liegt auf einem brettflachen Landstück. Vom Flugzeug aus betrachtet, gleicht das Areal dem Großbuchstaben „D". Ein breiter Arm des Flusses, er kann sich mit der Donau auf Höhe der berühmten Wachau messen, umrundet im Halbkreis die abgeschirmte Insel. Die gerade Kante des Eilandes grenzt an die mächtigen Wassermassen des Jenissej an, der sich träge und bleiern Richtung Norden in die Karasee wälzt.

Nur die Technik der Sibirischen Holzbaukunst hält das erbärmliche Flughafengebäude noch in den Fugen. Zum Himmel stinkt das papierlose Plumpsklo. Schwärme von metallisch glänzenden Fliegen laben sich an den zugänglichen Fäkalien. Die Latrine ist vom Hauptgebäude aus gutem Grund getrennt. Es wird uns strikt verboten, mit Ausnahme des Notdurftweges zum sprichwörtlichen Scheißhaus, die Rumpelpiste zu verlassen. Ein dichtes Netz aus Asphaltfugen verbindet die vom Frost verschobenen Betonplatten. Sie sind ein harter Test für jedes Fahrwerk. Der Dauerfrost ist schwer zu beherrschen.

Unter Spionageverdacht fällt das Knipsen von Bildern. Jeder Versuch wird von einem Wachposten mit der bedrohlichen Maschinenpistole energisch unterbunden. Frech verschieße ich aus der Deckung meiner Mitreisenden heraus den Rest des Diafilmes und verstaue unauffällig die entnommene Filmpatrone. Der Kalte Krieg feiert in dieser Einöde seine Fortsetzung mit uns harmlosen Touristen. Die Argwohn ist unbegründet,

denn mittels Satellitenfotos kann die Lage jeder Zobelhütte ohnehin festgelegt werden.

Viele Stunden später sind die Formalitäten ohne ersichtliche Bestechung geregelt. In Tarnfarben lackierte Militärfahrzeuge rumpeln auf die
Landebahn. Sie nehmen unsere Ausrüstung und die erste Testgruppe samt
halbem Dutzend heimischen Begleitexperten auf. Eine Fähre verbindet das
Flughafengebiet mit der Pionierstadt auf dem Festland. Vom Wasser umzingelt, kann kein Mensch flüchten. Entlang der mäßig geneigten Böschung
reihen sich ausgeschlachtete Schiffsleichen aneinander. Niemand äußert
Bedenken, wenn sich die giftigen Anstriche, vom Zahn der Zeit zersetzt,
im Regenwasser auflösen. Ein sowjetischer Skulpturenpark zum Thema
Schiffsmodelle und Rost – im Originalmaßstab versteht sich.

„Dobro Poschalobati", „Herzlich Willkommen in der südlichsten Stadt am nördlichen Polarkreis", wiederholt der Leiter des Geolo-
gencamps wie eine kaputte Schallplatte seine Begrüßungsformel. Seine
Pranke zerdrückt mir im Schütteln nahezu meine Finger, und das übliche
Klopfen der Schulter presst mir die Luft aus den Lungenflügeln. Ungeho-
belt grob, aber freundlich ist der Erstkontakt. Sein Betrieb hat die Boote
für die regelmäßigen Explorationsfahrten auf dem Wasserweg. Eine geringe Rolle spielt der Zeitfaktor im hohen Norden. Trotzdem bedarf es
geschmierter Beziehungen, um ein taugliches Fluggerät, einen nüchternen
Piloten samt Team und die benötigte Treibstoffmenge zu organisieren. In
der Kantine zaubert das Personal für uns Ausländer mit der gleichstarken
russischen Begleitagentur ein üppiges Menü. Köstlichkeiten aus Wasser,
Wald und Luft schwimmen im geliebten Fett. Trinksprüche unterbrechen
ständig das Mahl. Wodka aus Wassergläsern schützt vor Salmonellen und
dem Versagen der Galle.

Beim Verladen der Ausrüstung finden die ersten Moskitos bereits Gefallen an unserem süßen Blut. Unglaublich geräumig wirkt der Laderaum
des Taigavogels. Berge von Nahrungsmitteln für die Wildnis, Ausrüstung
und Boote sowie Menschen verschwinden im Maschinenbauch. Zahlreiche blinde Passagiere, aggressive Pferdebremsen, reisen auch ohne Aufwand mit. Diese Tiere stehen in ihrer Aufdringlichkeit bezüglich Stechen
und Saugen den gefürchteten Killerbienen keinen Deut nach. Der russische
Lastesel, ein gewaltiger Militärhubschrauber mit reichlich Kapazität, don-
nert über unvorstellbare menschenleere Weiten der Sibirischen Tiefebene
zu einem unzugänglichen Flusssystem mit Taimengarantie. Meine Vorstel-

lungskraft aufgrund österreichischer Maßstäbe wird beim Blick durch die klodeckelgroßen Bullaugen am laufenden Rotor gesprengt.

In Sibirien gibt es keine Straßen, nur Himmelsrichtungen. Auf den tragfähigen Eisdecken der Flüsse und Seen oder baumlosen Schneisen durch die Wälder der Taiga quälen sich Oldtimer von Lastkraftwagen mit Allradantrieb und montierter Seilwinde. Die Fahrer verbringen die einsamen Nächte bei laufendem Motor und beliefern die Menschen an der Route mit dem Notwendigsten. Klimaerwärmung und Verlängerung der Tauphasen sind der Ruin der Geschäftemacher. Im späten Frühjahr und Herbst sind die Routen unpassierbar. Schlamm, Dreck und aufgetaute oberste Schichten des Eiskerns sind unüberwindbar. Taghell ist die Nacht am Polarkreis, und die vom Permafrost versiegelte Landschaft entwickelt sich zur Hölle auf Erden.

Die Pfützen, Lachen, Gewässer und Seen sind das Paradies für die stechende Insektenwelt. Schier den Verstand rauben uns die permanent präsenten beißenden Fliegen, die Invasionen von Stechmücken und ganze Geschwader der sibirischen Pferdebremsen. In unglaublichen Massen bevölkern sie den Luftraum oder erheben sich in Wolken aus dem Gebüsch, wenn die Notdurft in den Wald lockt. Bedrohlich zerrt die Frequenz ihres zarten Flügelschlages an den Nerven. Ich entwickle eine urmenschliche Abneigung gegenüber den saugenden Viechern. Und hätte ich hundert Hände zum unablässigen Erschlagen der Brut, der Verlust wäre für die Population immer noch lächerlich und wirkungslos gering.

Mit Sicherheit nimmt das Hirn der Plagegeister nicht den Raum eines Nadelstiches ein, aber die Basensequenzen in den spiraligen Erbanlagen nötigen die Weibchen unter Lebensgefahr zum Saugen des Lebenssaftes. Blutiges Eiweiß ist die Energiebombe, die erst die Entwicklung und Reifung des Geleges ermöglicht. Die Weitergabe des Lebens, die Erhaltung der Art, erklärt den Zwang zum Stechen und Saugen.

Wir sind der Wirt und bedienen gratis das Volk der Insekten mit jedem Blutstropfen. Als Dank für die unfreiwillige Spendenaktion dürfen wir unsäglichen Juckreiz, Quaddeln und Entzündungen ertragen. Pheromone aus den Drüsen, Schweiß aus den Poren, die persönliche Note der Ausdünstung und der Anteil des Kohlendioxides in der ausgeatmeten Luft sind die Lockstoffe für die Nasen auf den Antennen der Insekten.

Das russische Gift aus Spraydosen schwächt die Attacken der fliegenden Invasionen ab und zerstört mit jedem Tag in der Wildnis ein bisschen

mehr die Hornhaut der eigenen Augen. Allmählich färbt sich die Bindehaut im Ton der zerquetschten Blutsauger. Mückennetz und Kleiderschich-
ten nach dem Zwiebelprinzip sind ein unbequemer Schutz vor der Plage.
Gestutzte Socken an den Händen, ein Stirnband um den Hals, Wathosen
als Sicherung bis zur Brust und Regenjacken bei dreißig Grad im Schatten
sind selbst aufgebürdete Kleidervorschriften, um die wenigen unversehrten
Hautstellen zu retten. Der Flüssigkeitsverlust ist enorm. Schweiß rinnt in
Strömen und die ausgeschwitzten Salze scheuern im Schritt, unter den Ach-
seln und reiben in der Arschfalte. Sitzbäder kühlen bei jeder Gelegenheit die
Entzündungen und nur der Kopf mit dem Imkerhut ragt aus dem Wasser.
Unterhalb des Lagerplatzes arten diese komfortablen Wassertherapien zum
eigenen Wohle auch zur Reinigung des Darmes aus, ohne dass man von den
Insekten belästigt wird. Die Entnahme von Trink- und Kochwasser erfolgt
aus hygienischen Gründen natürlich oberhalb der variablen WC-Anlagen.

Während des Essens bleibt der feinmaschige Stechfliegenhut am Kopf.
Mit gekappten Socken als Ersatz für Handschuhe an den Fingern wird
rasch das anliegende Netz von der Brust angehoben, damit der beladene
Löffel freien Weg zum Mund findet. Die Behinderung führt häufig zum
Verschütten der Speisen. Die kurze Zeit genügt den Pferdebremsen, um
innerhalb des gesicherten Raumes ihr Unwesen zu treiben. Samt Netz wird
der Missetäter in die Enge getrieben und genussvoll zerquetscht. Während
der Phase der Entsorgung der Leiche schlüpfen neuerlich frische Viecher
durch die Lücke. In die Mundhöhle verirrte Insekten werden reflexartig
ausgespuckt und tropfen mit Speichel vermischt an der Innenseite der Gaze
auf den Boden. Raucher inhalieren durch die feinen Löcher des Netzes ihr
reduziertes Vergnügen.

Das Abendessen, normal ein Festakt in der Wildnis, ist auf Höhe des
Polarkreises während der Saison der Insekten eine Katastrophe. Die lästigen Sechsbeiner landen im Kochtopf. Sie verbrühen sich die transparenten
Flügel oder kleben im Öl auf den Tellern der fettreichen Kost. Bereits nach
wenigen Minuten bedarf es einer hohen Geschicklichkeit, um den zappelnden und verendenden Moskitos zwischen dem Essbaren auszuweichen.

Ohne Waffenstillstand läuft die chemische Kriegsführung mittels
Spray rund um die Uhr. Die kostbare Dose in Magnumausführung wird
wie der eigene Augapfel gehütet und ist das Liebkind der Taiga. Die Mischung mit Treibgas ist so aggressiv, dass jeder mit geröteten Augen wie
ein Albino herumläuft. Im Gesicht lösen sich bereits nach wenigen Tagen

Hautfetzen wie bei einem Sonnenbrand. Wie Feuer brennen die irritierten Lippen, die Hautrisse vermehren sich und Blasen mit schwer abheilenden Krusten dämpfen die Gespräche auf das Notwendigste. Das Trinken wird zur Qual.

Der Körper ist mit Stichen übersät. Schmutz und Dreck lassen sich auf der komfortlosen Taimensafari nicht vermeiden. Reiben und Kratzen der juckenden Stellen fördern die Infektionen und das Ausbreiten der Entzündungen. An manchen Körperstellen wölbt sich die Haut wie die berühmten Buckel unter den nicht präparierten Lifttrassen zur Winterszeit. Die vorsorglich mitgeschleppten Tuben mit Jodcreme oder Gelees als Juckreizhemmer liegen längst verbraucht und bis auf den letzten Tropfen ausgemergelt im Müllsack.

Der Harnsäure im Urin schreiben die Homöopathen desinfizierende Wirkung zu. Es bedarf aber einer großen Not an medizinischer Versorgung und Schmerzen, bis man bereit ist, den Strahl auf die entzündeten Beine zu richten oder andere Hautstellen mit dem gesammelten Körpersaft einzureiben. Mit großer Überwindung halte ich wie beim Druckausgleich beim Tauchen die Nasenflügel fest gepresst und trinke einige Schlucke aus dem verbeulten Aluhäferl. Der Bauingenieur und Schamane aus der russischen Betreuungsmannschaft hat mich mit seinem Beispiel ermutigt.

Die Hitzewelle hat uns fest im Griff. Die Lust am Fischen schwindet rasch. Das Erfinden von Witzen und kecken Einlagen zum Gaudium der gesamten Mannschaft schmilzt mit der Zunahme der Temperaturen und dem Aufkommen des zermürbenden Flugverkehrs. Fragen an Radio Erewan sind bei den Russen ein beliebtes Spielchen. Eine Kostprobe: „Schwimmen in diesem Fluss noch Taimen?" „Im Prinzip ja, leider werden diese kapitalen Räuber durch menschliche Fäkalien vertrieben!", lautet die Antwort.

Den Fluch der Taiga bricht der erste gelandete Taimen. Der wunderschöne Räuber mit dem Hauch eines flüchtigen Rots im Bereich des Schwanzes hat Pech und landet als Verpflegungsvariation im großen Kochtopf. Die Untersuchung des Mageninhaltes bringt nach dem Aufschlitzen eine frische Äsche mit prächtiger Fahne zum Vorschein. Zwei Barsche, von den Verdauungssäften schon stark angegriffen, ergänzen die letzten Mahlzeiten des Chefs in der schwimmenden Hierarchie. Kopf und Kragen des Fisches, die Wirbelsäule, ist einige Male durch Brechen verkürzt, Eingeweide samt vorverdauter Kleinfische füllen den großen, mit Wasser gefüllten

Kochtopf. Eine Hälfte der Filetseite wird durch Salz konserviert und die zweite in Fleischwürfel geschnitten.

Diese Happen bereichern die einmalige Mischung des Sibirischen Suppentopfes. Reichlich Gewürze, mit der noch blutigen Hand in das Wasser gestreut, und grob hackte Zwiebeln kreisen durch die Rührbewegungen mit dem geschnitzten, nach Harz duftenden Kochlöffel. Im Sud garen der Fisch und die Innereien. Ich bin kein Vorkoster. Mir fehlen auch das Bedürfnis und der Mut, exotische Köstlichkeiten mit den Geschmacksnerven auszuloten. Die Erweiterung des Spektrums an Gaumenfreuden zählt nicht zu meinen Steckenpferden. Mit gemischten Gefühlen beteilige ich mich an der Fischsuppe. Gezielt fische ich mir – die Selbstbedienung erleichtert das Unterfangen – vorwiegend die Fleischanteile aus dem Suppentopf und schöpfe mir als Tarnung ein Bruchstück der Wirbelsäule zum Abnagen dazu. Überraschend gut schmeckt mir die Mischung, aber auf einen Nachschlag verzichte ich höflich mit zig Ausreden.

Der desinfizierende Wodka enthält sich seiner zugeordneten keimtötenden Wirkung. Meine Darmflora steht mit den Beilagen des Abendessens auf Kriegsfuß. Schleichend entwickelt sich das Unbehagen in meinem Verdauungstrakt. Zwicken und Schneiden im Unterleib sind untrügliche Symptome einer spontanen Entladung. Die Flucht aus dem Zelt Richtung Wasser gleicht einer Panik bei heftigen Erdstößen. Es bleibt mir kein bisschen Zeit für einen würdigen Abgang. Ungestüm reiße ich in menschlicher Not ohne Rücksicht auf den klemmenden Reißverschluss den Ausgangsbereich mit den Stützelementen meines Zeltes nieder. Ein paar Schritte trennen mich von der Wasserspülung. Der Zwiespalt zwischen Zeitgewinn und Kontrolle über die Ringmuskeln ist ein rein akademisches Problem. Über den Wulst des am flachen Ufer gesicherten Katamarans balanciere ich im Sauseschritt und rette mich vor der Blamage mit einem flachen Kopfsprung in das tiefere Wasser. Wahrlich in letzter Sekunde entleert sich der Darminhalt. Der Farbton ist ein Beweis der gestörten Gallenfunktion. Gnädig entsorgt der Fluss meine Gülle und lockt gar Fischbrut zum treibenden Tatort. Die Unterhose, halb über eine Arschbacke gerettet, wird in der Not als Putzfetzen verwendet.

Der heftige Fluch beim Zeltniederriss und das platschende Geräusch bleiben meinen ruhenden Nachbarn natürlich nicht verborgen. Sie wundern sich sehr über meine Schwimmgewohnheiten zur unchristlichen Zeit und bauen mir meinen Wigwam wieder auf, damit mich im Adamskostüm nicht die Bremsen fressen. Die Unterhose landet vorerst im Gebüsch und wird nach meiner Körperpflege und dem Schlucken einiger Darmiumkapseln entsorgt. Aufgespießt als Standarte, findet die Hose in unmittelbarer Nähe des Feuers einen kurzen Heldenplatz. Nach dem teilweisen Trocknen und Selchen endet das noble Stück, ohne Spuren zu hinterlassen, in den Flammen. Im mächtigen Lagerfeuer – an Holzmangel beklagt sich keiner – verbrennen grüne Äste mit Laub, Adlerfarn und Baumschwämme. Zum Schutz vor der Invasion der Blutsauger stehen wir mit dem Rücken zur Hitze im beißenden Rauch. Wie nach Art der Kaiserpinguine drehen wir uns brav im Kreis, so kann im Reigen jedermann die Qualmfahne zur Linderung optimal nützen.

Mit Dollarscheinen in der Hand betteln wir um Abbruch der Wahnsinnsreise ins Paradies der Sechsbeiner. Denn die anhaltende Hitzewelle mit Quecksilberwerten über dreißig Grad im Schatten und die permanenten Angriffe der Quälgeister haben uns zermürbt. Nachdem auch der letzte Teilnehmer seinen Zielfisch auf Video für das Publikum in der Heimat dokumentiert hat, erachtet die russische Begleitagentur ihre Verpflichtung als erledigt und das Ausfliegen wird wie eine Rettung aus einer lebensbedrohlichen Lage gefeiert. Der Traum vom vergnüglichen Fischen auf den asiatischen Verwandten unserer Huchen ist wie eine Seifenblase geplatzt.

LENOK

Trauerspiel

Knarrend öffnet uns der Bürgermeister persönlich die rustikale Tür zu seinem aus massiven Rundlingen gebauten Blockhaus und deutet einladend zum gedeckten Tisch. Ein Geschwisterpaar drückt sich verschreckt in ein freies Eck der Küche. Die Jungen einer Katzenmutter fegen in wilder Jagd durch die großen Lücken der senkrecht vernagelten rohen Bretter samt Rindenresten, die als Raumteiler fungieren. Diese Haustiger sind in der Taiga unentbehrliche Freunde. Sie hüten die Vorräte gegen eine hungrige Mäuseschar.

Die Felle eines Großhirschen, eines Schwarzbären und eines Elchs hängen als Beweis für den Jagderfolg und als Wärmedämmung dekorativ an den Wänden. Dicke Teppiche dämpfen das Quietschen der Bodenbretter im Wohnraum. Ein wuchtiger Fernseher dominiert den Raum. Einige herumliegende, mit Flecken verzierte Matratzen und Variationen von Kopfpolstern ersetzen die Sitzgelegenheiten. Im Liegen ist auch das Standardprogramm des russischen Fernsehens erträglicher. Das flimmernde Bild und die schlechte Tonqualität hängen sicher mit dem Dieselaggregat für die Stromversorgung zusammen.

Gedanklich bin ich mit unwichtigen Vergleichen mit unseren urigen Almhütten beschäftigt, als plötzlich die Frau des Gastgebers aus einem Nebenraum tritt. Diese jakutische Schönheit hat ein Charisma, das mir kurzzeitig den Atem raubt. Das rabenschwarze Haar hochgesteckt, betont sie mit ihrer Frisur die erhabenen Jochbeinbögen. An den Ohren baumeln mystische Symbole aus Silber. Das feine Tuch des roten Kleides ist mit dekorativen Ornamenten bedruckt und unterstreicht die Rundungen, ohne jeden Verdacht auf Aufdringlichkeit oder Selbstdarstellung. Die zierlichen Füße stecken in eleganten und zum Stoff abgestimmten Schuhen, die unsere Vorurteile gegen die stiefeltragenden Waldmenschen arg ins Wanken bringen. Ohne große Worte erhält der schulpflichtige Sohn den Auftrag, das Mittelstück eines gebeizten Taimen in schmale Scheiben zu schneiden und uns den nur mit Salz konservierten Fisch als Vorspeise auf die Teller zu legen. Viele Schnittnarben und eine fleckige Patina trägt das Schneidbrett unter dem Huchen. Am Herd zittert der Deckel, vom Dampf gebeutelt, auf einem überdimensionalen Kochtopf.

Mir schmeckt die Suppe mit den in viele Teile zerwirkten Auerhahn ausgezeichnet. Nur das Klappern des Bestecks oder das Abstellen der Wassergläser stören die Totenstille: Unbegreiflich bleiben der Schicksalsschlag und das Leid der Angehörigen. Auf dem Anflug zur Rollpiste des Dorfes zerschellte das Flugzeug mit Propellerantrieb. Niemand an Bord hat überlebt. Die Bewohnerinnen und Bewohner des Holzfällerdorfes tragen Trauer. Nach Worten ringend, gibt das Oberhaupt der Dorfgemeinschaft einige Erklärungen zum Unglück ab. Alle Passagiere, außer der Crew, stammen aus dem tristen Dorf der weitläufigen Taiga. Beinahe jede Familie, so übersetzt uns der Dolmetscher, hat einen Todesfall zu beklagen und auch die Verwandtschaft der Frau ist betroffen. Das lange Schweigen unterbrechen schließlich die Kinder mit ihrer Aktivität. Geschwisterzank, weltweit üblich, löst den Bann der Betroffenheit. Als Geschenk und Erweisung des Respekts trenne ich mich von der vorsorglich eingesteckten neuwertigen Stirnlampe und den noch in der Originalverpackung versiegelten Reservebatterien. Das Wunderwerk westlicher Technik löst helle Begeisterung und unverfälschte Freude aus. Der Sohn drückt mir mit einem entwaffnenden Lächeln nach einer kurzen Jagd das kleinste Schmusekätzchen als Gegenleistung in die Hände.

Nach der Verabschiedung gehen wir vergleichbar einem Trauerzug mit gesenkten Köpfen an den baufälligen Holzhäusern vorbei. Tür- und Fensterstöcke sowie verzierende Verkleidungen und Einfassungen tragen mit Vorliebe die Farben Weiß und Blau. Die Zaunlatten im unmittelbaren Bereich der Dorfschule sind in einer bunten Farbfolge gestrichen. Sie vermitteln Schwung und Freude. Wellblech schützt die Dächer vor den harten Wintern. Unter den kurz gehaltenen Vordächern schlichten sich wuchtige Berge von Holzscheiten als Vorräte. Geschickt umwuchern die Stapel die kleinen Fensteröffnungen.

Ein Wirrwarr von unüberschaubaren Zäunen im Einheitsstil trennt die Nachbarn sowie ihre Grund- und Gartenflächen. Das Bedürfnis nach persönlicher Abgrenzung ist auch bei den Jakuten gegeben. Außerdem schützt es die Feldfrüchte vor dem Fraß der freilaufenden Haustiere. Fotografieren oder eine Erkundung des Dorfes wäre eine grobe Missachtung und Störung der kollektiven Trauer. Unser Gepäck sowie die komplette Ausrüstung der teilweise unbenützten Zelte, Rettungsinsel und Säcke mit Planen liegen bereits auf einem Haufen am Pistenrand des Naturflughafens. Ein Drahtzaun mit engen Maschen schützt den Airport vor dem freilaufenden Getier der Bewohner des angrenzenden Dorfes. Ich suche mir aus der Vielfalt der Gepäckstücke einen bequemen Sack als Unterlage und aale mich mit Vergnügen in einem Bad von Sonnenstrahlen. Jeder Quadratzentimeter Haut nimmt mit Wohlbehagen die Wärmeempfindungen auf. Ich fühle mich behaglich wie eine wechselwarme Smaragdeidechse.

Meine Gedanken fliegen zurück.Im Zeitraffer erlebe ich die vergangenen Tage der vom Pech verfolgten Reise. Die ursprüngliche Erwartungshaltung wurde durch menschliche Unstimmigkeiten, mangelnden Teamgeist, eine katastrophale Fischerei und vor allem den gnadenlosen Wettersturz mit Schneefall enttäuscht. Wegen der klirrenden Kälte im ostsibirischen Bergland – das Thermometer zeigt oft mehr als 40 Grad unter Null – schneidern viele Bäuerinnen ihren Milchkühen Euterhalter aus Hasenfell. Die Viehhalter können es sich nicht leisten, dass der Milchkanal an der Peripherie der Zitzen gefriert.

Erheblichen Materialaufwand braucht es sicher für die Körbchengröße der Kuhbusen. Auch die Kloake der Hühner wird durch warme Sitzbäder in Legefunktion gehalten. Das jakutische Dorf „Oimjakon" ist bekannt für seine minus 68 Grad Celsius. Der Absturz des Flugzeuges überschattet jedoch alle anderen Befindlichkeiten.

In der Enge der Dose liegen Sardinen ohne Gräten in Olivenöl. Wir haben mit Platzangst und Schweißperlen die Nacht in der winzigen Hütte des Zobeljägers verbracht. In dem kleinen Raum ist nicht einmal reichlich Luft für Verliebte. Der Ofen bullert, dass die Herdplatte glüht. Wir leiden wie im Fegefeuer. Herbeigesehnt wird der Aufbruch zur letzten Etappe. Die modrigen Lärchenschindeln des Daches sind mit Haarmützenmoos bewachsen, und am Rande ragt ein schiefes Kaminrohr weit in den Wind. Schneeflocken wirbeln durch die Luft. Die kunstvollen Kristallstrukturen begraben das satte Grün. An einer Hüttenwand lehnen Skibretter mit museumsreifer Bindung.

Im Umkreis der Kate tragen die Birken eine rindenlose Manschette auf Brusthöhe. Das Material ist ein ausgezeichneter Zunder. Aus der Galerie der am Türstock verwahrten Fallen zur Jagd auf Pelztiere haben sich über Nacht drei Stück verabschiedet. Die zierlichen Zobelfallen sind spurlos verschwunden. Der Verlust der Fangeisen schmälert das Einkommen des Fallenstellers. „Tue nichts Gutes, dann hast du nichts Schlechtes zu erwarten", wird sich der Besitzer der Jagdbehausung denken und künftig seinen Eingang vor unliebsamen Besuchern verriegeln. Der Verdacht des Diebstahles unter dem Deckmäntelchen der Beschaffung von Reiseandenken fällt nur auf uns Europäer, für die Jakuten lege ich meine Hand ins Feuer.

Im Stehen schlürfen wir den heißen Tee. Die Länge des letzten Abschnittes und der brutale Wetterumschwung sind weitere psychische Herausforderungen. Der Wind peitscht uns die Mischung aus Graupeln und Regentropfen ins Gesicht. Wir rudern und schuften wie Sträflinge auf Galeeren. Steifer Gegenwind hebt die moderate Strömung des Flusses gänzlich auf. Unentwegt und stundenlang bestätigt der vergleichende Blick zum Ufer, dass uns der Sturm einen heftigen Strich durch den Plan bläst. Im Schneckentempo zieht die Landschaft am Rande des Stromes vorbei. Der Ausgangspunkt der Reise ist das Ziel unserer Schinderei. Leider bestimmt der Zeitdruck das Tempo. Wir haben keinen Spielraum und müssen die frontalen Böen bis zur ersehnten Änderung des Flusslaufes schlucken. Der Temperaturschock, Nässe bis auf die Knochen und der auskühlende Wind sind nur schwer zu verkraften. Wut und Selbstmitleid haben wenig Platz, denn oberste Priorität hat der Termin des privat gebuchten Rückfluges nach Jakutsk an der Lena.

Wir erreichen nach vielen Stunden schwerer Plackerei den Ausgangspunkt der unseligen Flussreise. Wie zum Hohn dreht die Wetterfront und verflacht. Das Hoch frisst die Wolkenfetzen und die Sonne beleuchtet wie mit einem riesigen Scheinwerfer die heldenhaften Ruderer. Auf den Steinen am Ufer breiten wir alle Besitztümer zum Trocknen aus. Die bunte Palette reicht von feuchten Patronen über gequollene Lebensmittel und Kameras mit Kondenswasser hinter den Linsen bis zu verschwommenen Tagebüchern. Kleider, Zelte und Planen bilden wie ein Fleckerlteppich den Rahmen. In wenigen Stunden werden wir mit Lastkraftwagen aus der Stromlandschaft inmitten der Wälder wieder in die Zivilisation zurückgebracht. Einige Männer überbrücken die Zeit mit Körperpflege im frischen Fluss, andere verpulvern die Reserven der trockenen Munition durch gezielte Schüsse auf Konserven. Manche liegen ohne Respekt vor den Zecken zwischen den Sträuchern der Heidelbeeren und erhöhen den durch den ungeplant extremen Rudersport platten Insulinspiegel. Pünktlichkeit ist keine Zier der russischen Mentalität, aber wir richten zeitig unsere Bündel und warten auf das Buschtaxi. Die Dämmerung verdrängt den Tag. Der Vierbeiner ist ein totaler Versager, denn unbemerkt tritt unser Bote Nikoley in Begleitung zweier Männer aus dem Dorf Tschagda auf die Lichtung. Sein Gesichtsausdruck ist nicht durch die Strapazen des langen Marsches durch den Wald gezeichnet, sondern durch eine Katastrophe.

Seine Nachricht trifft uns wie ein Keulenschlag. Unsere Maschine ist im Anflug abgestürzt. Der Ortsvorsteher wünscht sich angesichts des Unglückes keine Ausländer als Schaulustige. Wir werden gebeten, noch eine weitere Nacht am Ufer zu verbringen. In Transportsäcken gefaltet liegen bereits die getrockneten Zeltplanen und sie werden aus Bequemlichkeit nicht mehr ausgepackt. Die sternklare Nacht nimmt die Abstrahlung der Erde auf und bittere Kälte legt sich über den Fluss. Vor der Schlafstelle knistert ein Höllenfeuer. Es lässt der Taubildung keine Chance. Meine Gedanken drehen sich im Kreis und finden im aufsteigenden Vollmond schließlich einen Ansprechpartner. Das glitzernde Band des reflektierenden Mondlichtes auf der ruhigen Fläche des behäbig fließenden Stromes lockt mich in den Himmel. Bildhaft schicke ich meine Beklemmungen und Sorgen – einen Start später wären wir die Opfer der Unglücksmaschine gewesen – zum Himmelstrabanten. Er wird meine Gefühle wie eine Schaltzentrale weiterleiten und meiner Familie in der Heimat unsere Unversehrtheit signalisieren. Durch den Zeitunterschied ist es leider nicht möglich, abgesehen von der freien Sicht auf die Kugel des Mondes, dass die Meinen das Gestirn als Medium des Austausches der Schwingungen parallel wahrnehmen.

Es gibt auch Reisegefährten, die aus Hartholz geschnitzt sind – zumindest vermittelt ihr Verhalten diesen Eindruck. Ein Dolch mit dem billigen Griff aus Kunststoff im Militärlook erweckt ungemein die Besitzgier eines jakutischen Begleiters. Er scheint von dem Massensterben wenig beeindruckt zu sein und will das Messer unbedingt erwerben. Seine Stichwaffe ist ungleich prächtiger gearbeitet. Stücke aus Wurzelholz und Scheiben aus Rentiergeweih bilden abwechselnd den dekorativen Griff. Aus dem Leder eines Maral ist die schützende Scheide für die scharfe Klinge gefertigt. Selbst Jäger reisen mit viel Aufwand und erheblichen Kosten vorwiegend nach Kasachstan oder in das Altai-Gebirge, um diesen edlen Hirsch im Zielfernrohr des Gewehres zu sehen. Unsere Leute liegen bekümmert, an Worten stumm und vom Hauch des Todes gestreift, durch große Abstände getrennt auf dem Platz. Ungeniert palavern die zwei tauschwilligen Leute wie auf einem orientalischen Basar und preisen lautstark die Vorzüge ihrer Messer. Gut, auch diese Art ist sicher eine Möglichkeit, mit der Betroffenheit umzugehen. Außerdem lässt sich über Anstand und Geschmack der feilgebotenen Waren vortrefflich diskutieren und streiten.

Motorengeräusch zerreißt die Stille meiner gedanklichen Aufarbeitung der jakutischen Reise. Aber statt des erwarteten Flugzeugs kurvt ein helmloser Fahrer mit einer Beiwagenmaschine im wilden Kurs durch die mit Schlaglöchern gespickte Flur. Er zwingt das Motorrad in eine enge Kurve und nach dem Stillstand steigt der Kerl wie ein Kranker von seinem Pferd. Der Typ entpuppt sich als bekannter Bootsführer. Sein Auftauchen verbreitet den Duft von billigem Fusel, und der alkoholisierte Mann kann sich kaum auf den Beinen halten. Mühsam zerrt er aus dem Beiwagen das Fellbündel eines Schwarzbären. Er möchte es uns zum Wucherpreis andrehen. Das Feilschen entfällt, da wir uns auf den russischen Fluglinien nicht mit Streit und mit den unverhältnismäßig hoch angesetzten Preisen für Übergepäck belasten wollen.

Der Lärm lockt einen weiteren Geschäftemacher an. Das Aneinanderreiben von Daumen und Zeigefinger ist ein eindeutiges Symbol der Zeichensprache aus der Finanzwelt. Für zehn Dollar dürften wir mit dem wirren Knäuel eines alten Fallschirmes aus seiner Militärzeit vom kirchturmhohen Holzgerüst des unbenützten Towers springen. Auch er leidet an Realitätsverlust durch übermäßigen Alkoholkonsum. Wir hingegen nützen die Gelegenheit und steigen nach einer geringfügigen Bestechung auf den morschen Treppen bis zur Plattform. Die kühne Konstruktion verdient ein

Lob. Das leichte Schwanken des baufälligen Turmes ist uns nicht geheuer, kann aber den phantastischen Rundblick nicht erschüttern. Glitzernde Ströme schlängeln sich in sanften Kurven durch das satte Grün unendlich scheinender Wälder. Schneebedeckte Gebirgsketten begrenzen den Horizont.

Stundenlanges Sonnenbaden wärmt die Seele und das Treppensteigen treibt die Organe der Verdauung zur Tätigkeit. In der Wildnis sind die menschlichen Regungen nicht die geringsten Sorgen wert. Ein gewisses Maß an Rücksicht erfordert doch die Zivilisation, und für den Stuhlgang braucht es schon ein uneinsichtiges, stilles Örtchen. Notgedrungen wird das unbesetzte Langhaus des rustikalen Flugplatzes von mir genauer untersucht. Der Geruch von Fäkalien zeigt mir den Weg. Nach dem Öffnen der Türe erlebe ich eine weitere Variation der asiatischen Bedürfnisanstalten. Die Senkgrube ist mit massiven Holzpfosten abgesichert. Zwei nebeneinander liegende Bohlen sind durch je einen im Halbmond gekrümmten Schnitt zu einem Loch vereint. Über der Öffnung steht ein alter Sessel auf gekürzten Beinen. Im Zentrum ist die Sitzfläche grob durchbrochen und das Kunstwerk bildet einen Leibstuhl mit Flair der Taiga. Ich habe leider schon meine Taschentücher als Ersatz für Klopapier verbraucht. Lieber baren Fußes in den Schuhen, denke ich mir, und opfere ohne Hemmungen meine Socken. Die nächste Wasserlache dient als Ersatz für das fehlende Fließwasser, und neuerlich lege ich mich faul auf den warmen Sack.

Die Aufbruchstimmung und der Lärm holen mich aus meiner wirklichkeitsnahen Gedankenwelt. Die plötzliche Eile erscheint mir total unangemessen. Schließlich hat unsere Mannschaft den langen Nachmittag tatenlos mit Warten verbracht und während dieser Zeit hat es keine einzige Flugbewegung gegeben. Aus dem Nichts sind zwei betagte Piloten aufgetaucht und sie weisen uns samt Gepäck den Weg zur einzigen Maschine. Unbeachtet neben einer schrägen Hütte steht ein Flugsaurier von einem Doppeldecker. Das Luftfahrzeug hat ein respektables Alter und entspricht meinem Baujahr. Die gesamte Ausrüstung wandert über einige Hände in den sitzlosen Bauch der Maschine. Ein fixiertes Netz verhindert das Verrutschen der Last. Zusätzlich verteilen sich mehrere Männer sowie der untaugliche Jagdhund als Ballast auf den weichen Liegegelegenheiten.

Wenige Klappsessel in Kindergröße ermöglichen unbequemes Sitzen und den Tiefblick aus den undichten Fenstern. Niemand kümmert sich um die Überprüfung einer Namensliste oder um das Gesamtgewicht. Die

Reifen des Fahrwerkes zeigen eine auffallend unterschiedliche Druckverteilung. Die Flucht der Tragflächen und die gerodete Naturpiste weichen bedenklich von der Parallelität ab. Während der Startphase schlucken die weichen Räder federnd die Unebenheiten der Rollbahn. Mit verblüffend geringer Geschwindigkeit hebt die historisch interessante Maschine ab. Die leichte Schräglage des Doppeldeckers erinnert an fliegende Holzböcke mit überdimensionalen Fühlern. Allmählich vermittelt der kraftvolle Klang des Motors Sicherheit. Die anfängliche Besorgnis weicht einem himmlischen Fluggefühl.

URFORELLE

Autochthone Linien

Alter schützt vor Torheit nicht! Seit Wochen quält mich ein pochender und wie Feuer brennender Nervenschmerz. Einer Giftschlange gleich, schleicht die Pein den halben Unterkiefer entlang. Nächtlich raubt mir das gesundheitliche Missgeschick den notwendigen Schlaf. Auf dem Behandlungsstuhl meines befreundeten Zahnarztes bin ich noch nicht in der Lage, den Ausgangspunkt des Übels zu lokalisieren.

Mit dem Lasergerät massiere ich zermürbt das Zahnfleisch. Ich schlucke schachtelweise Vitamin-B-Komplex-Tabletten, um die Hüllen der Nervenbahnen zu beruhigen. Unverdrossen und ausdauernd nehme ich Pillen mit entzündungshemmenden Wirkstoffen ein. Rotierend im Bett verbringe ich viele unendlich lange Nächte oder sitze vor dem miserablen Programm zahlreicher Fernsehanstalten. Genervt vom Schmerz trifft auffällige Schülerinnen und Schüler schneller der Bannstrahl. Leider ist auch das nahende Ende des Schuljahres kein Trost. Schuld an der Misere trage nur ich mit meiner Entscheidung, den Besatzbach im Windbachtal, einem Seitental des

Krimmler Achentales, mit dem untauglichen Schuhwerk von Trekkingsandalen mehrmals zu durchwaten. Gut, dem Sternzeichen Schütze kann ich ein gerüttelt Maß an spontanen Aktionen aufbürden, aber für meine Gesundheit bin ich selbst verantwortlich. Nachträgliche Erkenntnis, Wehklagen und Wunden lecken ändern nichts mehr am ursächlichen Hergang der bescheuerten Soloaktion.

Eigentlich verdankt der größte Nationalpark Mitteleuropas, der Nationalpark Hohe Tauern, seinen Anfang heftigen Auseinandersetzungen. Die Gelüste der Kraftwerksplaner und die Ansichten der Umweltschützerinnen und Umweltschützer prallen in vielen öffentlichen Diskussionen kompromisslos aufeinander. Den Energieriesen fehlt das Gespür für prachtvolle Tauerntäler, für die vom Wasser erodierten Klammen und wilden Schluchten sowie die funktionierenden Nahrungsketten. Immer mehr Einheimische schätzen durch gezielte Informationen, Begehungen und Wanderungen die Natur- und Kulturlandschaft als ein zu bewahrendes Erbgeschenk. Viel Gletschermilch rann seit der Errichtung des Nationalparks 1983 im Land Salzburg aus den schwindsüchtigen Eistoren, ehe den heimischen Forellen in den unverbauten Lebensräumen der Gebirgsbäche gebührende Aufmerksamkeit und Respekt gezollt wurden.

Das erfolgreiche Einbürgern der Bachforelle in Übersee, Westasien und gar in Australien lässt nie vermuten, dass die heimischen Unterarten sehr stark gefährdet sind. Alle europäischen Populationen spalten sich in fünf mächtige genetische Linien auf. Aber der Fisch am Haken ist die Tatsache, dass in den führenden Zuchtanstalten nur die „atlantische Linie" vermehrt wird. Die lokalen Stämme sind nicht nur dem Druck der Umweltbedingungen, der Begradigung und Verbauung der Uferstruktur durch falsch ausgelegten Hochwasserschutz sowie dem Befischungsdruck ausgesetzt, sondern auch bedrohlichen Besatzmaßnahmen. Was nützt den angepassten Unterarten mit dem prächtigen Schuppenkleid ihre Widerstandsfähigkeit gegen die extremen Temperaturen im Gebirgsbach oder die regelmäßigen Überflutungen durch heftige Berggewitter, wenn durch permanentes Nachbesetzen mit den domestizierten Schwächlingen aus Flachlandbetrieben die autochthone Linie dauerhaft verdrängt wird.

Diese bittere Erkenntnis führt zur Suche nach der „Urforelle", die es in Wahrheit nicht mehr gibt. Die Streuung der Gene verwässert die Reinheit der Arten in den abgelegenen Gewässern. Trojerbach, Dorferbach, Windbach, Anlaufbach, Dösenbach, Großer Zirknitzbach und die Innere Fuscher Ache gehören aufgrund verschiedener Kriterien zu den ausgewählten Projektgewässern im Nationalpark. Die imposante Kulisse von Dreitausendern umrahmt den Talschluss des Ferleitentales. Die untersuchten Fische wurden eindeutig dem Donaustamm zugeordnet, und die Tiere werden vom Fischereiverein Fuscher Ache erfolgreich nachgezüchtet. Die Setzlinge verstärken als „Urforelle" die Population ihres Stammes.

Im Oberlauf stellt die Bachforelle den Leitfisch dar. Sie verleiht nicht nur dem Flussabschnitt mit der sogenannten „Forellenregion" seinen Namen, sondern trägt als „Schlüsselart" auch die führende Rolle im Lebensraum. Bachforellen, frisch und munter, sind ein Indiz für gesunde Nahrungsketten und einen vernetzten Lebensraum. Die Jagd nach den ursprünglichen Forellenstämmen gleicht dem glücklichen Fund eines fingernagelgroßen Smaragds aus dem berühmten Habachtal. Je unzugänglicher die Lage des Bergsees, desto größer die Hoffnung auf altes Erbgut. Narkotisiert wird der Fisch registriert und seine äußerlichen Merkmale aufgelistet. Ein kleines Gewebestück von der Flosse landet schließlich zur Analyse des Erbmaterials mit vielen anderen nummerierten Proben konserviert in Alkohol im Land- und Forstwirtschaftlichen Versuchszentrum Laimburg.

Im Einzugsbereich des Atlantiks herrscht die „Atlantische Linie". Sie ist die Basis fast aller Zuchtstämme und durch die Besatzpolitik weltweit verbreitet. Rund um das Mittelmeer behaupten sich die „Mediterrane", die „Marmorierte" und die „Adriatische Linie". Im Gewässersystem der Donau, einschließlich kleinster Zubringer, schwimmt die „Danubische" Verwandtschaft. Wasserfälle sind für Aufsteiger und laichwillige Fische unüberwindbare Barrieren. Auch ist in extremen Höhenlagen kaum mit dem Flugverkehr von Wasservögeln zu rechnen, zusätzlich klebt Forellenlaich nicht auf den Schwimmhäuten. In den abgelegenen Tauernbächen soll der Bestand an „Urforellen" durch Nachzucht und Besatz des genetisch überprüften Materials gesichert werden. Artenschutz und die Erhaltung der Genbank sind ehrenwerte Ziele.

Das Vorhandensein von Unterständen für alle Altersstufen und die Deckung der Nahrungsansprüche sind wohlüberlegte Auswahlkriterien der Versuchsgewässer. Zumindest die Wildfänge der Donaulinie sind sehr reviertreu und wehren sich mit jeder Flosse gegen den Strömungsdruck bei Hochwasser. Ausdauernd halten sie die Stellung bei Verschmutzung nach Murenabgängen. Leider ist der eingebürgerte Bachsaibling ein gefräßiger

Laichräuber. Durch seine Dominanz, auch im extremen Lebensraum, verdrängt er die heimische Bachforelle als Konkurrentin.

Eine Blechlawine wälzt sich am frühen Nachmittag nach Hochkrimml zur Exkursion. Die Ache entspringt an der 3.500 Meter hohen „Dreiherrnspitze" und bahnt sich als kräftiger Gletscherbach, durch Klammen tosend und mäandrierend durch herrliche Almböden fließend, den Weg zum Ausgang des Tales. Eingerahmt von der großartigen Kettenformation der Ostalpen mit ihrem vergletscherten Hochgebirge, den vielen Karseen als Juwelen und prächtigen Sturzbächen, die über die Felswände tosen, braucht der wunderbare Fleck den Vergleich mit Alaskas Flüssen nicht zu scheuen.

Am Ende des rund 20 Kilometer langen Hauptales stürzen schließlich die Wassermassen in drei Stufen in das Krimmler Becken ab, und während des Falles über eine Gesamthöhe von etwa 400 Metern bricht sich an den stäubenden Tropfen unentwegt das Licht zum faszinierenden Schauspiel zahlreicher Regenbögen. Hautnah wünsche ich mir, den Fang der ersten „Urforelle" zu erleben. Vom Drang der Neugier getrieben, muss ich das saukalte Element überqueren. Schneeflecken mit erdigen Krusten behaupten sich noch im Halbschatten mächtiger Felsklötze. Dazwischen leuchten im warmen Rosa die Blütenköpfe des Almrausches, der sich in Polstern ausbreitet. Dunkelgrün sind die kleinwüchsigen und vom Schneedruck gekrümmten Latschen.

Nur die Trekkingsandalen schützen meine Fußsohlen. Um das Gleichgewicht nicht zu verlieren, stemme ich mich mit kurzen Schritten gegen den heftigen Strömungsdruck. Der Staudruck treibt die eiskalten Wellen bis zum Saum der kurzen Hose. Die Peinlichkeit eines Sturzes bleibt mir erspart, und schlotternd erreiche ich das trockene Ufer. Der Windbach ist nachweislich ein extrem kalter Wildbach. Laut Messungen liegt die Temperatur rund fünf Monate lang bei konstant 1 Grad Celsius und steigt während des Hochsommers auf maximal 8 Grad Celsius. Mein Körper reagiert mit krebsroten Beinen auf den Temperaturschock. Die verrückte Begehung zahlt sich anfänglich aus, denn ich erlebe unmittelbar das narkotisierte Taumeln der markierten „Urforelle" der Donaulinie in den fischenden Kescher. Der prächtig gezeichnete Fisch landet im Transportkübel, damit anschließend, im Beisein des Volkes, die Wachstumsrate festgestellt werden kann. Auch die Fachleute verblüfft der Längenzuwachs, da im Temperaturbereich rund um den Gefrierpunkt die Forellen keine Nahrung mehr aufnehmen.

Die Besatzstrecke des wilden Gebirgsbaches liegt auf rund 1900 Meter Höhe und ist für die Wissenschaft eine Fundgrube an Erkenntnissen. Neben der Versuchsstrecke schließt ein darunterliegender Kontrollabschnitt an, um das Abwandern der Setzlinge dokumentieren zu können. Die Population in der extremen Kampfzone zeigt, die Ergebnisse der elektrischen Befischung beweisen es, eine hartnäckige Standorttreue und eine hohe Resistenz gegen das Verdriften nach Hochwasser.

Unerwartet trübt ein Wettersturz das Vergnügen der Exkursion. Es bleibt mir nicht die geringste Zeit, um meine klatschnassen Sandalen und die Hose zu trocknen. Eiskalter Wind pfeift vom Tauernübergang. Schlagartig stauen sich im Seitental mächtige Wolkenschichten. Regen, mit Graupeln vermischt, treibt mich und schlecht ausgerüstete Exkusionsteilnehmer eilig unter das schützende Vordach der Windbachalm. Der Preis für den Augenschein meiner ersten „Urforelle" ist erheblich: Kieferschmerzen und das wochenlang.

SAVA BOHINJ

Heikle Flossen

„Was fischt du?", fragt mich Marco. „14er", antworte ich. „Viel zu dick!", meint er bestimmt. Marco ist Kontrollorgan am Fluss. Er spricht mehrere Sprachen fließend. Weitum ist sein ausgezeichneter Ruf als Guide bekannt. In Sachen Fischerei ist er mit allen Wassern gewaschen. Am Ende der langen Saison sitzt er fast täglich am Bindetisch und werkt an Serien von Nymphen- oder Fliegenmustern. Je nach Aufwand stellt er seine Vormittagsbeschäftigung bei rund 120 Stück ein. Der Kofferraum seines Dienstfahrzeuges ist ein fahrbarer Zubehörladen. Ein ertragreicher Nebenverdienst für ihn und für uns Gäste mehr als ein Ersatz für Notfälle.

„Schau", sagt er, dreht sich am Brückengeländer um und zeigt flussaufwärts, „das Wasser geht zurück. Die Sava erholt sich vom letzten Gewitter. Jede Menge Fische. Bei leichter Trübung sind meine gelben und grünen Nymphen unschlagbar. Die vielen Schwebestoffe schlucken das Licht. Aber mit meiner neuen Erfindung fängst du in den dunklen und tiefen Löchern jede Flosse. Probiere es mit meiner Mini-Jig-Nymphe aus blauem und violettem Effektmaterial." „Warum gerade Blau?", unterbreche ich Marco neugierig. „Weißt du, an einem Ende der Regenbogenfarben steht violett. Das UV-Licht schließt sich an. Du kannst es nicht sehen, die Wellen sind für unser Auge zu kurz. Es dringt am tiefsten in den Wasserkörper vor. Es macht meine Nymphen für das Fischauge sichtbar. Fische mit langem Vorfach und langer Leine schräg flussabwärts. Lass den Bissanzeiger weg. Du spürst jeden Biss, Stein oder Fisch. Eine fast tödliche Methode für unseren Fischbestand. Gut, dass ihr zwei die Lizenz ohne Entnahme gekauft habt."

Fischaugen sind ähnlich unserem Auge aufgebaut. Die Veränderung der Pupille ist ihnen nicht möglich, dafür sind sie in der Lage, ultraviolettes Licht wahrzunehmen. Behagt den Flossenträgern das pralle Sonnenlicht nicht, dann suchen sie ein schattiges Plätzchen unter überhängenden Bäumen auf oder verdrücken sich in tiefere Gumpen.

Seine überzeugende Eigenwerbung verfehlt nicht an Wirkung. Wir geben wieder Geld aus und rüsten auf. Neben einigen Dutzend Spezialnymphen – das winzige Öhr macht mir schon beim Erwerb Sorgen – wechseln auch überlange Vorfächer den Besitzer. Keiner möchte vollgestopft mit neuem Wissen blank im Fluss stehen. Wir teilen uns. Hans, mein Freund und Leibchauffeur, möchte flussabwärts sein Glück versuchen. Ich werde ihm nicht wie ein Floh auf den Pelz rücken, sondern ihn weitläufig umgehen. Er weiß um meine Lieblingsplätze. Groß genug ist das Zeitfenster, um der Leidenschaft zu frönen. Einer Zahnlücke gleich öffnet sich hinter meinem Rücken der Altbestand des Uferbewuchses. Genug Platz, um den frisch erworbenen Jig-Nymphen den notwendigen Schwung zu verpassen. Das bereits bezahlte Lehrgeld mit gebrochenen Ruten lehrt mich, schwere Köder mit einem Sicherheitsabstand am Kopf vorbeizuführen. Die Beschleunigung verleiht dem Geschoss unglaubliche Wucht. Auch teure Blanks sind einem Volltreffer nicht gewachsen. Einige behutsame Schritte weiter vergesse ich die Botanik im Hintergrund. Urplötzlich ruckt es in der Luft. Bombenfest hänge ich am Blattwerk. Sämtliche Rettungsversuche scheitern. Ein zartes Schnalzen trennt den Topköder am Baum vom Pitzenbauer Ringerl am Vorfach. Ohne Schwund keine Erfolge. Zum Ersatz des wichtigsten Teiles ziehe ich mich aus dem kalten Wasser zurück und verschwinde in den Halbschatten eines überhängenden Blätterdachs.

Ein eigenartiges Geräusch, ähnlich den tieffliegenden Krähen oder den frechen Stadttauben, lässt mich innehalten. Wie versteinert verharre ich. Nicht einmal den Kopf drehe ich dem sich verstärkenden Laut entgegen. Plötzlich taucht ein großer Vogel auf. Auf halber Höhe der Schwarzerlen, mitten im Fluss, fliegt der Stelzvogel vorbei. Der rare Schwarzstorch hat mich nicht entdeckt oder hat gelernt, dass Fliegenfischer für ihn keine Bedrohung sind. Steif wie ein Stock ist sein Hals im Vergleich zum Graureiher gestreckt, unverwechselbar ist sein metallisch schillerndes Gefieder. Unbeeindruckt hält er seinen Kurs und schneidet den Mäander.

Die abgewinkelten Flügel verringern die Spannweite von fast zwei Metern. Durch diese Flugtechnik erhöhen sich die Wendigkeit im Auwald und das Landen im gut versteckten Horst. Schwarzstörche sind im Vergleich zu ihren weißen Verwandten regelrecht scheue Vögel. In der Stille und Abgeschiedenheit, weit weg von menschlichen Siedlungen, brüten sie. In freier Wildbahn ist es meine erste Begegnung mit dem raren Vogel. Ich bin dem Erlebnis dankbar. Zum Überleben gönne ich ihm gerne Wirbellose, Frösche und Fische.

Aufkommender Wind schiebt Haufenwolken mit scharfen Umrissen über die Julischen Alpen. Zunehmend kräuselt sich die Oberfläche des Wassers in den ruhigen Abschnitten. Bereits abgestorbene Blätter lösen sich von den Ästen. Sie trudeln auf den Fluss und zeigen den Zug der Strömung an. Vermutlich beutelt es auch Insekten von den Bäumen. Einem Weckruf gleich steigt die Fresslust des Fischvolkes. Eine krumme Schotterzunge drängt das Wasser in zwei Arme auf. Tief und schnell gurgelt es auf einer Seite vorbei. Gegenüber, beschattet durch überhängende Äste, plätschert es über massige Steine. Fest verankert mit dem Muttergestein im Boden, bleibt den Algen unendlich viel Zeit zu wachsen. Dicht wie ein Teppich ist ihr Überzug. Zwischen den Hindernissen und Verstecken liegen helle, freie Gassen zum Rauben.

Am plattgezogenen Vorfach plumpst meine Wunderwaffe halbwegs ins Zielgebiet. Die aufspritzenden Tropfen und ein heftiger Biss fallen fast zusammen. Schlagartig überschwemmt ein Glücksgefühl meinen Körper. Gedanken des Lobes über die vorzügliche Reizwirkung des Neueinkaufes flitzen durch den Kopf. Einem Blitz aus heiterem Himmel gleich, löst sich die Vorfreude über einen prächtigen Fisch in Wasser auf. Ein Eigentor war die Wahl des geringen Durchmessers des Vorfaches. Der haardünne Strich hat den Fisch nicht abgeschreckt, aber die Trägheit der Masse ist ein Naturgesetz. Die Knotenfestigkeit ist dem Körpergewicht des Tieres nicht gewachsen. Einen Schwanzschlag später erspart es dem Fisch den belastenden Drill. Mir hingegen rutschen einige nicht druckreife Wörter über die Lippen. Ohne langes Grübeln krame ich in meinen kreativ verteilten Vorräten nach einem stärkeren Monofil.

Wenige Würfe später – die Streuung des eintauchenden Jigs hält sich in Grenzen – packt wieder ein starker Fisch zu. „Wahnsinn", schießt es mir durch den Kopf. Kraftvoll wehrt sich das Tier. Immer wieder bricht die stattliche Regenbogenforelle in die Strömung aus. Sie sucht die Nähe und Sicherheit ihres alten Unterschlupfes. Alsbald sind ihre Muskeln übersäuert. Der Fisch hat den Überlebenskampf verloren und liegt, gebändigt von dem lächerlich kleinen Köder und der Federkraft der Rute, schlapp vor meinen Zehen. Gegen eine gut eingestellte Bremswirkung ist kaum ein Kraut gewachsen. Keine Spur von einem zweiten Haken. Keine Schnur hängt aus dem Schlund.

Für die befreundeten Zunftkollegen brauche ich keine gewissenhafte Vermessung des Fisches. Aber ungemein juckt mich die Überprüfung meiner Schätzung. Während die Regenbogenforelle halb gestrandet nach Wasser ringt, suche ich eiligst einige Taschen nach dem Maßband ab. Zu selten ist der Einsatz, vergessen habe ich den Platz. Es klemmt. Rost hat die Mechanik des Werbegeschenkes unbrauchbar gemacht. Ich stecke in der Zwickmühle. Einerseits braucht die Kapitale ihr Lebenselement unter dem Bauch – schwer spreizt sich ein Kiemendeckel durch die Seitenlage –, andererseits möchte ich gerne die grobe Länge meines Traumfisches wissen. Drei Finger breit reicht der Kopf des Fisches über eine Zierwicklung der Rute hinaus. Rasch erholt sich das Tier mit dem ausgerichteten Kopf in der Strömung, dreht sich sanft aus meiner Hand und zieht ohne Eile in das Weißwasser.

Die Umwelt blendet die Aufregung aus. Unbemerkt von mir hat sich mein Freund bis auf einige Wurflängen genähert. Nicht verborgen blieben ihm mein Verhalten und der Umgang mit dem außergewöhnlichen Fang. Ohne Neid hält er seinen Daumen in die Luft und ruft mir ein kräftiges „Petri Heil!" zu. Schließlich sind uns beiden auch viele Stunden am Wasser bekannt, wo die Fische uns ihre kalten Schuppen zeigten.

PS: Das unbestechliche Maßband des Freundes hat meine Einschätzung um wenige Zentimeter schrumpfen lassen.

SPANISCHER ZANDER

Stausee Riba-Roja

Der Eintritt in den neuen Lebensabschnitt der Pension gehört gebührend gefeiert. Ungebrochen ist mein Fernweh, und der latent schlummernde Alaskavirus treibt mich mit Lust zur Planung der neuerlichen Wildnistour an. Eingeschweißt in wasserfeste Folien sind die alten Flusskarten, aufgefrischt die Kontakte durch Telefonate, Schriftverkehr und Besuche von Fachmessen. Das vergnügliche Auseinandersetzen mit der Flusswahl und den landschaftlichen Reizen der Naturkulisse, das Studium der Aufstiegstabellen der Pazifischen Lachsarten, das Jonglieren mit dem Zeitplan und das Tüfteln mit den Kosten schüren die Vorfreude. Unverhofft zerplatzt der mit meinem langjährigen Reisegefährten Walter vitalisierte Traum. Mein Klagen und Bedauern führen schließlich zu einer abgespeckten Variante.

Statt mit dem Schlauchboot abermals einen wilden Lachsfluss zu befahren, steht passives Fischen auf Zander am Ebrostau am Plan. Der Außenbordmotor ersetzt bequem die Muskelkraft, die Nähe der Zivilisation sorgt für Sicherheit und beruhigt die Ehefrauen. Walter fädelt einen geschickten Deal mit den Söhnen seines Fischerkollegen Peter ein. Aus taktischen Überlegungen heraus ist die Anreise mit dem PKW vereinbart. Viele Ruten der beiden Profifischer samt Zubehör finden in der Skibox ihren Platz. Ein gespenstisch dicker Herbstnebel sorgt beim Aufbruch vor Mitternacht für den ersten Dämpfer der Reiselust.

Walter fährt routiniert und gelassen – schließlich ist er auch Besitzer eines gemütlichen Wohnmobiles – die längste Etappe bis zum Ziel. Verdammt zäh zieht sich die Strecke bis zum Genfersee. Nach der Hafenstadt Marseille glitzert uns als Hoffnungsschimmer das Mittelmeer im Golf von Lion entgegen. Beeindruckend, auch während des Tages, ist das Lichtermeer der Raffinerie in Taragona. Aus den unzähligen Türmen der Destillationsanlagen strömt der Duft nach faulen Eiern. In Reih und Glied stehen die vielen Kessel mit den gelagerten Produkten aus dem schwarzen Gold. Reus mit seiner prächtigen Altstadt tangieren wir nur auf der Umfahrung, und beinahe zwei weitere geschlagene Stunden kurven wir durch die einsamen Ausläufer des Gebirgszuges, ehe uns die Hinweistafel zum Camp vom Anreisemarathon erlöst

Ein Angelreisenspezialist ist der Vertragspartner. In den höchsten Tönen lobt der Veranstalter Spanien als Traumland für die Wels- und Zanderfischerei am Stausee Riba-Roja – eine unberührte Wildnis mit uralten Olivenhainen auf den Flanken der Berge. Geier und Seeadler nützen die Thermik, der Wiedehopf spaziert durch die Flur und die bedrohte Sumpfschildkröte lässt sich mit dem Fernglas beim Sonnen auf knorrigen Baumleichen oder Steinen beobachten. Ein Paradies für den Naturliebhaber unter der Gilde der Fischer. Stausee, Fluss und Delta haben den Ruf, zu den fischreichsten Revieren in Europa zu zählen.

Unheimlich düster ist der frühe Morgen im Welscamp am Ebro. Hinter der dicken Wolkendecke zeigt sich die Andeutung eines blassen Schimmers des wachsenden Mondes. Ein Pflanzenteppich aus Laichkräutern und hochgewachsenen, im flachen Bereich angesiedelten Tannenwedeln ist Lebensraum und begehrter Unterschlupf der Weißfische. Sie versorgen als Frühstückshappen die hungrigen Mäuler der eingebürgerten Schwarzbarsche. Rund um die Steganlage mit Platz für 20 Boote platscht und spritzt es wie verrückt. Das Klatschen der jagenden Barsche ist ein phantastisches Naturschauspiel, ein akustischer Hexenkessel. Sie stoßen in die Schwärme der Köderfische, die sich im Pulk Überleben erhoffen, und schnellen vom Angriffsschwung getrieben aus dem Wasser. Das Platschen der Leiber –

auch Karpfen springen zum Vergnügen mit – ist ein außergewöhnliches Konzert. Für ein Klangbild der besonderen Art sorgen die heftigen Attacken der Räuber.

Bei völliger Dunkelheit schleichen wir mit dem Boot zum Platz des großen Fressens. Mit Mühe finden wir die Boje und fixieren mit einem Karabiner am Seil unseren schwimmenden Arbeitsplatz. Die Stirnlampe liefert mir die punktuelle Erleuchtung, um die altersgemäß getrübte Scharfsichtigkeit beim Durchfädeln des Vorfaches durch das Öhr zu erhellen. Hemmungslos rauben kapitale Barsche auch in unmittelbarer Rumpfnähe. Der schleichende Übergang von der Nacht zur Dämmerung ist zeitlich betrachtet jene Phase, in der die Räuber aktiv ihren Hunger stillen. Es ist keine Kunst, die nach der Ankunft im Camp erworbenen tödlichen Reizköder innerhalb des Bereichs der Fressorgie zu servieren. Es scheint nur eine Frage der Zeit, bis sich der erste Fisch an den Spezialblinkern meiner Freunde vergreift. Ich zupfe die erfolgreichen „Popper" ruckartig durch das Wasser – ganz nach Manier der flüchtenden Lauben. Der stumpfe Kopf des Streamers sorgt für eine Bugwelle und soll die gierigen „Amerikaner" zum Anbiss reizen.

Werfen, kurze Pause, rasche, ruckartige Einholbewegung, Rhythmuswechsel und Wiederholung des Verfahrens, das ist meine Beschäftigung. In Panik springen die glitzernden Lauben aus der Oberfläche und versuchen erfolglos, im Luftraum den Verfolgern zu entwischen. Meine bunte Köderfischimitation verführt leider noch keinen dummen Barsch zum Nachschwimmen.

In Gedanken zappelt bereits mein erster Schwarzbarsch an der Fliege. Das wunderbare Bild der Vorstellung erhält leider einen tiefen Riss, als sich beim nächsten Wurf der Spitzenteil meiner bis dato ungetesteten fünfteiligen Reiserute mit der Fliehkraft vom Rest der Rute entfernt. Mit gespielter Gelassenheit denke ich an den Zeitverlust, denn Walter fängt mit Hurra den ersten Fisch. Die tapfere Gegenwehr am Ende der Schnur verspricht Wertschätzung des Fanges, aber der Kerl schafft nur mit Mühe die doppelte Länge des Köders. Variantenreich wird das Metallangebot der künstlichen Köderfische aus der geräumigen Box den gierigen Mäulern angeboten. Ungläubiges Staunen zeichnet unsere Gesichter. Meine sonst so erfolgreichen Spinnfischer können es nicht fassen, dass ihre Lockmittel, mitten im Getümmel feilgeboten, nicht begehrt sind. Schlagartig, wie auf ein geheimes Zeichen hin, verebbt die Beisslust. Vollgefressen erlahmen die Attacken urplötzlich und gespenstische Ruhe legt sich auf die bleigraue Wasserfläche im aufkeimenden Licht der Morgendämmerung. Am Frühstückstisch ist das Erlebnis der Gesprächsstoff.

Der Aufbruch zum Abenteuer verschleppt sich. Mit meiner Mentalität stelle ich das Bindeglied zwischen der deutschen Gründlichkeit und dem spanischen Arbeitstempo dar. Meine Vermittlung besänftigt. Mit reichlicher Verspätung starten wir zur gebuchten Orientierungsfahrt einschließlich Erprobung der ortsüblichen Fangmethoden. Vier Mann in einem Alu-Boot sind von der Agentur aus nicht gestattet. Mir fällt das Glück zu, die Pirsch mit dem Führer eröffnen zu können, während die Freunde im lahm motorisierten Boot mit großem Abstand im Kielwasser folgen. Der Mann ist dankbar, dass ich ihn nicht zur Fischerei ausfrage, sondern mich als Naturliebhaber für den Lebensraum ganzheitlich interessiere. Er zeigt mir schmale Buchten, die sich krumm in die Landschaft fressen, verlassene Adlerhorste – zum Greifen nah – in den zerrissenen Felsen, Weideflächen der Iberischen Steinböcke und Brutröhren von Eisvögeln und Bienenfressern.

Fruchttragende Olivenbäume verschwinden in den Buchten, gesäumt von Schilf und Spanischem Rohr, allmählich in die Wassermassen des aufgestauten Flusses. Das harte Holz der ertrunkenen Olivenhaine widersetzt sich zäh der Verrottung und bildet als Unterwasserdschungel einen faszinierenden Lebensraum für die Fischwelt. Unter der spanischen Sonne erwärmt sich das trübe Wasser auf konstant hohe Temperaturen über 20 Grad Celsius. Es ist ein riesiger Brutkasten, der die Wachstumsraten der vorkommenden Fischfauna antreibt. Trotz des Einsatzes von obligatorischen Echogeräten sind die Verluste kapitaler Welsabrisse und mächtiger Zander fast an der Tagesordnung. Diese Erlebnisse sind der Stoff der abenteuerlichen Schilderungen auf der Terrasse des Bootsplatzes.

An der Oberfläche entlang der Ufertopografie locken glitzernde Schulen von Lauben die Fischfresser aus der Vogelwelt unwiderstehlich an. Nach dem einfachen Prinzip von Angebot und Nachfrage finden die Reiher und Kormorane einen reich gedeckten Tisch vor. Als Brutvogel genießt der Fischreiher den strukturierten Lebensraum des aufgestauten Ebroabschnittes. Im seichten Wasser stehen die lauernden Vögel wie versteinerte Skulpturen und warten auf ihre Chance.

An die herbstlichen Schwärme von Staren, die ständig von den Winzern aus dem Paradies der Rebkulturen verscheucht werden, erinnert mich die vielköpfige Kormoranpopulation. Ihr schlechter Ruf als Fischräuber ist eigentlich nur ein Beweis für ihre erfolgreiche Spezialisierung. Dicht gedrängt ist der schwarze Haufen der vorzüglichen Taucher im Visier der Buglinie. Unablässig verschwinden die Hakenschnäbel aus meinem Gesichtsfeld und andere schießen – die Luftpolster zwischen den Federn erhöhen den Auftrieb – gleich einem Ball aus dem Wasser und fallen wieder elegant in die Schwimmhaltung zurück

Eher schwerfällig heben die Vögel zeitlich verschoben ab. Sie streichen nach einer engen Schleife noch im Kielwasser unseres Bootes frech in ihr Element zurück. Verspätet auftauchende Kormorane erfasst leichter Stress und sie versuchen, mit rascherem Flügelschlag an ihre Artgenossen aufzuschließen. Ich übe mich begeistert im Überschlagsrechnen und komme nach mehreren Treibjagden auf eine runde Koloniestärke von mehr als dreihundert Köpfen. Ein Dutzend Gänsegeier segelt in verschobenen Kreisbahnen. Nischen und Höhlen schützen die Kolonie vor Sauwetter. Trotz Flügelspannweiten bis zu fast drei Metern schrumpft das Gesamtbild allmählich zum Mückenschwarm und verschwindet beim nächsten Kontrollblick aus unserem Blickfeld. Vielleicht haben sie an den Hängen des Iberischen Gebirges einen Kadaver erspäht und erledigen ihre Pflicht als fliegende Gesundheitspolizei.

Die Küstenexkursion verläuft ganz nach meinem Geschmack, aber die beiden Kampffischer möchten endlich Zander aus dem trüben Versteck der Geisterbäume drillen. Äußerst vorsichtig steuert mein Chef das Boot mit der Nase voraus in das Dickicht des steilen Ufers. Ich stehe mit gespreizten Beinen am Bug und übernehme die Verantwortung als Lotse. Der Schraubenkontakt mit den ertrunkenen Baumkronen oder Felsen hat stcts fatale Folgen. Auf Geheiß des Profis knüpfe ich eine blaue Kunststoffschnur in die Uferbotanik. Der Mann zieht sein Boot im Rückwärtsgang aus der lauernden Gefahr, wendet das Schiff und gleitet rund fünfzig Schritte wieder ins offene Wasser. Gleichmäßig läuft die Leine samt Knoten von der großen Spule. Die Symbole auf dem Echolot verraten den hindernisfreien Grund des alten Flussbettes.

Im Geröll greift der Klappanker, und ich ziehe das Boot mit Hilfe der Schnur auf Spannung. Der fixierte Kahn soll die Beobachtung der Bissanzeiger erleichtern. Die Freunde docken an und der Meister seines Faches weiht uns in das Geheimnis der Zandermontage ein – simpel und wirkungsvoll ist das System. Die ständigen Verluste fallen nicht ins finanzielle Gewicht. Der Fachmann fischt sich ein zähes Rotauge aus dem Köderkübel. Ohne Hemmungen zieht er der Plötze mit seinem scharfen Messer zu beiden Seiten der Flanken drei blutende Kerben tief ins Fleisch. Die Sekrete aus den offenen Wunden breiten sich mit der leichten Strömung aus und locken Räuber unfehlbar zum Platz des Verderbens. Garantiert liegt der Fisch, auch nach dem Verenden, nicht im Schlamm. Seine Schwimmblase erzeugt den nötigen Auftrieb und schützt vor den Zangen der Krebse. Die gepanzerten Ritter verursachen durch die Irritation am Bissanzeiger oft einen überhasteten Anschlag. Die Schuld trägt nicht das Krebsgetier, sondern meine mangelnde Erfahrung beim Grundfischen. Nach dem rohen Akt drückt der Mann noch den Haken unter dem Ansatz der Rückenflosse auf die gegenüberliegende Seite und achtet penibel darauf, dass nicht lose Schuppen die Spitze blockieren.

Ein Klemmblei mit dem Durchmesser eines Fingernagels, etwa einen dreiviertel Meter über dem Lebendköder an die Schnur gequetscht, zieht das Opfer in die Tiefe. Mit der Bleikugel wird der geschundene Köderfisch geankert. Sein eng begrenzter Radius erinnert mich an das Bild eines Kettenhundes. Waagrecht über die Bordwand gelegt, zeigt die Rutenspitze Richtung Einwurfstelle, und der Rollenbügel ist nach dem vorsichtigen Spannen der Schnur geöffnet. Weder elektrische Bissanzeiger noch raffinierte Einhängegewichte dienen als Informanten am nassen Tatort, nur ein simples Olivenbaumästchen schaukelt zwischen den Ringen der Rute geknickt auf der Schnur. Konzentriert bis in die Haarspitzen beobachte ich meinen vegetarischen Bissanzeiger. Ich wage es kaum, meine Gerätezusammenstellung auch nur einen Wimpernschlag lang aus den Augen zu lassen.

Regelmäßig ergänze ich das abgestandene Wasser im Eimer der Lauben, um sie fit für die erträumten Zander zu halten. Einerseits stellen die Weißfische durch ihr massenhaftes Vorkommen die Hauptnahrung der Räuber dar, andererseits ist es geradezu eine Anmaßung zu glauben, dass gerade unser gequältes Fischlein vom Hechtbarsch eingesaugt wird. Asiatische Geduld verlangen das passive Warten und die Beherrschung der Schmerzen an den Sitzbeinhöckern. Die Blutstropfen und der Schleim auf den losen Schuppen an Bord locken zunehmend unerwünschte Passagiere in Form von lästigen Fliegen ins Boot. Aggressiv wie die gezüchteten andalusischen Kampfstiere belästigen ganze Schwärme von schwarzen Insekten unsere freien Hautstellen. Frech klettern die Verwandten unserer heimischen Stubenfliege in die Augenwinkel, erkunden Gehörgänge und interessieren sich für unsere Nasenlöcher. Immer wieder spucke ich mit Ekel ein in den Mund verirrtes Insekt aus. Die Viecher sind wirklich eine Plage.

Mein Guide genießt die Freiheit unter Spaniens Herbstsonne und qualmt wie der Schlot einer Chemiefabrik. Ihm bleibt aufgrund des Gestankes zumindest die Invasion der Fliegen erspart. Mitten im genussvollen Lungenzug streckt er seinen rechten Arm mit der eingeklemmten Zigarette zwischen den Fingern, zeigt auf meine Rute und meint gelassen: „Da rührt sich was!" Meine beiden Kameraden im zweiten Boot sind erfahrene Spinnfischer, in Sachen Grundfischen jedoch blutige Anfänger. Aber die Vorfreude auf den ersten Fisch lässt sie mit ihren Ratschlägen über den rechten Zeitpunkt des Anschlages nicht mehr ruhig sitzen. Verwirrt von den verbalen Zuwendungen, vertraue ich dem Guide und reiße nach dem Schließen des Rollenbügels vehement die Rute hoch. Mein Fisch darf mir nicht im blattlosen Geäst der Olivengärten entwischen. Außerdem haben meine Partner noch in der Ferienwohnung die phantastische Elastizität meiner vierteiligen Reiserute getestet und die Qualität des Gerätes gelobt. Unüberhörbar ist das laute Krachen. Aufgesplittert sind die Boronfasern im Bereich der Steckverbindung zum Spitzenteil. In Grenzen hält sich der Verlustschmerz, denn die Bedeutung des Sammelstückes erhöht sich beträchtlich, als am Ende der Leine ein Babywels zappelt.

Hübsch ist der Kerl, ganz anders als die vielen urigen Giganten auf den Beweisfotos im Schaukasten des Welscamps. Der pralle Bauch erinnert mich an das Aussehen einer Riesenkaulquappe. Zwei sehr bewegliche Oberkieferbarteln hängen dem Gefräßigen fast bis zum Ansatz der Bauchflossen. Schlapp hingegen spreizen sich die vier kurzen Bartfäden von der Unterlippe. Sensible Geschmacksorgane sitzen auf den Auswüchsen und erleichtern als verlängerter Arm das Aufspüren der Nahrung. Lächerlich winzig reckt sich die Rückenflosse aus dem breiten Buckel. Auffallend ist der Flossensaum am Ende des Körpers. Die Experten wissen es, nur der Milchner kümmert sich nach der Befruchtung um das Gelege. Er bewacht seine geschlüpfte Brut. Natürlich ist es nicht ausgeschlossen, dass sein eigener Nachwuchs später als Beute im Magen landet. Zur Ruhigstellung meines ersten Welsfanges für den Fototermin drücke ich mir das Großmaul an die Brust. Reichlich Schleim hängt wie transparenter Alleskleber an der Schnur und tränkt auch meinen alten Pullover. Bedauerndes Gelächter sind die Zutaten beim Zurücksetzen des ersten Fisches in das dunkle Reich des vom Stauziel ertränkten ehemaligen Kulturraumes.

Ein vielfältiger Speiseplan ist der Garant für eine starke Entwicklung. Maulwurfsgrillen sind Kulturfolger. Sie ziehen sich durch erhebliche Schäden am Wurzelwerk des Saatgutes den Unmut der Getreidebauern zu. Gerne graben die fingerlangen Insekten ihre Gänge in das weiche Material der Böschungen. Treibt Hochwasser die Tiere aus den Wohnhöhlen, dann schnappen sich die jungen Welse die knackigen Leckerbissen. Die Dimension des Maules steht in keiner gefälligen Proportion zum restlichen Körper. Das blitzschnelle Aufreißen der großen Klappe bewirkt einen gewaltigen Unterdruck, und der Sog zieht die Beute ins Verderben. Trotz des harten Panzers gehören auch Krebse zum Menüplan der Jungwelse. Verschluckt im Ganzen, verschwinden die Scherenträger im Magen oder der Feinschmecker mit der mächtigen Maulspalte und den bemerkenswert kleinen Augen zerquetscht die spröde Rüstung. Anschließend spuckt er die Schalentrümmer des Chitinpanzers aus. Als verletzliche Brutfische fallen viele Welse, als wichtiger Teil der Nahrungskette, den Fangmasken der verschiedenen, sehr räuberisch lebenden Libellenlarven zum Opfer. Ausgesaugt wie eine Weißwurst, verkommen die Hüllen im Schlamm. Überleben diese urigen Fische die kritische Phase der „Pubertät", dann fressen sie sich zum mächtigsten Räuber im Süßwasser. Nicht nur Stammtischbrüder dichten den außergewöhnlichen Fischen mehr als 100 Lebensjahre auf den breiten Buckel, sondern auch Experten sind vom hohen Alter der Methusalems überzeugt.

Mein zweiter Köderfisch hängt bereits am Haken des kräftigen Leihgerätes. Ausgelegt ist die Rutenaktion für kräftiges Schuppenwild. Der Laube, auch als Ukelei bezeichnet, erspare ich den Leidensdruck. Resolut drehe ich dem Köderfisch den Kopf in den Nacken und breche mit einem Knacken sein Genick. Mit scharfen Schnitten der Stahlklinge öffne ich die Flanken des Weißfisches und freue mich insgeheim auf die vorzügliche Lockwirkung im Reich der Räuber.

Rasch schleppt die Bleikugel als Tiefenexpress die Verführung auf Maulhöhe der jagenden und begehrten Zander. Wenige Umdrehungen an der Kurbel genügen, um den Schnurbauch zu spannen. Mein katastrophaler Einstieg in die Technik der Grundfischerei, erleichtert durch den praktischen Einsatz des Motorbootes, beschert mir eine Stationärrolle mit zuschaltbarem Freilauf. Geschlossen bleibt der Bügel, und das feine Klicken verrät durch die Frequenz, rein akustisch, die Hektik am Ende der strapazierfähigen Schnur. Ohne Widerstand dürfte mein Zielfisch ab sofort mit meiner betörenden Kostprobe im Maul abziehen, wenn nicht die Sorge des Urwaldes wäre. Olivenbäume in Reih und Glied gepflanzt, nun nackt und blattlos, garantieren mit der eingeschleppten Dreikantmuschel rund ums Holz Gefahr im Verzug. Seit Jahren vermehrt sich die Wandermuschel explosionsartig. Messerscharf sind die Ränder der Kalkschalen, und sie kappen mit Leichtigkeit belastete Schnüre. Ein lässiges Schnippen an der feinfühligen Mechanik genügt, um den Hebel umzulegen und einen blitzschnellen Anschlag zu setzen.

Mit Genugtuung verlasse ich mich auf mein musikalisches Ohr. Entbunden von der blöden Fixierung des Bissanzeigers, genieße ich faul im Boot liegend die Wärme. Kaum eingezogen ist das Sonnenschutzmittel auf meiner Haut, als neuerlich ein Fisch wieder meinen Köder aus dem Angebot der vielen ausgelegten Ruten auswählt. Unüberhörbar ist das beschleunigende Klicken des Systems. Ohne Rücksicht auf seine Schwimmblase kurble ich den Fisch schnurstracks aus der Tiefe zur Bordwand. Verdammt, wieder kein „Fogosch", sondern ein Zwergwaller.

Eine strukturierte Bucht verspricht neues Anglerglück. Vor dem Auslegen der Köder steht das Manöver mit der die Bucht überspannenden Schnur an. Der Trick dient zur Beruhigung des Bootes, verhindert das Abdriften und erleichtert die Fixierung der Bissanzeiger. Statt an der „Muring" im Wasser der Yachthäfen hängen wir parallel zur luftigen Schnur.

Der unterste Ast einer direkt am Eck der hafenlosen Einfahrt solitär stehenden Pinie reicht uns wie ein Arm entgegen. Im Nu knote ich das dünne Nylonseil an eine Gabel. Unser Guide lässt die Schiffsschraube im Rückwärtsgang arbeiten, und im selben Tempo läuft mir die Leine von der Trommel. Im Spulenloch stecken meine Finger als Achse. Urplötzlich verheddert sich das knotenreiche Geflecht. Nach einer verdammt langen Schrecksekunde steht die Maschine auf Stopp, aber die Trägheit schiebt das Boot noch einige Meter weiter. Unglaublich elastisch dehnen sich die Kunststofffasern. Gespannt wie die Sehne eines Langbogens, beherrscht mich die Zugkraft. Auf das klassische „Mann-über-Bord-Manöver" verzichte ich nach vergeblichem Widerstand mit Großmut und trenne mich von der Gefahrenquelle.

Parallel zur fixierten Schnur liegen wir als Tandem vereint neuerlich auf Pirsch nach den strolchenden Zandern. Zum Zeitvertreib suche ich mit dem Fernglas die Umgebung ab. Plötzlich hören wir ein aufgeregtes Gezeter. Schräg gegenüber, im Dickicht der wassernahen Halme, flüchtet ein rotbeiniges Teichhuhn. Der Vogel flattert panisch mit gespreizten Schwingen und Riesenschritten durch den botanischen Irrgarten. Dicht hinter dem Federvieh verfolgt der Räuber seine kulinarische Abwechslung. Begehrlich scheint ihm das Suppenhuhn. Groß wie eine Wassermelone ist der Schädel mit den schwingenden Barteln, der nach dem Happen schnappt. Vom Angriffsschwung getrieben, schnellt der Waller mit seinem wuchtigen Vorderleib in die Luft. Er verrät sein Jagdrevier durch das laute Aufklatschen. Die Wellen brechen sich an den knotigen Halmen. In letzter Sekunde hat das Huhn seine Federn vor dem Angriff des kecken Räubers im Seichten gerettet.

Auf wenige Planquadrate verteilt, schweben sieben verstümmelte Köderfische maulgerecht über Grund. Das Warten auf die ziehenden Zander verkommt allmählich zum Sonnenbaden. Ausgerechnet wieder mein Rotauge packt sich der Hechtbarsch mit seinen „Hundszähnen". Total unspektakulär hole ich den Fisch mit dem groben Gerät aus seiner dunklen Welt zum Bootsrand. Ohne wilden Überlebenskampf ziehe ich den Zander über den Ring des Keschers. „Der Teufel scheißt immer auf den größeren Haufen!" Diese exemplarische Kostprobe aus dem Sprachschatz der Weisheiten meiner Gebirgsheimat trifft auf mich voll zu, denn neuerlich ist mir die Glücksgöttin Fortuna zugeneigt. Sie schenkt mir das euphorische Nervenprickeln eines faszinierenden Anglertages.

Nicht nur am Eröffnungstag umschmeichelt mich als Laie der Bootsfischerei das Glück des Anfängers. Auch beim Spinnfischen unterhalb der gewaltigen Kraftwerksanlage lande ich eine prächtige Welsdublette. Stolz nehme ich die Schmähung meiner bayerischen Freunde an. Sie behaupten unisono: „Das Glück ist ein Rindvieh und sucht sich seinesgleichen!"

Bei der Jagd- und Fischereimesse in Salzburg wird mir die Ursache unserer Verluste klar: Eine Anköderung am Rücken oder am Schwanz ist nicht sinnvoll, weil Zander ihre Beute am Kopf packen und auch Kopf voraus verschlucken.

WELS

Fliegende Wegweiser

Peters Köderkoffer entspricht einem wohlsortierten Bauchladen. Ohne Geiz öffnet er seine Schatzkiste. Als erfolgreicher Hecht- und Huchenangler drückt er mir belehrend einige Modelle für die Spinnfischerei in die Hände. Ich weiß um den Preis der kostbaren Stücke und beschränke mich mit angemessener Bescheidenheit auf einen roten und gelben Wackelschwanz aus Gummi sowie ein raffiniertes Federspiel.

Ausgesetzt wie Robinson Crusoe übernehme ich – der Platzmangel auf dem Alu-Kahn behindert die Freiheit der Weitwürfe – meinen ersten Part am Ufer. Ein dicker Filz von säumenden Wasserpflanzen wächst als lästiges Hindernis zwischen mir und dem schwänzelnden Weichköder in der sanften Strömung. Mit Grausen inspiziere ich das Müllbiotop meiner Umgebung. Ein vegetationsloser Pfad führt vom Niveau des verschmutzten Uferschotters und der Kunststofffetzen auf den Tamarisken zwischen den mächtigen Konglomerat-Brocken der steilen Abrisskante und den Betonklötzen samt rostigen Eisenteilen zur Höhe der massiven Stützmauer. Iberische Steinböcke würden den Weg mit Leichtigkeit bewältigen, ich meistere die Höhenmeter so geschickt wie möglich. Beinahe vergesse ich den eigentlichen Zweck meiner Fangexkursion. Ich genieße vom hohen Pirschstand einen phantastischen Blick über die mächtige Wehranlage einschließlich Unterlauf des Ebroflusses. Farbliche Lichtblicke sind die alten Ziegeldächer des Nestes Riba-roja d'Ebre mit ihrer Patina.

Die Partner und der Guide suchen das Wasser mit versetzten Würfen innerhalb leicht überlappender Sektoren vom geankerten Boot aus nach Schuppenwild ab. Mir treibt die spanische Herbstsonne die Schweißperlen aus den Poren. Die Kappe, meine praktische Fliegenfischerweste mit den vielen Taschen und die Leihrute verzieren bereits seit geraumer Zeit den nächsten Busch. Weit in den Korridor meines luftigen Weges hinein ragen die Wurzelausläufer der Sträucher als gefährliche Fußfallen. Ich lege mich platt wie eine Smaragdeidechse auf den Bauch und schiebe meinen Kopf über die Kante, um einen Absturz von der rund zehn Meter hohen Wand vorzubeugen.

Mit ein paar Kieselsteinchen im freien Fall überprüfe ich die Gesetzmäßigkeit der Gravitation. Das Bauwerk des Staudammes stellt eine imponierend wuchtige Anlage dar. Die Masse des starren Betons ist beeindruckend. Auf der Dammkrone stehen Betriebskräne in rhythmischem Abstand und darunter reihen sich Schleusentore über die halbe Breite des Flusskraftwerkes. Kümmerliches Restwasser benetzt wie ein transparenter Vorhang den krummen Rücken bis fast zum Fuße der Wehranlage. Bewusst grob und unregelmäßig verlegte Natursteine bremsen durch die Reibungskräfte die Fallenergie des stürzenden Wassers. Nach der Überwindung der Höhendifferenz entspannen sich die Turbulenzen im Auffangbecken. Sedimente haben reichlich Zeit, um sich als Bodensatz zu beruhigen. Mit Sauerstoff angereichert sättigt sich das nasse Element. Es zirkuliert als schmächtige Walze. Allmählich befreit sich das Weißwasser und folgt dem Zug der Strömung. Als Energievernichter bietet das Bollwerk aus Stahlbeton den Wassermassen bei kritischem Pegelstand die Stirn. Geschäftssinn ist der Zweck der Wasserbändigung. Im letzten Drittel der mehr als dreißig Meter langen Kanäle verpufft das gleitende Wasser und vermischt sich mit dem tiefen Stillwasser im geteilten Flussbett.

Eine glitzernde Wolke im Wasser erregt meine Aufmerksamkeit. Dicht gedrängt schlängelt sich mit einer sanften Kurve die unglaubliche Masse von Leibern, vermutlich Lauben, in den mit Algen überzogenen Kanal. Ein paar Tiere an der Spitze der Prozession leiten wie von Geisterhand gesteuert ein Wendemanöver ein. Den Wellen von Erdbeben verwandt, pflanzt sich die Information blitzschnell in sämtliche Köpfe fort. Die schwimmende Heerschar von tausenden Individuen gleitet mit faszinierender Leichtigkeit durch das sichtige Ebrowasser. Im Verbund schwimmen die Fische Schuppe an Schuppe.

Wie schaffen es eigentlich die als primitiv eingeschätzten Flossenträger, ihre Welt unfallfrei und vor Feinden geschützt im Schwarm zu meistern? Wissenschaftliche Verhaltensstudien über Schwarmgemeinschaften belegen eindeutig, dass Vögel, Bienen oder eben Fische sich blind auf ihr genetisch vererbtes Programm verlassen. Um die verblüffende Reaktion der Schwarmfische zu verstehen, ist auch das Wissen über ihre ungewöhnlichen Sinnesorgane nötig. Die geringste Abweichung vom eingeschlagenen Kurs durch die unmittelbaren Nachbarn genügt, um die feinen Druckunterschiede und Veränderungen der Strömung dem Schaltzentrum zu melden. Reflexe steuern den Prozess. Beinahe vom Kiemendeckel bis zum Schwanzansatz reichen, vergleichbar mit den Zähnen eines Reißverschlusses, die hochempfindlichen Sinneszellen des Seitenlinienorgans auf beiden Flanken. Nuancen der Wasserbewegung genügen durch die differenzierte Wahrnehmung, um beinahe zeitgleich das Steuer herumzureißen. Einfach ausgedrückt: eine wunderbare Erfolgsgeschichte der Evolution. Die spezialisierten Organe ermöglichen die phantastische Schwarmintelligenz.

Das Getöse des Wassers übertönt die Schreie meiner Bootsleute zum Schichtwechsel. Erst die rudernden Armbewegungen signalisieren mir die Ablösung. Die Frist ist ohne Biss verlaufen und demotiviert.

Orographisch betrachtet, arbeiten auf der rechten Seite die Kaplanturbinen das Ebrowasser ab. Im Auslauf der Gischt setzen die Einheimischen die Anker ihrer Boote, während wir im turbinenlosen Abschnitt, im ruhigen Bereich mit Kehrwasser, den Wallern nachstellen. Immer wieder fliegen die Gummischwänze mit dem massiven Bleikopf im hohen Bogen in die Weite und knallen wie kleine Bomben auf die funkelnde Oberfläche. Das Werfen der Fischattrappen und das Einkurbeln der Köder entwickeln sich zur Knochenarbeit. Meine Ausdauer erlahmt relativ rasch und ich schlage noch weit vor der Zeit meinen Austausch für die Ufererforschung vor.

Neuerlich liege ich platt auf dem betonierten Pirschstand. Urplötzlich, aus dem Nichts auftauchend, sitzt auf halber Tiefe auf einem rostigen Ankergewinde ein prächtiger Eisvogel. Er akzeptiert die technische

Hilfe als Ansitz in der betonierten Steilwand der Wehranlage. Ich wage es kaum, mich zu bewegen und schiele mit verdrehten Augen listig zum Fischjäger. Das mutige Tier bei seinen Tauchattacken zu bewundern, schüttet Glückshormone aus. Vergessen ist die unbequeme Lage auf der harten Mauerkrone. Als unmittelbaren Beobachter lässt mich der fliegende Edelstein an seiner täglichen Futterbeschaffung teilhaben. Immer wieder stürzt sich der prächtige Vogel wie ein Kampfflugzeug in die Masse der periodisch vorbeischwimmenden Lauben. Nach dem Start von seiner Warte legt er seine Flügel blitzschnell eng an den Körper und stößt mit seinem dolchartigen Schnabel in das unendlich scheinende Futterparadies. Oft flattert der Stoßtaucher im Rüttelflug knapp über dem glitzernden Heer der Fischleiber.

Einige Male bricht er unmittelbar über dem Wasserspiegel seinen Angriff ab, fliegt eine enge Wende und steigt neuerlich zu seinem Ausgangsplatz zurück. Wohl ein Dutzend Sturzflüge braucht der Jungvogel, ehe er, mit einem Fischlein im langen Schnabel, die von den Luftblasen verwirbelte Oberfläche des Stillwassers durchbricht. Die zappelnde Beute hält der Spezialist im Bereich des Schwanzansatzes fest. Mit hektischen Kopfbewegungen schleudert der Vogel den Fisch mehrmals auf den harten Astersatz, um die Fischkost zu betäuben. Unglaublich geschickt dreht er seine Hauptnahrung und würgt den Laubenhappen mit dem Kopf voraus in den Magen. Sein Kopf und Rücken schillern in prächtiger türkisblauer Federnfarbe. Weiße Tupfen verzieren den Kopf und ziehen sich wie eine mehrgliedrige Perlenkette über den Sattel der Schwingen. Das Rostrot auf der Bauchseite steht im üppigen Kontrast zum übrigen Gefieder.

Einem Spuk gleich verschwindet der Vogel pfeilgerade im Tiefflug entlang der Wasserlinie. Pumpen die Bachstelzen im gemütlichen Flugbild über ihr Reich, vergleichbar mit schlecht austarierten und kopflastig gebastelten Segelflugzeugen, so zieht der kühne Taucher, mit seinem auffallend kleinen Stoß, mit Rasanz über das Nass.

Mit Wehmut verfolge ich die Flucht des mutigen Fischfängers und entdecke Großartiges. Zwei Prachtwelse sonnen sich direkt am Überlauf. Ist mein Eisvogel gar ein Bote, den mir die positiven Naturgeister schicken, um meine Blickrichtung zu beeinflussen? Bedankt sich der gefiederte Meisterfischer dafür, dass ich seinen Artgenossen die Chance auf natürliche Steilwände und die Möglichkeit, Brutröhren zu graben, erkämpft habe? Ich schließe nicht aus, dass sensible Menschen die Schwingungen unserer gemeinsamen Bausteine, egal ob Kristalle, Pflanzen oder Tiere, spürbar wahrnehmen. Sein Erscheinen, die phantastische Beobachtung bei seinem mühsamen Futtererwerb und das blitzschnelle Verschwinden empfinde ich als Dankeschön für meine Verdienste in Natur- und Artenschutzprojekten.

Kühn schöpfe ich dafür mit meiner maximalen Wurfweite Richtung Mauerwerk die Spinnstrecke aus. Ein gleitender Widerstand wischt schlagartig meine Lethargie bei der Spinnfischerei weg. Mein angeknüpftes Vorfach mit einem Durchmesser von 0,28 Millimetern wird wohl den Belastungen eines kapitalen Zanders während der Drillphase standhalten. Hängt hingegen ein mittlerer Wels am Haken, dann ist Gelassenheit geboten. Im Bug des Bootes stehe ich mit versetzter Fußstellung breitbeinig und merke mit Staunen, wie sich der Kahn gemächlich, trotz versenktem Anker, zum aktuellen Standort des Fisches hin ausrichtet. Träge wie ein Ochse zieht das Schuppenvieh seine Kreisbahnen in der Tiefe des Schwellbetriebes. Laut Echolot und Erfahrung des Guides ist der Bereich frei von holzigen Hindernissen.

Mit dosiertem Zug pumpe ich den Kerl gemächlich vom steinigen Boden des Ebrobettes und näher an die Bordwand. „Du hast es bald geschafft", meint der Guide wohlwollend. Meine Unerfahrenheit im Umgang mit den urigen Fischen drückt sich wohl als großes Fragezeichen in meinen Gesichtszügen aus, denn er schießt als Erklärung sofort nach: „Siehst du die Blasen? Durch den abnehmenden Druck dehnt sich die Luft im Bauch aus. Über das Maul entweicht der Überschuss und du kannst leicht die Schwimmrichtung des Fisches verfolgen." Ganz einfach: Die Menge der Blasen lässt auf die Größe des Wallers schließen.

Nun entdecke auch ich die Luftperlen, die gleichsam den Flaschentauchern an die Oberfläche torkeln und blubbernd zerplatzen. Der Wels scheint ziemlich erschöpft zu sein, es gelingt ihm aber, sich unter den Schatten des Bootes zu flüchten und sich zum Überdruss in das Ankerseil zu verwickeln. Meine Ratlosigkeit als Welsbändiger findet im Bootsführer die Rettung aus dem Schlamassel. Aufregend langsam zieht er den Klappanker Stück für Stück vom Grunde. Es gelingt ihm tatsächlich, die Leine samt Fisch aus der bedrohlichen Blockade zu befreien.

Das Schauspiel bestürzt den Fisch mit den winzigen Knopfaugen. Neuerlich schöpft er seine letzten Energiereserven aus und peitscht das Wasser mit seinem Schlangenschwanz zum Schaum in unmittelbarer Rumpfnähe. Kurz währt sein Freiheitskampf. Ehe das Großmaul es begreift, schnappt sich der Guide – ein Handschuh aus Leder schützt seine Hand – den Unterkiefer und zieht den Fisch ins Boot. Rutscht der massige Schädel erst über die Bordwand, dann gleitet der schlanke Hinterleib, gut geschmiert durch die schleimige Haut, von selbst ins Trockene. Auf der Flanke ziert das Kratzprofil, einer breiten Kupferbürste gleich, die glatte Haut. Diese Verletzung ist typisch für Reibereien unter den Artgenossen.

Bevor ich meinen größten je gefangenen Fisch wieder in die Freiheit setze, muss er noch die kurze Fahrt zum am Ufer ausgesetzten Fotografen erdulden. Mit dem Wallerhandschuh greife ich mir heldenhaft das Ungeheuer. Der Unterkiefer eignet sich hervorragend für den sicheren Griff und die Posen mit dem schuppigen Modell sind flott verewigt. Ohne maßlos zu übertreiben, lassen die mathematischen Vergleiche mit meiner Körpergröße auf eine Länge des Tieres von rund 140 Zentimetern schließen. Der Ehre halber sei gesagt, dass die Ausdehnung der Barteln keinen Niederschlag in der Beurteilung gefunden haben.

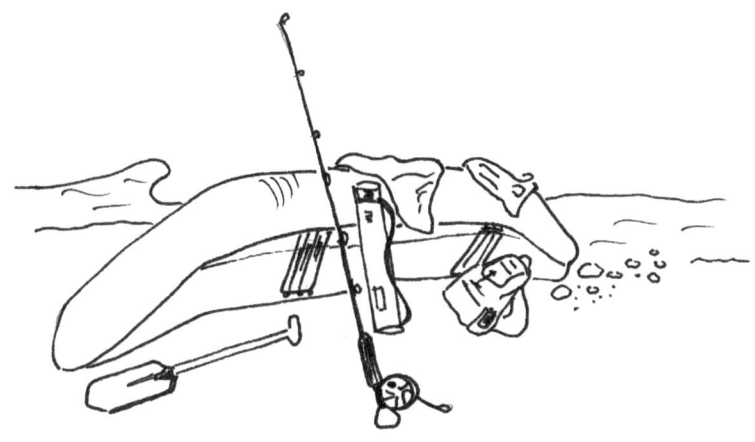

FLUSSBEFAHRUNG

Nasse Manöver

Die beiden Fahrzeuge für die Flussbefahrung haben den Transport im Packmaß gut überstanden. Die Saumtiere leisteten brav ihre Arbeit. Weder poröse Falten noch defekte Ventile oder gar undichte Luftkammern geben Anlass für einen besorgten Befund. Jede röchelnde Kolbenbewegung der Luftpumpe presst Leben in die schlappe Gummihaut des Bootes. Prall erdulden der Kanadier und das Raftingboot den Lufttest im Trockenen.

Noch stehen uns die Dolmetscherin und die zähen Pferdetreiber bei. Die Nabelschnur zur Außenwelt ist intakt.

Eine Nacht später – sintflutartige Niederschläge lassen Schlimmes befürchten – sind wir vier „Urlauber" auf unsere eigenen Fähigkeiten angewiesen. Der Tross hat sich aufgespalten. Die Pferdeführer sind mit ihren Packtieren auf dem Rückweg. Auch unsere wasserscheue Übersetzerin begleitet die Männer. Ohnehin hätten wir auch für eine hübsche Galionsfigur keinen Platz. Wir werden, meint sie zum Abschied, auf der Bootsfahrt sicher keine Menschenseele treffen. Wie ausgestorben sei das Grenzland zu

Sibirien. Der Verzicht auf ihre Dienste falle nicht ins Gewicht. Nach gut einer Woche hole sie uns mit den Fahrern am Ende der Wildwasserfahrt ab. Bernd trägt die Verantwortung. Er besteht darauf, dass wir im Stillwasser des gemächlich strömenden Seitenarmes ein paar Manöver unter seinem Kommando ausführen. Für ihn als Kapitän ist im Boot das Heck bestimmt. Ich habe hingegen die Ehre, im Bug das Spritzwasser hoher Wellen zu schlucken. Galant hält er das schmale Gefährt mit dem kühnen Schriftzug „Outside" fest, damit ich bequem im vorderen Bereich meine Position einnehmen kann. Abgestützt mit dem Paddel auf beide Wülste, steige ich ein. Rasch nimmt das Wackeln ein Ende, nachdem ich den Schwerpunkt meiner Masse auf das Wasserniveau absenke. Beunruhigendes Gemurmel entschlüpft dem Meister hinter meinem Rücken.

Die bullige, bauchige Form unseres Kanadiers erhöht wesentlich seine Kippstabilität. Zudem verträgt das Boot reichlich Gewicht an Zuladung. Natürlich mindert die Gesamtlast die Wendigkeit des Fahrzeuges. Aber wir wollen ohnehin nicht an Wettbewerben teilnehmen. Es gibt Fanatiker, die nur in kniender Position auf ihre Bewegungsfreiheit beim Einsatz des Stechpaddels schwören. Die bessere Kontrolle des Bootes ist ihnen auch auf Dauer die Büßerstellung wert. Wir hingegen rasten bequem auf den leicht abgesenkten Sitzbrettchen und stabilisieren das Gleichgewicht mit geöffneten Oberschenkeln. Während sich die Stiefelsohlen berühren, spreizen sich die Waden am oberen Rand des Bootswulstes ab. Der Vordermann ist trotz Einsatzes der Muskeln kaum in der Lage, das Boot wesentlich in der Richtung zu beeinflussen. Lange Paddelzüge sorgen wohl für den nötigen Schub bei der Umschiffung von Klippen, aber die raschen Kursänderungen fallen vorwiegend in den Kompetenzbereich des Kapitäns.

Bevor wir endgültig in den Fluss stechen, fühlt sich Ingo als studierter Sportwissenschaftler dazu berufen, ausgerechnet mir Verhaltensregeln ins Gewissen zu drücken. Im Falle einer Kenterung können Ratschläge Leben retten. Nicht wissen kann er, dass ich eine leidenschaftliche Wasserratte bin. Auch bestätigt eine Lizenz in meinem Geldbeutel die Ausbildung zum einfachen Taucher. „Wenn du", meint er im mir bekannten schulmeisterlichen Ton, „ins Wasser fällst, dann strecke die Beine stromabwärts, damit du mit dem Schädel nicht auf den erstbesten Felsen krachst! Vergiss den Kampf gegen die Strömung. Du bleibst immer zweiter Sieger. Verdammt rasch schwinden die Kräfte. Behalte einen kühlen Kopf und atme bei jeder Gelegenheit. Angesoffene Wathosen sind schwer wie Blei. Rascher als du denken kannst, zieht dich eine Walze von der Oberfläche."

Trocken starten wir in das nasse Abenteuer. Wie Rauch dem Feuer folgt, so verraten Wellenberge an der Oberfläche mächtige Felsen am Grund. Sie bieten dem Fluss die Stirn. Weißes Wasser ist die Warnung. Die fest im Boden verankerten Steine widersetzen sich seit Millionen von Jahren dem permanent fließenden Element. Nie und nimmer würde man den schmeichelnden Molekülen des Wassers ihre Kraft zutrauen. Ihre Macht zur Veränderung von Hindernissen ist unglaublich. Hochwasserkatastrophen im Siedlungsraum beweisen die vernichtende Energie. Je näher sich die Steine zur Oberfläche drängen, desto heftiger bäumen sich die Wassermassen auf. Gebremst, umgelenkt und aufgeworfen, donnern die Fluten schließlich über das Hindernis hinweg. Aufgepeitscht dreht sich die Wasserwalze einer Riesenwaschmaschine gleich im Rückwärtsgang. Jeder Fremdkörper wird von einem Riesenschlund angesaugt, mit brutaler Kraft in die Tiefe gerissen, von der Strömung bodennah erfasst und alsbald wieder ausgespuckt.

Die reichlichen Niederschläge lassen den Tengis anschwellen. Erheblich erhöht hat sich nicht nur der Wasserstand, sondern auch die Fließgeschwindigkeit. Die Macht der Strömung ist beeindruckend. Rasch nähern sich die gefährlichen Hindernisse. Wenig vermag der Mensch mit der schmalen Paddelfläche auszurichten, wenn sich die Urgewalt der flutenden Massen austobt. Den Schub der Strömung nutzen und sich an den kritischen Stellen geschickt vorbeischwindeln, das ist das bessere Rezept.

Der Fluss gräbt sich durch den eiszeitlichen Zeitzeugen einer gewaltigen Stirnmoräne. Er schneidet sich mit rascher Fahrt durch das abgelagerte Material der Terrasse. Verblockungen in Form von bedrohlichen Steinen zwingen uns zum flotten Kurswechsel quer durch das Wasser. Den Bug des Bootes im rechten Winkel zu den Wellenbergen und Walzen auszurichten ist unmöglich. Einem Wasserfall gleich klatschen mir als Frontmann in rascher Reihenfolge ganze Fontänen ins Gesicht. Für den Rest der Flussreise reichen mir die erfrischenden Duschen. Kein Auge bleibt trocken. Gar hinter der Wathose findet das Nass den Weg bis zu den Socken. Ein eng angelegter Brustgurt ist beim Waten im tiefen Wasser eine vernünftige Schutzmaßnahme. Die Fessel am Oberkörper mindert aber das Sitzvergnügen im Kanu erheblich. Gelockert erhöht er die Beweglichkeit, dafür büße ich mit getränkter Unterwäsche.

Angehoben vom Schaumberg schneidet der Bug in das Spritzwasser, ehe er wieder mit einem harten Schlag auf das Element zurückklatscht. Oft sticht mein Paddelschlag fast ins Leere. Wirkungslos verpufft der Einsatz für den Vortrieb. Literweise schöpfen wir unfreiwillig Wasser. Knöchelhoch schwabbelt das Nass im Bauch des Kanadiers. Das festgezurrte Gepäck liegt abgesoffen in der Lache. In weiser Vorausahnung habe ich meinen Fotoapparat im wasserdichten Beutel zusätzlich im schützenden Rucksack verstaut.

Wir haben das trichterförmig auseinanderlaufende Wasser einfach übersehen und schrammen, trotz geringem Tiefgang des Bootes, über die seichte Schotterbank. Das Auflaufen blockiert das Fahrzeug. Wir sitzen fest. Bevor einer von uns aussteigt, um durch die Gewichtsentlastung das Kielwasser zu erhöhen, müht sich jeder redlich. Mit der Verwendung der Paddelblätter als Stakhilfe graben wir den Kies im flachen Bett schier um. Der Einsatz des Werkzeuges zahlt sich aus. Die Wasserkraft packt den längeren Hebelarm des Bootes. Langsam schwenkt das Heck des Fahrzeuges quer zur Strömung. Die Breitseite nimmt die Schubkraft des Flusses auf. Ohne Aussteigen genießen wir das anmutige Wasserballett und winden uns im Walzersinn über die Flachstelle der Furt. Noch verkehrt ausgerichtet, nimmt der Kanadier wieder Fahrt auf. Abgelenkt durch das Spiel mit den Kräften, gewahren wir beide reichlich spät das gefährliche Hindernis mit einigen versetzten Felsen. Nichteinsehbar lauern sie nach einem Mäander direkt in unserer Fahrrinne.

Das Bild der Wildwasserstrecke verursacht urplötzlich Stress. Wir können nicht mehr entkommen. Lauter und gefährlicher rauscht der Fluss.

In der Stimme von Bernd liegt ein Hauch von Panik. „Zieh!", schreit er mir ins Genick. Ich habe nicht die geringste Lust, mit erhöhter Geschwindigkeit gleich den ersten Felsen zu rammen. Ich verweigere den Dienst. Bewusst meutere ich, denn nach meiner Erfahrung – die mit Baumleichen gespickten Flüsse in Alaska sind beinharte Lehrmeister – peilt das Boot direkt auf den ersten Prellbock zu.

Schon wesentlich heftiger dröhnt seine neuerliche Aufforderung zum Einsatz des Geräts. Einem Sturm gleich steigert sich die Intensität seiner Lautstärke, und beschleunigt hallen die Worte über den rauschenden Fluss: „Zieh, zieh, verdammt, zieh doch!" „Wir haben keine Richtung! Links oder rechts?", reagiere ich verärgert. Spontan entscheide ich mich für eine Seite, wir richten das Fahrzeug mit vereinten Kräften fast quer zum Fluss und treiben es mit langen Zügen aus der Gefahrenzone. Wahrlich in letzter Sekunde gelingt es uns, den Kanadier auszurichten und das Heck vor dem Aufprall zu retten. Nur um Haaresbreite schrammen wir mit unserem Fahrzeug am Fels in der Brandung vorbei. Der Schweiß auf der Stirn vermischt sich mit dem Spritzwasser. Die Gewichtsverlagerung verändert das Verhalten des Bootes schlagartig. Die vergrößerte Angriffsfläche der Flanke auf der Strömungsseite entfaltet eine fatale Wirkung. Noch ehe die körpereigene Notwehr auf die spontane Krise reagiert, schiebt die Kraft des Wassers die aufgelaufene „Nussschale" einseitig am Felsen hoch. Gewaltige Mengen an Sekundenlitern ergießen sich einer Flutung gleich in den Bauch des Fahrzeuges. Urplötzlich erfolgt der wässrige Purzelbaum. Die gesamte Besatzung geht mit dem nachlässig gesicherten Inventar baden.

Die guten Flussgeister stehen auf unserer Seite. Wir schaffen es und schwindeln uns zwischen den Felsen durch. Das tiefe Loch hinter dem mächtigen Hindernis wäre eine äußerst unsympathische Stelle für eine Kenterung. Nicht auszudenken wäre die Katastrophe, wenn das Gefährt durch den enormen Wasserdruck mittig an den Felsen gepresst würde.

Bernd ist von meiner Krisenbewältigung beeindruckt. Fortan überlässt er mir den Vorschlag für notwendige Kursänderungen. Trotzdem müssen wir in unregelmäßigen Abständen zum Ufer paddeln, um das unfreiwillig „geschöpfte" Wasser wieder zu entleeren. Nachdem wir den Kanadier ausgeräumt und auf den Kopf gestellt haben, ergießt sich das Restwasser wieder in das angestammte Flussbett.

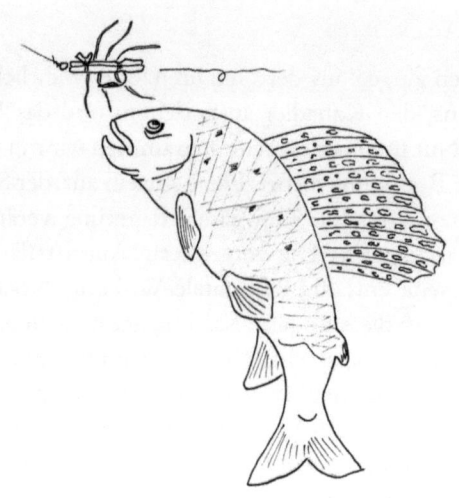

GELBSCHWANZÄSCHEN

Mongolische Schönheiten

Fische sind phantastische Geschöpfe der Evolution und keine stumpfen Lebewesen. Ihre Artenvielfalt ist großartig. Hochsensible Sinnesorgane erleichtern den Kreaturen bewundernswerte Anpassung in extremen Nischen. Das Fischen bis zur Erlahmung der eigenen Kräfte zeigt bereits Symptome einer dekadenten Grundeinstellung. Misshandlungen des Schuppenträgers während absichtlich verlängerter Drillphasen mit ultraleichten Schnüren oder Vorfächern sind nachweislich eine Tierquälerei. Langatmiges und umständliches Posen mit dem Traumfisch zur Dokumentation im Fotoalbum, das unsachgemäße Herausoperieren der Haken und das rohe Zurücksetzen leiten oft genug einen späteren Tod ein. Das Fangen und Zurücksetzen – modern als „Catch and Release" bezeichnet – vermehrt sich wie eine Fischseuche unter den Anglern. Aber diese Methode stößt nicht nur bei militanten Tierschützern auf Ablehnung. Das Geschöpf Fisch wird zum Spielzeug degradiert. Zurückgesetzte Speisefische, die das Brittelmaß leicht übertreffen, heiligen als Mitleidsgeste nicht den Zweck.

Die Geisteshaltung und der praktizierte Artenschutz drücken sich am Fischwasser dadurch aus, dass im Sinne der Nachhaltigkeit unser virulenter Beutetrieb unter Kontrolle gehalten wird. Der „Wilde", so sagt man, fährt täglich mit seinem Boot zum Fischfang. Für jeden Kopf seiner Familie fängt er nur einen Fisch. Zum Überleben reicht das zappelnde Eiweiß. Und morgen versucht er neuerlich sein Glück. Alle seine Register zieht hingegen der „Weiße", um bis zum letzten Lichtschimmer unzählige Tiere auf die Schuppen zu legen. Er ist ein Sklave seines Fangrausches. Verebbt die Lust, vergammelt häufig ein Teil seiner Beute.

Wir Petrijünger und besonders die Zunft der Fliegenfischer mit ihren filigranen Lockmitteln haben es in der Hand, Fischen den gebührenden Respekt zu erweisen. Erlaubt die Jugend des Fisches, ihn ohne Verletzung schonend zurückzusetzen, dann macht es Sinn. Gäbe es eine Parade der Süßwasserfische, dann müsste ein Milchner mit seiner Fahne aus der Familie der Äschen den Zug anführen. Unglaublich mächtig ist die Rückenflosse ausgebildet. Ausgestattet mit dem optischen Lockmittel, ist es den Fischmännern eine Kleinigkeit, ihre Auserwählten um die Flosse zu wickeln. Aber in puncto Farbenpracht sind die mongolischen Gelbschwanzäschen unschlagbare Schönheiten. Ihr Schuppenkleid ist ein Meisterwurf der Evolution.

Der leichte Wind beunruhigt geringfügig die „Haut" des Wassers. Gekräuselt im rhythmischen Muster, reflektiert die Oberfläche das Licht der Sonnenstrahlen. Die Miniwellen blitzen und funkeln Eiskristallen gleich. Eine Strömungskante konzentriert nicht nur das andriftende Lebendfutter aus der Welt der Insekten, sie garantiert auch das Vorhandensein von schuppigen Schwarmvertretern einen Wasserstock tiefer. Nach altersgemäßer Rangordnung und Wachstumsfreudigkeit geregelt, stehen sie als Schatten im Strömungszug. Sie warten auf den kleinen Schmaus der antreibenden Nahrung. Meine Lieblingsgerte hat sich aufgrund der unpraktischen Transportlänge die Anreise erspart, dafür findet die vierteilige „Travellerrute" ihren ersten Einsatz am einsamen Fluss. Zart zerfließen die Ringe, wenn die Tiere winzige Portionen von der Grenzschicht schlürfen. Ich entscheide mich für Trockenfliegen mit hellen Flügeln, da die Belästigung durch die transparenten Blutsauger spürbar ist. Die altersgemäße Weitsichtigkeit und das mangelnde Kurzzeitgedächtnis ergaben den Anstoß, dass ich auf die nützliche Lesebrille verzichtet habe. Für Notfälle, eigentlich eher zum spielerischen Zündeln mittels bikonvexer Linsen geplant, steckt eine klappbare Lupe in der Tasche der vielseitigen Fliegenfischerweste. Der Durchmesser des Öhrs provoziert den befürchteten Augentest. Mit über den Kopf gestreckten Händen soll mir der helle Hintergrund das Einfädeln des Vorfaches erleichtern. Schließlich verhilft mir meine Feinmotorik, abgestützt mit den nicht benötigten Fingern, nach lästigen Blindversuchen zum Erfolg.

Das baumlose Ufer verlangt absolut keine Beherrschung von Kunstwürfen. Zudem kennt der sagenhafte Äschenbestand im jungfräulichen Fluss keine Belästigung durch Menschen. Unmittelbar vor meiner Nase steigen die Fische. Die lächerlich geringe Wurfdistanz ließe auch einen blutigen Anfänger euphorisch jubeln. Nur eine Frage von wenigen Versuchen scheint die erste zappelnde Gelbschwanzäsche am bartlosen Haken zu sein.

Verflixt und zugenäht! Ich versäume um Bruchteile einer Sekunde das Zuschnappen der Mäuler. Hat mir der mit fremden Kulturen verseuchte Darm nicht nur den Wasserhaushalt aus den Fugen geworfen, sondern auch den Augendruck nachhaltig verändert? Die Gedanken beunruhigen mich. Ich verliere meine Trockenfliegen nach dem federleichten Aufsetzen viel zu rasch aus der scharfen Kontrolle. Oft verpufft der Anschlag ins Leere. Heikel ist das treibende Planquadrat mit dem Imitat. Steigen Fische im Verdachtsbereich, dann lösen sie einen Anschlagsreflex aus.

Beschämend hoch ist die Quote meiner Versager. Andere Äschen wundern sich, dass der wandernde Bissen urplötzlich aus ihrem Sichtfenster schlittert. Erstaunt streben sie wieder ihrem ursprünglichen Standplatz zu. Eingeordnet in die versetzte Reihe warten sie auf neue Anflugnahrung. Würgt eine Forelle kannibalisch einen jüngeren Artgenossen in den Magen und kann sich anschließend gelassen dem Verdauungsgeschäft widmen, so sind die Äschen stets zur lebhaften Aktivität gezwungen. Die kleinen Portionen ihrer Beute stillen kaum den Hunger. Unermüdlich treibt es die Fettflossenträger durch das Wasser, um sich am aktuellen Nahrungsangebot schadlos zu halten. Im Vergleich zur launischen Forelle leben die Äschen gerne gesellig im Revier. Mit Vorliebe schlürfen sie die verschiedenen Larventypen, wie Eintags- und Köcherfliegen oder die großen Vertreter der Steinfliegen, in Bodennähe auf. Kleinstkrebschen bereichern als Köstlichkeit ihren Speiseplan.

Der Schlupf der Nymphen ist wie eine gedeckte Festtafel. Ein Schlaraffenland für die Salmoniden. Fast hektisch sammeln sie im Bereich ihres Stammplatzes die notwendigen Energielieferanten ein. Zum Aufbau ihrer Zellen brauchen sie das verdaute Eiweiß. Der geringe Fettanteil der Nahrung deckt kaum den Energiebedarf zum stetigen Steigen. Kein Wunder, dass sich viele starke Äschen an der Brut vergreifen. Reiben sich Strömungen mit unterschiedlicher Geschwindigkeit und beruhigt sich das verwirbelte Wasser nach dem Zusammenfluss, dann fühlen sich die Äschen wohl. Oft bildet sich an der Grenzzone ein schlanker Blasenteppich, der exakt die Futterdrift andeutet. Kleiden grobe Steine als Bremsblöcke der Strömung noch das Flussbett aus, sparen die Fische Kraft hinter der Deckung. Begehrt sind die Strömungsschatten. Die Tiere wissen um die Vorteile.

Flink wechsle ich die Rute von der rechten in die linke Hand und kurble die ausgelegte Länge der Flugschnur wieder auf den Kern der Spule zurück. Nur die Schlaufenverbindung und das konische Vorfach mit der verschmähten Fliege flattern in der Brise. Für einen entfernten und unkundigen Betrachter mag es komisch aussehen, wenn ich einige Male mit der Greifhand durch die Luft fuchtle, um die widerspenstige Schnur zu bändigen. Der haardünne Strich ist aus der Weite nicht zu lokalisieren. Meine Schneidezähne sind zum Abbeißen der Schnur in unmittelbarer Knotennähe nicht geeignet. Aber der an einem Kettchen baumelnde Nagelzwicker schafft es rasch und sauber. Den Griffteil der Fliegenrute zwischen den Oberschenkeln eingeklemmt, fische ich mir mit den freien Händen die Lieblingsdose aus einer Westentasche. Offen liegt die bunte Welt der Kunstfliegen vor mir. Sie erleichtert die Lust am Experimentieren. Leider reagieren die mongolischen Äschen auf mein Angebot äußerst unzufrieden

„Mosquito", „Brown Sedge" und „Tricolore Palmer" sowie „Red Tag" und „Hexe" fische ich mir in immer größeren Mustern aus den Boxen. Mein Vertrauen in klassische Standardfliegen schwindet erheblich und lässt sich an der immer kürzeren Einsatzdauer messen. Aus den Augenwinkeln heraus verfolge ich unauffällig meine Partner in der Nachbarschaft. Immer wieder verdrehe ich scheinbar gelassen meinen Kopf, um die Leute bei ihrem erfolgreichen Freizeitvergnügen zu beobachten. Ohne Unterbrechung fassen sich die Weichmäuler gerade ihre angebotenen Leckerbissen, um nach heftiger Gegenwehr – die Fische können es nicht wissen, dass sie nicht für das Abendessen bestimmt sind – wieder in die Freiheit entlassen zu werden.

Im dummen Stolz verschiebe ich die längst fällige Begutachtung ihrer Wunderfliege. Im ersten Moment traue ich meinen Augen nicht. Unglaublich ist der Befund des treibenden Riesenköders. Bunt, groß und unsinkbar schwimmt das Ungetüm nur wenige Meter weit mit der Strömung und wird in rascher Folge gleich von mehreren Äschen attackiert.

Die Ringe reihen sich wie die aufgefädelten Perlen einer Gebetsschnur. Offensichtlich bereitet es dem Reisegefährten Spaß, die kleinen Mäuler zum Narren zu halten. Elegant hebt Bernd die Leine aus dem Wasser. Er legt die Wunderwaffe mit Reserveabstand vor dem geistig gespeicherten Kontakt mit dem stärksten Fisch ab. Ungestüm stürzt sich die nächste Fahnenträgerin auf den vermeintlichen Happen und hängt nach dem gefühlvollen Anschlag fest.

Zieht der Fischermann während der Drillphase seinen Fang über den Standort von Kapitalen, dann ist es normal, dass die Gelbschwanzäschen ihren Platz verteidigen. Aggressiv rücken sie dem ohnehin bedauernswerten Opfer auf die Schuppen. Kurz sind die Attacken auf die Gehakten, denn die Quartiertreue engt den Radius der Verfolgung erheblich ein. Passt das Umfeld, sind die Äschen mit ein paar Quadratmetern Revier, in Fließrichtung gestreckt, zufrieden.

Beim kraftvollen Nacken des Fisches braucht es schon langgliedrige Finger, um ihn sicher zu fixieren. An die bulligen Kampfstiere mit den ausgeprägten Muskelpartien erinnert der Übergang zur gefleckten Rückenflosse. Häufig im dezenten Rosa zeigen sich die wunderschönen Fleckenreihen zwischen den Flossenstrahlen der Fahne. Im warmen Kupferrot leuchtet das gekerbte Saumband am Ende der Versteifungselemente. Von den glatten Kiemendeckeln weg schillert der stromlinienförmige Körper vergleichbar der Farbpalette eines Öltropfens auf einer Wasserlache. Schlagartig ändert sich das metallisch schillernde Schuppenkleid auf Höhe der Fett- und Afterflosse. Goldgelb wie die Zungenblätter einer Sonnenblume oder das Rot der Flügelunterseite der Schnarrschrecken läuft der Schwanzstiel im prächtigen Farbkontrast aus. Auf den großen, stabilisierenden Bauchflossen ergänzen schlanke Farbstreifen in differenzierten Nuancen den harmonischen Habitus. Es ist ein prachtvoller Salmonide.

Bestens angepasst an das verdorrte Steppengras sind die fleckigen Beine der Grashüpfer. Nur ihre Hinterflügel leuchten blutrot während des torkelnden Fluges. Typisch – halt den Frauen arteigen – schnarrt das weibliche Geschlecht nicht nur im Sitzen, sondern auch während der eher kurzen Flugphasen. Diese Schnarrschrecken sind keine gewandten Flieger. Geringe Windböen versetzen sie unfreiwillig vom Kurs. Es ist für mich ein Leichtes, die flatternde Schallquelle mit der Signalfarbe im Luftraum zu verfolgen. Probleme bereiten mir die aufgescheuchten Insekten nur, wenn sie nach der unbeholfenen Landung in der Vegetation wieder schweigen. Wissenschaftler interpretieren den Lärm als Drohgebärde gegenüber Fressfeinden und als Balzgesang zur Anlockung der Partner. Verunglückten Schnarrschrecken bleibt keine Zeit, um sich mit ihren kräftigen Beinchen ans Ufer zu strampeln. Zu dicht ist der Bestand an Gelbschwanzäschen. Es lohnt sich für die Fische, diese mächtigen Hüpfer von der Oberfläche zu schnappen. Ein einziges Heupferd ersetzt Hunderte von Mücken. Verständlich wird der Futterneid unter den Artgenossen.

Eine Art von dicht gepresstem Schaumstoff mit der Materialeigenschaft von elastischem Gummi bildet den Körper der Monsterfliege, zwei Lagen in verschiedenen Farben und zugeschnitten, aufgepfropft ein Köpfchen mit Kontrast. Die arteigene Dreiteilung von Kopf, Rumpf und Hinterleib der Insekten entsteht durch das Einbinden von sensiblen Beinchen. Eingeschnürt wackeln die Extremitäten bereits bei der geringsten Bewegung. Ihr Spiel verführt die Gelbschwanzäschen zum gierigen Steigen. Die poppigen Farbtöne reizen nicht nur die Äschen zum Angriff, sondern erleichtern gar einem Einäugigen den sicheren Kontakt am Ende des Vorfaches. Geschätzte vier Zentimeter lang ist das Ungetüm, gebunden auf einen schlanken Streamerhaken. Trotz der ungewöhnlichen Länge sind die Äschen ganz verrückt auf die bunten Imitate der Schnarrschrecken. Einer Signalboje gleich schwimmt unsinkbar die berühmte Fliege auf dem Wasser. „Tschernobyl" ist ihr makabrer Name.

Zurzeit ist das überlappende Verbreitungsgebiet der Gelbschwanzäschen sowie der Arktischen Äsche, der ich bereits vor vielen Jahren im Einzugsgebiet des mittleren Jenissej nachgestellt habe, völlig unbekannt. Auch der Lebensraum der Brut gilt noch als Geheimnis. Selten vergreifen sich jüngere Semester an den erfolgreichen Kopien der Heupferde. Den Fischen fehlt noch der goldene Schwanz, obwohl sie schon eine stattliche Länge von geschätzten fünfundzwanzig Zentimetern aufweisen. Noch nicht ausgeprägt ist der farbliche Aufputz ihres Schuppenkleides als erotisches Signal der Geschlechtsreife.

Später erfahre ich, dass große Haken der häufigste Grund für Fehlbisse beim Äschenfischen sind. Wegen ihres unterständigen Mauls verfehlen sie oft die Fliege. Doch die mongolischen Gelbschwanzäschen sind anders: Sie stürzten sich gierig auf die großen Gummifliegen.

Die mongolischen Gelbschwanzäschen trotzen der Fachliteratur: Sie stürzen sich geradezu auf die verblüffend großen „Gummifliegen".

SCHABERNACK

Läuterung

Mir hängt die einseitige Verpflegung schon seit Tagen aus dem Hals heraus. Immer Tiroler Gröstl oder Spaghetti mit unterschiedlich gelungener Soße. Abwechslung bringen nur die Gedanken, die sich mit fleischlichen Genüssen beschäftigen.

Meine Vorschläge über bekömmliche Fischzubereitung wischt das Trio stets vom nicht vorhandenen Tisch. Die Männer genießen die Freuden des nassen Weidwerks. Sie finden aber wenig Geschmack an der Auseinandersetzung mit den feinen Gräten auf dem zerkratzten Plastikteller. Gegen die Übermacht der Fischverächter stehe ich auf verlorenem Posten. Nur wenn ich den Leuten die Äschen filetiere und zusätzlich wie ein Chirurg die gekappten Brustgräten entferne, dann steht gesunder Fisch auf der ungeschriebenen Speisekarte. Ein Galadinner mit Seltenheitswert. Trotzdem sitze ich als Fischliebhaber in der klassischen Zwickmühle. Einerseits stiehlt der erhebliche Mehraufwand meine Freizeit, anderseits sind meine Begleiter mit dem Geschmack meiner eintönigen Wildnisküche zufrieden. Die Fehlplanung beim Einkauf der Grundnahrungsmittel war nicht meine Schuld.

Endlich, nach hartnäckiger Überzeugungsarbeit, fällt mein Vorschlag auf hungrigen Boden. Jammerschade wäre es, auf das schwimmende Eiweiß unmittelbar vor dem Reißverschluss des Zeltes zu verzichten. Selbstredend darf ich mich nach dem noblen Fang um das Säubern und Zubereiten der Äschen kümmern. Sogar das Servieren erwarten die feinen Herrschaften. Diese Arbeiten sind mir keine Last. Sie befriedigen viele Facetten der immer noch in meinen Genen schlummernden Jagdmentalität aus der Urgeschichte der Menschheit.

Der Auftrag macht mich glücklich. Denn die nobelste Form der Fliegenfischerei besteht für mich in der Verwertung der gefangenen Beute. Berechtigt ist die sinnvolle Entnahme. Das freiwillige Amt zur Essensbeschaffung erhält somit maßvolles Gewicht. Schon vor ein paar Tagen verwöhnte ich meine Herren mit sauber geschnittenen Äschenfilets. Bereits fertig gemischtes Fischgewürz erleichterte die geschmackvolle Zubereitung. Mitgedünstete Wildzwiebeln, frisch aus dem Boden gezogen, ergänzten als gesunde Beilage den Festschmaus. Eingewickelt in die praktische Alufolie, garte der Fisch im eigenen Saft auf der glühenden Holzkohle. Von der Pflicht der peniblen Grätensuche befreit, mundete das Festessen auch den Skeptikern.

Spartanisch und bescheiden ist üblicherweise unsere Nahrungsaufnahme während des Nomadentums der Flussreise. Fasten oder wenige Kostproben aus dem dürftigen Angebot des Süßwarenlagers überbrücken den Hunger um die Mittagszeit. Der aktuelle Vorrat wird permanent durch die verbleibenden Wassertage geteilt und als geistige Inventarliste gehortet. Oft ersetzen ein paar Scheiben Brot samt einem angemessenen Stück Jausenwurst die verpufften Energien. Zu aufwändig sind die Brennholzbeschaffung, das Warten auf die Glut und die Zubereitung.

Schwemmholzskulpturen, verfaulende Wurzelteller und armdicke Baumleichen haben einen relativ geringen Heizwert. Stets getränkt wie ein Schwamm ist liegendes Holz. Die Feuchtigkeit des Bodens kriecht in die Zellen, wenn das Brennholz nicht auf grobem Schotter gestrandet ist. Abgestorbene, aber noch stehende Bäume oder Opfer nach Waldbränden sind leider nicht auf unserer Insel zu entdecken. Es fehlt die Hitze zum Garen der Fische. Das Flusstal ist menschenleer. Als kühner Planungsposten steckt dafür eine Packung Grilltassen in der wasserdichten Transporttonne.

Um den unnützen Platzräuber auf seine Tauglichkeit hin zu testen, wage ich einen Versuch mit Skepsis.

Gepinselt mit reichlich Speiseöl liegen die geschuppten, gewürzten und mit Wildkräutern befüllten Äschen auf ihrer nackten Haut. Stellenweise tropft das ranzige Öl durch das perforierte Profil der Alutassen und nährt die Flammenzungen mit Energie. Verstümmelt wird die Stromlinienfigur der Fische durch das nötige Wenden. Unappetitliche Hautreste mit mürben Fleischanteilen haften auf der Unterlage. Noch ehe sich die lange Rückenflosse durch sanften Zug – der einfache Trick dient als Beweis der abgeschlossenen Garzeit – aus dem Körper ziehen lässt, schaut die für diesen Zweck untaugliche Küchenhilfe wie ein Fleckerlteppich aus. Eigentlich soll der Leckerbissen den Koch loben, aber nur Sehbehinderte könnten von einem Augenschmaus berichten. Sehr langsam stockt das Eiweiß an der Oberfläche des Fisches. Das gepriesene Thymianaroma leidet. Zu glasig bleibt das Fleisch zwischen der Wirbelsäule und dem Rücken. Dem gemeinen Fischverzehrer mag das Gericht unter den widrigen Voraussetzungen wohl munden, aber mir als Feinspitz ist es kein Trost.

Nicht einmal Mehl haben wir, um die ganzen Fische darin zu wenden und mit einer Art Schutzschicht zu überziehen. Die Paniere schützt das Fleisch einerseits vor dem Anlegen auf der Folie oder in der Pfanne, andererseits bildet sich eine köstliche Kruste. Reine Maisstärke hat sich in der Praxis bestens bewährt. Es wertet zudem blasses Fischfleisch optisch auf. Allein was nützt mir der gelobte Duft der Schwemmholzkohle, wenn es im Wesentlichen an der benötigten Temperatur mangelt. Das kulinarische Experiment scheitert kläglich an der isolierenden Wirkung der Grilltasse. Trotz langer Garungszeit ist mäßig warmer Fisch – eine Art von magenfreundlichem Sushi – nicht wirklich jedermanns Sache. Nur der aufgestaute Hunger hält die Fleischesser länger am Futterbarren.

Altbewährtes wird zur Tradition und neuerlich – jeder Mensch steckt irgendwie in einer sozialen Zwangsjacke – koche ich für die Truppe die sättigenden Spaghetti als Nachspeise. Mit Eifer beteilige ich mich kameradschaftlich an der täglichen Brennholzsammlung, errichte als hilfsbereiter Handlanger kreative Notunterstände gegen massive Niederschläge, verrichte die obligatorischen Arbeiten beim Zeltaufbau und kümmere mich um den notwendigen Transport der gemeinsamen Habseligkeiten. Als Steppenkoch trage ich zusätzlich die Hauptverantwortung für die Verpflegung der Kleintruppe. Rebellisch meldet sich ein kindisches Trotzgefühl. Es sühnt nach angemessenem Ausgleich der eingebildeten Kränkung. Ich habe weder einen bösartigen Übergriff noch ein fruchtloses Streitgespräch im Sinn. Es gefällt mir, kecke Streiche auszuhecken und mit Pokergesicht dem Schelm in mir eine große Freiheit zu gewähren. Auch soll die spätere Offenbarung des Scherzes am Lagerfeuer für Heiterkeit sorgen, auf keinen Fall das kostbare Porzellan aufkeimender Männerfreundschaften zerschlagen.

Ich spiele mit der Idee, als mich ein Geistesblitz entzückt. Der Inhalt der Darmiumkapseln – schlicht ein Stück pro Kopf als Nahrungsmittelergänzung bemessen – gewissenhaft in die Soße verrührt, bringt mir eine weitere Beruhigung der verseuchten Darmflora. Vermutlich fällt den Gefährten ihr einschlafender Verdauungstrakt kaum auf. Ihre Störung, mit verkehrtem Vorzeichen, hat keinen Bezug zur üblichen Zivilisationskrankheit, denn über mangelnde Bewegung und ungenügende Flüssigkeitszufuhr braucht keiner zu jammern. Gut, der Mangel an Ballaststoffen – Obst und Gemüse fehlen zur Gänze – kann die Darmzotten mit Sicherheit in ihrer wichtigen Funktion ermüden. Der Körper entzieht dem Stuhl auf Grund der langen Verweildauer jeden Tropfen Flüssigkeit. Die Konsistenz wird zunehmend härter. Auch Nebenwirkungen von Medikamenten sind häufig schuld am Leid heftiger Verstopfungen.

Aus Rücksicht verzichte ich auf die penible Darstellung ernsthafter Erkrankungen des Verdauungsweges. Nichts soll den geselligen Wert des Abendessens inmitten der großartigen Naturkulisse schmälern. Meine Begleiter werden sich allenfalls über den stagnierenden Bedarf des Klopapiers wundern. Mir ist die Reduzierung hingegen sehnsüchtig willkommen. Zumutbar für uns vier erscheint mir die Dosis. Allein von der Menge der gelöffelten Tunke hängt die Befindlichkeit der Verdauung ab. Die Vorfreude auf die Veränderung der künftigen Sitzungsfrequenz in der Ufergalerie versetzt meine Stimmung in euphorische Schwingungen. Nach intensivem Abwägen sämtlicher Risiken steht mein Entschluss fest. Ich mische die Medizin unter die flüssige Kost und warte wissend, aber schweigend wie ein Grab auf die Wirkung des einmaligen Gerichts.

Der Blick in die Kunststoffbox meiner kleinen, aber fein abgestimmten Reiseapotheke wirft mir den Plan jäh über den Haufen. Seit meiner kalten Hammelfleischverkostung ist der Vorrat erschreckend geschrumpft. Völlig in die Hose gegangen ist meine Bewirtung in der Jurte. Leider ist auch der Inhalt der Reserveschachtel durch kreative Unordnung erheblich vom Schwund betroffen. Ungewiss ist die weitere Entwicklung meines

Stuhls. Ich bin kein Prophet, aber ich habe schon so manches Ungemach auf meinen abenteuerlichen Exkursionen erlebt und wage es nicht, auf den Luxus der allgemeinen Verschwendung einzugehen. Ein wohlgesonnener Flussgeist muss mir seine schützende Hand gereicht haben, um mich vor dem spitzbübisch erdachten Unsinn zu bewahren.

WILDES REISEN

Der Pinzgauer Weltenbummler
Gottlieb Eder reist in die Mongolei

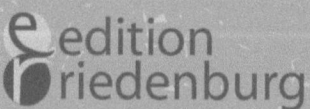

Und weiter geht's!

Mongolei! Reiseprospekte und Internet-Recherchen versprachen unglaubliche Eindrücke in den endlosen Weiten der zentralasiatischen Steppe. Doch die Realität sieht anders aus: Das Hotel ist verwahrlost, und die stille Idylle der Jurtensiedlung außerhalb des Speckgürtels von Ulan Bator wird von penetrant stinkenden Plumpsklos ohne fließend Wasser geprägt.

Auf den Kulturschock im Moloch der Hauptstadt folgt das ersehnte Naturerlebnis, denn Gottlieb Eder macht sich gemeinsam mit seinen Reisegefährten auf den Weg Richtung sibirische Grenze. Rentiernomaden und unbegradigte Flüsse sind das Ziel für den passionierten Fliegenfischer. Dann jedoch geht es rasant bergab. Und zwar nicht nur im Landcruiser, sondern auch mit seinen Eingeweiden. Bis Gottlieb Eder eines Tages mutterseelenallein durch die Landschaft irrt und seine Körperfunktionen kaum noch aufrechterhalten kann.

Ab sofort im (Internet-)Buchhandel erhältlich

edition
riedenburg
editionriedenburg.at